身代わりの花嫁は傷あり冷酷騎士に執愛される

★

砂城
Sunagi

Noche
BUNKO

目次

身代わりの花嫁は
傷あり冷酷騎士に執愛される

プロローグ

大陸の南東部に位置するクレストン王国。

安定した気候と肥沃な国土、それにいくつもの良質な港を持つこの国は、豊富な作物と貿易により栄え、文化の質も高い。おかげで大陸の華と呼ばれているが、その国力目当てに周辺の国々から虎視眈々《こしたんたん》と狙われていた。

過去には幾度もの侵攻を受けたものの、そのたびに豊かな国力に裏打ちされた軍事力で撃退した上、近年は国王の巧《たく》みな外交手腕により、その頻度も下がり、国民は安堵《あんど》している。

平和を謳歌《おうか》するクレストン王国であるものの、そんな時代においても語り継がれる一つの戦いがあった。

それは今から二十年と少し前のことだ。

その当時、王国の北に好戦的な国があった。

そこは険しい山々が連《つら》なり、いくつもの少数民族が住まう場所だったが、ある時、それらを束ねる『英雄』が現れたのだ。

英雄は周囲の民族を次々に従え、その地で初めての統一国家を作り上げたのである。

そこまではいい――が、以前のように農耕には向かない土地で遊牧の片手間に作るわずかな作物だけでは、とても一国を支えられない。

だとすれば、どうするか……当然、その英雄王は豊かな隣国であるクレストン王国に侵攻の手を伸ばした。

遊牧の民であったその国の人間は気性が荒く、戦闘ともなればすさまじい力を発揮する。

それを迎え撃つクレストン王国の軍も勿論《もちろん》よく訓練されてはいたが、機動力を駆使した英雄王の戦い方に苦戦を強《し》いられた。

そんな中、最も激しい戦場となったのが、王国の北に位置する辺境伯領である。

隣国との国境線を含むその地域はまさに最前線となり、幾日も激しい戦いが続いた。

王国中からの援軍を得ていたものの、攻勢はやまず、やがて指揮をとる辺境伯自身も深手を負い、一時は領都を落とされかけるほどとなる。

北の守りである辺境伯領が落ちれば、その後は王国中が蹂躙《じゅうりん》されるのは明白だ。それだけは阻止せねばならぬと、傷を負いながらも命を賭《と》して再び戦場に立った辺境伯だったが、劣勢は隠しようもない。

その時。彼の友人であったとある侯爵家の当主が、敵軍の囲みを突破しその隣に並び立ったのだ。

命を惜しんでできることではない。

国のため――それ以上に、友の命を救うために武器をふるう姿とその友誼《ゆうぎ》に力づけられ再び力を得たクレストン王国軍は、激しい戦いの末に英雄王その人を打ち取った。

その結果、旗印となる王を失った軍勢は、それまでの勢いが嘘のように、散り散りに追われ北へ逃げ帰り、クレストン王国の危機は去ったのだ。

この功により、戦いに参加したすべての者たちに王家より褒賞が贈られた。

特に功のあった辺境伯家も厚く報《むく》われたが、当主が最も感謝したのは王家ではなく、危機に駆けつけてくれた友人である。

その感謝をどう表せばいいか――話し合いの結果、二人の間で一つの約束事が取り交わされた。

この友情を永遠のものとするために、互いの子孫を娶《めあわ》せよう、と。

ただ、残念なことにこの時、互いの家には釣り合いのとれる未婚の男女がおらず、その約束は次代に引き継がれることとなる。

その辺境伯の家名はラファージュ。友人である侯爵家はマチスといった。

「――わぁっ！　それじゃ、お母様とお父様は、そんな昔から結婚のお約束をしていたの？」

うららかな昼下がり。

気持ちの良い風の吹く庭園で、両親から聞く自分の曽祖父たちの武勇伝に目を輝かせていた子供が、無邪気に尋ねる。

「そういうわけでは……いや、確かにそうかもしれんが……」

素直に肯定するには少々込み入った事情がある。が、それをまだ幼い我が子に話してもいいものだろうか。

困った顔になる夫に、妻は小さく笑いながら続けた。

「ふふっ。確かに、そうとも考えられるわね。けれど、本当のところ、お父様と初めてお会いした時はね……」

「ま、待て！　その話は、また今度にしようっ」

もう何年も前のことなのに、いまだにその頃の話をすると、夫は冷や汗をかくようだ。

「ええ、どうして？　聞きたいのにぃ」

「お父様がおっしゃっているのだから、我慢しなくてはね……ね？」

「……はーい」

好奇心旺盛《おうせい》な子に食い下がられ、母の威厳（？）を込めた笑顔で念押しする。

夫はそのことに感謝しつつ、自分の傍《かたわ》らで笑う妻と子を見て我が身の幸せをかみしめ、ふと過去の出来事に思いをはせた。

『あの頃』は、こんな幸せが自分に与えられるとは思ってもみなかった、と。

第一章

「初めてお目にかかります。マチス侯爵が二女リリアン・レナ・マチスにございます。ラファージュ辺境伯家ご子息ユーグ様の妻となるために参りました。不束者《ふつつかもの》ではございますが、なにとぞよろしくお引き回しくださいますようお願いいたします」

北の辺境にある城塞都市。その中央にある大きな屋敷は、使われている素材は上質なものだが、見た目は質素――というよりも質実剛健《しつじつごうけん》という言葉がよく似合う。

その来客用の応接室で、主一家に挨拶《あいさつ》した女性は、見事なカーテシーを披露しつつ深々と頭を下げた。

年の頃は一八、九あたりだろう。銀に輝く髪をいただく顔は痩《や》せて頬骨が浮き上がり、体も少しでも乱暴に触れれば折れてしまいそうなほど細い。身につけているものも侯爵家の息女にしてはかなり慎《つつ》ましやかだ。

それでもその口上《こうじょう》は堂々としたものであり、立ち居振る舞いも今すぐ王の前に出しても恥ずかしくない出来栄えだった。

「リリアン殿……と言われたか？　マチス侯の二女であられると？　確かに我が息子とマチス侯のご息女とは、婚姻の約をしていたが……」

とはいえ、そう言われた相手は戸惑《とまど》いを隠しきれない。なぜなら――

「はい。本来でありますれば、この場にいるのは皆様がご存じの姉のテレーズのはずでございました。ですが、お知らせいたしましたとおり姉の体に障《さわ》りが起こりまして、こちらに嫁《とつ》ぐことができなくなりました。そのため、父の命により、私が参りました」

「まぁ……」

「なんと……」

彼女――リリアンの言葉に絶句したのは、この屋敷の主であるラファージュ辺境伯とその夫人だ。

「突然のことで、さぞや驚かれたと存じます。本当に申し訳ありません」

再度、深々と首《こうべ》を垂れるリリアンが心底申し訳なく思っているのがよくわかるため、ラファージュ辺境伯夫妻も彼女を責めようという気にはなれなかった。

確かに婚姻の約をしていたのは、リリアンの姉である。

しかし、その姉の体に差しさわりができた。それがどのようなものかはわからないが、嫡子に嫁《とつ》ぐのに不都合なものならば、代わりに妹を、というのは貴族としては理解できる話である。

ただ、そういう事情があったとしても……

「本来であれば、我が父自らがこちらに伺い、事《こと》の次第をお詫《わ》びするのが筋です。ですが、あまりに急なことでございまして、その処理のために父は王都を離れられませんでした。早馬を走らせましたが、婚姻の日時が迫っていたこともあり、お返事を待たずに私がこちらにまかり越した次第でございます」

国内の有力な家同士が婚姻を結ぶには、王家の許可が必要だ。ラファージュ辺境伯家とマチス侯爵家の縁組も勿論《もちろん》、その許可を得ているが、あくまでそれはリリアンの姉が嫁《とつ》ぐ前提。その花嫁が代わったとなれば、新たな手続きが発生する。そのため、父親であるマチス侯が王都を離れられないというのもわかるものの……

「早馬など、着いてはおらぬ」

「え……?」

今度はリリアンが驚く番だった。

「もらっておらぬ手紙に、返事など出せようはずもない」

「で、ですが、確かに父に命じられ、侯爵夫人――義母がこちらへ……」

そこまで言って、彼女は絶句する。

その様子と『侯爵夫人』『義母』という言葉に、ラファージュ夫妻はマチス家に関するさして珍しくもない貴族の御家事情を思い出した。それを考えると、おおよその事情が理解できる。

「それでは、もしや……私がこちらに来ることになった事情も……？」

「ああ。今、初めて聞いた」

「大変、申し訳ありませんっ」

同じく状況を理解したリリアンの顔色が青を通り越して、白くなる。

それも当然。貴族の家に生まれたからには、政略結婚は当たり前。リリアンもそう教育されて育ってきた。

今回のマチス家とラファージュ家の件は通常の政略結婚とはいささか事情が異なるが、それでも家同士の約束事に違いはない。だからこそ、父から急な花嫁の代役を仰《おお》せつかった時も、素直にその言葉に頷《うなず》き、ここへ来た。

だが、それも花嫁の交代についての話はついているという前提で、だ。

それが、蓋《ふた》を開けてみれば、自分の来訪はこちらの家族にとってまさに寝耳に水だったというのだから、青くなるなというほうが無理だろう。

リリアンが今更ながらに思い出すのは、先ほどこの屋敷を訪れた際のこと。侍女の一人も付き添わず、嫁入り道具を運んできたわけでもなく、文字どおり身一つで――さすがに乗ってきた馬車は侯爵家のものであったが、荷は先に運んであると信じきっていた彼女は、取り次いだ執事らしい男性に胡乱《うろん》な顔をされたのだ。

その時は、前もっての顔合わせもできなかったので驚かれているのだろうと考えていたのだが、それどころの話ではない。

だが――ここで追い返されるわけにはいかなかった。

『ラファージュ家とマチス家の縁組』は、祖父同士の約束事である以上に、そのいきさつが国内に広く知れ渡っている。

ここにきてマチス家の責により破談ということにでもなれば、生易《なまやさ》しいスキャンダルでは済まなかった。

それがわかっているからこそ、父も『土壇場《どたんば》になっての花嫁の交代』などという荒業を使ってまで、自分をここによこしたのだ。

何より、自分にはもう『帰る家』はない。

ならば、今、リリアンが考えるべきは、いかにしてラファージュ家の面々の怒りを解くか、なのである。

そこで、一つの声が上がった。

「……別に誰が妻になろうと、俺は構わん」

やや低めの、それでいてよく響く美声。

この時の室内には、入り口を背にして立ったリリアン、彼女に相対するラファージュ辺境伯夫妻、そして、もう一人が存在した。

その人物は、傍《かたわ》らに置かれた応接セットに座ったままで事《こと》の成り行きを見守っていたのだが、ここにきて初めて沈黙を破ったのである。

「ユーグ?」

彼の声に戸惑《とまど》いの声を上げたのは、ラファージュ辺境伯だ。

「聞こえませんでしたか、父上?」

「いや。聞こえはしたが……」

「では、それでいいでしょう?」

そっけなく己の父に告げた男性は、物憂《ものう》げに椅子から身を起こす。同時に、カツンと硬質な音がしたのは、彼が持つ杖《つえ》のせいだ。

「──初めてお目にかかる。リリアン殿、と言われたか?」

カツンカツン……と杖《つえ》の音を響かせて、その男性がリリアンの前に立った。

これまでリリアンが会話をしていたのはラファージュ夫妻であり、その最中によそ見をするのは失礼にあたる。なので、半ばその杖《つえ》に体重をかけるようにして立つ男性を、リリアンはこの時初めて、子細《しさい》に観察できた。

「俺はユーグ・ルイ・ラファージュ。貴女《あなた》の夫となる男だ」

皮肉っぽい口調で、先ほどの彼女の口上を真似る声は、やや低めだが耳に心地良い。

男性は背が高く、向かい合ったリリアンの視線が彼のあごあたりになり、目線を合わせるには意識して見上げる必要があった。

その顔立ちは非常に端整で、先ほどまで話をしていたラファージュ辺境伯の面影があることからも、父親似なのだと推測される。

黒髪をやや長めに伸ばし、それが半ば顔にかかっていた。その下から覗く目は、まるで黒曜石のようだ。

だが、彼――ユーグを見た時に最も印象に残るのは、それらではなかった。

黒曜石の輝きを放つ双眸《そうぼう》の、その左には眉から目蓋《まぶた》をかすめ、頬までつながる一直線の傷があった。秀麗《しゅうれい》な顔立ちの中でひときわ異彩を放つそれに、リリアンの視線はとらわれる。

「……ああ、この傷が気になるか？」

「も、申し訳ありませんっ」

淑女として、男性の顔をまじまじと見つめるなど無作法がすぎる。夫となる相手だが、まだ婚儀は挙げていないし、何よりこれが初対面だ。

慌てて己の非礼を詫《わ》びるリリアンだが、ユーグは小さく嗤《わら》っただけでその非礼を咎《とが》めなかった。

「構わん。気になるだろうから、もっとよく見るといい。顔に受けたのはこれだけだが、体にはもう少し傷があるし、この足も傷のせいだ。そっちは今は見せられんが、初夜の時にでも確認するといい」

「……本当に、それでいいのか、ユーグ？」

「いいも何も――俺も彼女も、爺様たちの酔狂《すいきょう》の犠牲者です。俺は元から覚悟していたが、話を聞けば、こちらは降ってわいた話だった様子だ。それでもけなげに文句も言わずに来てくれたのですから。それを責めるほど、俺は阿呆《あほう》ではないつもりですよ」

「ユーグ……」

「そういうわけで、リリアン殿。どうやら俺と君は夫婦になるらしいので、リリアンと呼ばせてもらおうか。こんなポンコツな夫だが、我慢してくれ」

「い、いえっ！　そのような……」

口調も態度も皮肉っぽくはあるが、突然押し掛けた自分を責めることなく、それどころか庇《かば》っているともとれる言葉にリリアンは困惑する。

「……ユーグ、今はそのくらいになさい。それよりもリリアン様は、まだこちらに着いたばかりですよ？」

言いたいことを言い、あとは興味なさそうにそっぽを向くユーグに対し、どう対処すれば良いのか戸惑《とまど》うリリアンを見かねてか、辺境伯夫人が割って入る。

「母上」

「旅装を解《ほど》いていただくどころか、お茶の一杯もさしあげていないのです。貴方には貴婦人への気遣いをしっかりと教えたつもりでしたが、どこに落としてきたのですか？」

「それは、その……いや。確かにそうですね」

おっとりした口調ながらも厳しい母の言葉に、いったんは反発しかけたユーグであったが、すぐに思い直す。

「リリアン、こちらの気遣いが足りず申し訳ない。部屋に案内させるから、まずは一休みしてほしい」

「ユーグ、そこは、貴方自身が案内するべきですよ」

「い、いいえ。そのようにお手を煩《わずら》わせては……」

母子の会話を傍《かたわ》らで聞いていたリリアンだが、思わぬ方向に話が進みかけているのに気が付き、慌てて辞退する。が、その言葉が終わるよりも早く、再び夫人が口を開いた。

「リリアンさん。もう私の義娘《むすめ》になるのですから、リリアンさんと呼ばせていただくわ。初めての場所で妻が不安になっていたとしたら、まず率先して夫が気遣うべきです。妻を大切に扱うのは夫として当然のことですもの……そうですわよね、旦那様？」

「ああ、そのとおりだ」

いきなり矛先《ほこさき》が辺境伯に向かったが、そんな急な問いかけにも鷹揚《おうよう》に微笑《ほほえ》みながら頷《うなず》く彼の姿から、この家の夫婦関係はとても良好なのだとリリアンは察した。

「そういうわけですから、ユーグ、案内を。それと、リリアンさんが落ち着いたのを確認したら、またこっちへ戻ってらっしゃいね。貴方には少々言い聞かせなければならないことがあります」

「はい、母上」

ユーグも母親には頭が上がらないらしい。

そんな家族の様子に自分の生家との差を感じ、リリアンの胸に小さな痛みが走る。けれど、そんな自分の心の動きを押し殺すのは、彼女にとってはいつものことだった。

★
★
★

「君にはこの部屋を使ってもらう」

コツコツ……と杖《つえ》の音を響かせたユーグがリリアンを案内した場所は、屋敷の中でも奥まった一角だった。

重厚な扉を押し開けて、一歩、中に入り……今まで見てきた落ち着いた感じの内装とは全く異なるそのたたずまいに、彼女は一瞬、目を見張る。

壁紙は薔薇《ばら》をあしらった華やかなもので、窓にかかるカーテンもそれに柄《がら》を合わせているらしい。調度品の類《たぐい》も武骨さが目立つ他の部屋とは異なり、緻密《ちみつ》で繊細《せんさい》な彫刻を施《ほどこ》されたものばかりだ。

全体の色調は赤、それに金の差し色。豪華というよりも、華美という表現がふさわしい。

「もしかすると、君の趣味とは違うかもしれないが、こちらとしては君の姉が来ると思っていたのでね。彼女の希望に沿った内装になっている」

そんなユーグの言葉で「ああ……」と納得した。

確かに、姉の好みそうな部屋だ。

「気に入らなければ変えればいい」

「いえ、大丈夫です」

リリアンの様子に何かを感じたのか、ユーグがそう提案してくるが、即座にそれは辞退した。

正直なところを言えば、こんなキラキラしい部屋では落ち着かない。が、これを変えるとなれば当たり前だが金がかかる。ただでさえ、侯爵家は『結婚直前での花嫁交代』というとんでもないことをしでかしているのだ。これ以上、辺境伯家に負担をかけるような真似はしたくなかった。

「そうか？　まぁ、いい。君の世話をする者がもうすぐ来る。着替えはその者たちに頼んでくれ……そういえば、荷物はそれだけか？」

馬車を降りてからここまで、リリアンは小さな鞄《かばん》を一つを携《たずさ》えただけだった。

この部屋に案内をするにあたり、ユーグがそれを持とうと手を伸ばしたのだが、『夫となる方を煩《わずら》わせたくない』との理由で、リリアンはかたくなに手放していない。

か弱い貴族の令嬢が持てる程度の大きさだ。大したものが入らないそれについて、不思議そうに問いかけられ、彼女はかすかに赤面した。

「はい。荷物はすでにこちらへ届いていると言われましたので、身の回りのものだけを……」

「そうか」

それ以上は追及されず、ほっとしていたところに、ドアをノックする音が響く。

「失礼いたします。オーラスとクロナ、参りました」

「ああ、待っていた。入ってくれ」

ユーグの言葉に応じて室内に入ってきたのは、黒服を着た男性とメイド服の女性が一人ずつ。

男性の年齢は三十を少し過ぎたあたり、女性のほうはもう少し年嵩《としかさ》だろう。

「紹介しよう。君の専属執事となるオーラスと、メイドたちを束ねる予定のクロナだ――オーラス、クロナ。こちらは私の妻となるリリアンだ。よく仕えてやってくれ」

「かしこまりました。オーラスと申します。よろしくお願いいたします」

「クロナでございます。何事でも申し付けてくださいませ、若奥様」

しわ一つない黒の執事服を着たオーラスが、お辞儀の見本とでも呼びたくなるほどの美しい礼をとる。その隣では、やはり髪の毛を一筋の乱れもなく結い上げたクロナが、軽くスカートをつかんでメイドの礼を見せていた。

「我が家では家族の一人一人に専属の執事がつく。その他に家全体を取り仕切る者もいるが、お互いの連絡は密にさせているので、オーラスの手に余るような案件でも気にせず相談するといい」

専属のメイドはまだわかるが、まさか執事までつけられるとは思わなかった。

実家での自分の扱いを思い出し、リリアンは思わず遠い目になる――が、自分の返事を待っていると気が付き、慌てて口を開く。

「リリアンです。あの……オーラスさん、クロナさん。よろしくお願いします」

「私共に丁寧はお言葉遣いは無用です。オーラス、クロナと呼びつけて、何なりとお申し付けください」

「は、はい」

そうは言われても、すぐに順応できるとは到底思えない。

リリアンの戸惑《とまど》いを通り越した困惑を感じ取ったのか、クロナがこの場を仕切り始めた。

「それでは、若奥様にはまず湯浴みとお着替えをしていただきます。坊ちゃまとオーラスさんは、退室をお願いします」

「……坊ちゃまはやめてくれと言っただろう」

「申し訳ありません、ユーグ様。つい、癖で」

ユーグに苦情を言われ、謝ってはいるが、その口調は少しも申し訳なさそうではない。ユーグのほうもことさら気を悪くした様子もないので、おそらくこれはこの二人の間ではよくあることなのだろう。

そんな軽口の応酬で、リリアンの緊張が少し緩《ゆる》む。

ここでは主と使用人たちの関係がとてもうまくいっているようだ。

それにほっとした。

「では、クロナ。あとは頼む」

「お任せくださいませ」

「夕食は呼びに来る。君もそれまで、ゆっくりしてくれ」

「ありがとうございます」

そう言いおいてオーラスと共に、ユーグの姿がドアの向こうに消える。

パタン、という軽い音を立てて扉が閉まり、室内にはリリアンとクロナの二人が残された。

「……さて、若奥様」

「どうぞ、リリアンと呼んでください」

「さようでございますか。では、リリアン様」

そこでいったん口を閉じたクロナの視線は、先ほどとは異なり鋭い。

上から下まで、しっかりと確認……というよりも、値踏みしているかのようだ。

使用人が主一族に向けるには不躾《ぶしつけ》な眼差《まなざ》しだが、リリアンには馴染《なじ》みの深いものだった。そもそも、事前に説明されていたのとは別人が『ユーグの妻』としてやってきたのだ。どのようなことを言われるのだろうかと、内心で身構える。

しかし——

「お顔のお色があまりよくありませんね。お昼はお食べになられましたか？」

「え？　い、いえ」

思いがけない質問に、思わず素直に答えてしまう。

リリアンの実家からここまでは、馬車で三日と半日かかるため、途中で宿をとりつつの道中だった。宿で食事は出るが、昼は車内で軽いものをかじる程度。それも二日目あたりからは、慣れない馬車の旅に疲労が募《つの》るあまり食欲がわかず、今日に至っては緊張のせいで朝から食べ物が喉《のど》を通らなかった。

「それはいけません。先に湯浴みを……と思っておりましたが、それよりも何か召しあがられたほうがよろしゅうございますね」

「いえ、そんな……お手を煩《わずら》わせては……」

せっかくのクロナの申し出だが、そこまで気を遣ってもらうのは申し訳なさが先に立つ。

空腹には慣れているので、夕食まで我慢するくらいは何でもない。それをどう説明しようかと言葉を探しているうちに、クロナはさっさと手筈《てはず》を整えてしまった。

室内に用意されていた茶器で、まずは喉《のど》の渇きを潤《うるお》すためのお茶を淹《い》れてもらう。熟練の手つきについ見惚《みと》れているうちに、薫り高い紅茶がサーブされる。一口含むと、想像以上の美味だ。

「お腹《なか》がお空《す》きでしょうが、あまり召しあがられるとお夕食が入らなくなるかもしれませんので、軽いものにさせていただきました」

リリアンが紅茶を一杯飲み終えるかどうかという頃に部屋に届けられたのは、三段重ねのティースタンドだった。小さなサンドイッチやスコーンが見た目も美しく並べられている。

この短時間でよくぞここまで……と、驚いているうちに、クロナがさっさとそれらを皿に並べて差し出す。

「あ、ありがとうございます」

「お心はありがたく頂戴いたしますが、これが私の仕事でございますので丁寧なお言葉は不要でございます――私がおりますとお気詰《きづ》まりかと存じますので、いったん下がらせていただきます」

本来であれば、メイドというものは主人がお茶を飲み終えるまではサーブにつき、その後もこまごまとした世話をするために室内で控えている。

それをあえて席を外すというのは、リリアンが緊張しているのを感じ取ったからだろう。どこかそっけない態度ながらも、その気遣いは一流といっていい。

これほど丁重に扱われたことのないリリアンは、ただただ、その言葉に頷《うなず》くだけだ。

「それではまた、夕食のご準備のために参りますが、それまでの間は、お疲れでございましょうからベッドでお休みくださいませ」

そう言いおいて、クロナが退出する。ぱたん、とドアが閉まる音に、リリアンは一つ、小さなため息をついた。

数日前に、父から『姉に代わってラファージュ家に嫁《とつ》ぐように』と命じられて以来、溜まりに溜まった心労と緊張が込められたため息は、自分の耳にさえひどく重たく感じる。

父であり侯爵家当主でもある相手から命じられたのだから、リリアンに拒否は許されない。

それでも『あちらにはきちんと理由を説明し、妹が代わりに行くことも知らせる』というその言葉を信じてここまで来たのだが――まさか、それらがすべて行われていなかったと知った時には頭が真っ白になった。

「……お母様……」

自分でも知らぬ間に口からこぼれ出たのは、もうこの世にはいない母の名、だ。

リリアンの母親は、マチス家に近い場所に領地を持つ子爵家の娘だった。

そのために幼い頃から父とは面識があり、いつしか愛をはぐくむまでになったそうだ。

本人同士は、折を見て自分たちの気持ちを両親らに打ち明けるつもりだったらしい。

だが、その前に父に縁談がきてしまった。

相手は格上の公爵家。

その家の令嬢が、どこぞの夜会で父を見てひとめぼれをしたというのだ。

リリアンの祖父は語り草になっている戦争の話からもわかるように、武に秀《ひい》でた偉丈《いじょう》夫《ふ》だったが、その息子である父はそれとは正反対の、物静かで体格もスラリとした美男子だったのが災いしたらしい。

マチス家もそれなりに権勢を持つ家ではあったが、相手は王族の血を引く公爵家である。

対してリリアンの母の家は子爵。祖父母たちも二人が思い合っているのはすでに知っており、ひそかにその仲を見守ってくれていたようだが、正式なものとしていなかったのが徒《あだ》になった。

貴族の力関係や、この後のマチス家の利益を考えても、非公式な付き合いを理由に、その申し出を断ることはできなかったという。

結果、父はその令嬢を妻とし、二人の間に長男が生まれたのを機に、結婚後も関係の続いていたリリアンの母を第二夫人として迎えたそうだ。

しかし、正式な夫婦となっても、第一夫人の意向により母が王都の屋敷に住むことは許されなかった。領地の、しかも本宅ではなく少し離れた場所に小さな別邸を与えられ、リリアンもそこで生まれたのだ。

ただ、それらの確執はリリアンが生まれる前の話であるし、両親はとても仲が良く、父もリリアンをかわいがってくれた。王都のきらびやかな様子を語られ、そこに自分たちを連れていけないことを詫《わ》びられたこともある。もっとも、幼かったリリアンは見たこともない場所に憧《あこが》れこそ抱いたものの、のどかな田園地帯での暮らしに不満を覚えたことはなかった。

——リリアンが十二歳になった時、母が急激に体調を崩し、それほど間を置かず身罷《みまか》るまでは。

さすがに母を亡くした幼い娘を一人で領地に置いておくことはできず、リリアンは王都の屋敷に迎えられる。

そこで父と共に彼女を待っていたのは初めて会う義母と兄、そして自分と同い年の姉、だった。

ひとめぼれして強引に縁を結ばせただけあり、義母は父に執着に近い想いを抱いていたらしい。

だが、父の心は別の場所——リリアンの母にあった。

憎い女の娘。目の届かぬところにいるならまだしも目の前にいるリリアンに、当然のことながら義母の怒りはすべて向かったのだ。

おかげで、リリアンの王都での生活は、控えめに言ってもひどいものだった。

屋敷の片隅の小部屋に押し込められ、侍女や下働きのような扱いを受ける。本当の使用人であれば給金をもらえただろうが、リリアンにはそれすらない。

着るものは使用人のおさがりのお仕着せ、食べるものも粗末なものばかりだった。

そんな状況でもリリアンが耐えられたのは、幼い頃に父から与えられた愛情があったからだ。

仕事で忙しく、めったなことでは屋敷に戻ってこない父だったが、それでもたまに帰宅した際には、こっそりとリリアンに会いに来て『すまない』と謝ったりお菓子をくれたりもした。もっとも、それが義母にばれると、更にひどい扱いを受けたのだが。

兄はそんな女の争いには興味がなく、リリアンに関わることはなかったが、姉はその母に同調してか、つらくあたる。

そんな生活が何年も続き……すべてを諦《あきら》め始めたリリアンに命じられたのが、『姉の身代わりとして嫁《とつ》ぐ』こと、だった。

「お母様……」

小さく、暗く、寒い部屋で、何度となくその名を呼んだ。

いっそ、黄泉《よみ》から自分を迎えに来てほしいとすら思った。

だが、その望みは叶うことなく、自分は黄泉《よみ》ではなく、ラファージュ家の屋敷に来てしまったのだ。

……気が付くと、紅茶がすっかり冷めていた。

目の前の皿には、まだクロナが盛り付けてくれた軽食が手つかずで載っている。

自分の家では口にしたこともないほど上等な品々に、本当にこれを自分が食べていいのかと躊躇《ためら》う。

けれど、手をつけなければ、せっかくのクロナの心遣いを無にすることになる。

迷いながらも、小さな菓子を一つ口に運ぶ。その甘さは疲れ切った心と体に染み渡るようだった。

★★★

一方ユーグは、リリアンを部屋に案内した後、オーラスを連れて父母のもとに戻っていた。

「リリアン殿は落ち着かれたか？」

「クロナに後を任せてきました」

「そう。それなら安心ね」

先ほどリリアンを迎えた部屋ではなく、家族のための談話室だ。すでにソファーに腰かけている両親に一礼し、ユーグは己も近くにあった椅子に腰を下ろす。

痛みはないが負傷した足はあまり踏ん張りがきかず、ことさらゆっくりとした動作になる。それを痛ましげな目で見られるのにはもう慣れた。

「ですが、ユーグ。貴方の先ほどの態度は、お世辞にもほめられたものではありませんよ？」

最初に口を開いたのは、やはり母だ。

「思うところがあるのはわかりますが、あの方――リリアンさんの責ではないのですから」

「わかっています。それに、俺は一言も彼女を責めてはいませんが？」

「確かにそうでしょうが、それにしてもあまりにもそっけない態度ではありませんか」

「正真正銘の初対面ですよ？　多少、ぎこちなくなっても、そこは大目に見ていただきたいものですね」

予想どおりのお小言だが、あいにくとユーグには何も響かない。

その後も続く母の話をのらりくらりと躱《かわ》していると、やがて業を煮やした様子の父が割り込んできた。

「もう、その話はそれくらいでいいだろう。それで？　ユーグ。先ほどの言葉は本気か？」

「先ほどの……とは、どのことでしょうか？」

「リリアン殿をお前の妻に、ということだ」

「相手が姉から妹になったとしても、両家の婚姻には変わりないのですから、構いませんでしょう？　俺としても、特に相手に思い入れがあったわけではありませんので……」

ユーグと本来の相手——リリアンの姉であるテレーズという令嬢とは、生まれる前からの婚約者で、幼い頃から何度か顔を合わせている。

王都で生活をしている彼女と、領地で過ごすことの多かった彼が頻繁に会うことはなかったが、折々に手紙のやり取りもしていたし、互いの誕生日には贈り物もしていた——もっとも、彼女を愛していたか、と問われれば答えは『否』だ。

侯爵家の令嬢ともなれば、気位が高いのは納得できる。が、ユーグからすると、彼女のそれは少々いきすぎているように思われた。

身につけているものも華やか、言葉を飾らないなら派手で、質実剛健《しつじつごうけん》を旨《むね》とするラファージュ家の家風にはそぐわないと感じたものだ。

それでも貴族としては親——この場合は祖父が決めた相手と添うのは義務だし、結婚したならお互いが歩み寄ればいいと考えていた。縁あって夫婦になるのだから、彼女を尊重し、慈《いつく》しむつもりでもいた。

なのに、ユーグのその気持ちをあっさりと裏切ったのはテレーズのほうだ。

一言の断りもなく、手紙さえよこさず、己の代わりに妹を差し出してきた『元婚約者』。

体に障《さわ》りができた、とリリアンは言っていたが、それがどんなものか説明はない。いや、おそらくは説明できないような理由なのだろうことは、ユーグも両親もうすうす察している。

ならば、取《と》り繕《つくろ》う必要はない。

捨て鉢とも少し違うが、そんなユーグの心の内を察したのか、父である辺境伯が語り始めた。

「……リリアン殿は、第二夫人の子だ」

「そうですか。私は初耳ですが、それが何か？」

テレーズから家族の話を多少聞いてはいたが、妹がいるというのはその本人が現れて初めて知った。第二夫人の子——つまりテレーズとは腹違いということか。あまり口に出したくなかったのかもしれない。

第二、あるいは第三の夫人を娶《めと》る貴族は決して珍しくなく、一夫一婦を守っている両親のほうが少数派である。だが母親同士に確執があれば、子供たちが仲良く育つというのも難しかろう。

しかし、ユーグにとってそんな話はよく聞くものでしかない。

「レオポルドは……お前の岳父《がくふ》になる男は、昔、好いた女性がいた。だが、家同士の事情で今の第一夫人と結婚することになったのだ。それからしばらくして、件《くだん》の女性を第二夫人に迎えたと聞いた」

マチス家とラファージュ家の祖父同士は親友とも呼べる間柄だったと聞いていた。その子である父と今の侯爵家当主もそれなりに面識はある。だからこそ、そんな内々の事情を知っているのだろうが、今のユーグにとっては『それが何か？』としか感じられない。

「貴方……」

噛み合わない親子の会話を見かねてか、母が父に低く声をかける。

「……そうだな。この話はまたにしよう。それよりも、お前が是というのなら、明日には式を挙げるぞ？　構わんな？」

「はい」

いったい何度確認するのか。

父親に向かい『しつこい』とは口に出せないものの、それが顔に出ていたのかもしれない。

「ならばいい。お前もいろいろと用意があるだろう、戻って構わんぞ」

「はい。それでは失礼します、父上、母上」

やっと退出を許され、ユーグはほっとする。

騎士団員であちこちに派遣されることの多かった自分は、領地の管理や王都での仕事に忙しい父と、こうしてたまに顔を合わせて話をするのが楽しみだった。

それなのに、いつからだろうか？

このような会話が煩《わずら》わしい、と感じるようになったのは。

ドアに向かい歩く間も、移動に合わせてコツリコツリと杖《つえ》の先端が床を打つ音がし、それで思い出す。

こうやって、ユーグが歩むのに杖《つえ》が必要になってからだ。

思わず自嘲《じちょう》の笑みが浮かび——両親に背を向けていたことに感謝した。

入り口の近くで待機していたオーラスにドアを開けられ、部屋から出たところでクロナとすれ違う。

彼女はリリアンの様子を報告しに来たのだろう。

明日より妻となる女性のことだ。本来であればユーグもその報告を聞かねばならない。

しかし、いったん出てきた部屋に戻る気にはどうしてもなれず、わずかに後ろ髪をひかれる思いを振り切り、歩を進めたのだった。

第二章

リリアンとユーグの婚姻の日は、朝からどんよりとした灰色の雲が立ち込めていた。

辺境伯家と侯爵家——双方共に高位貴族の家同士の婚姻の場合、王都の大聖堂で盛大に行われるのが慣例だ。

しかし、表向きは平和となっても、いまだ前の戦《いくさ》の爪痕は残っており、辺境伯領では滅びた北国の残党による襲撃が続いていた。

そんな状態で当主とその跡取りが長く領地を空《あ》けるのは危険すぎる。

その他にもいろいろと事情があり、今回の場合は領地で家族と近しい者たちだけで式を挙げ、後ほど、お披露目のための宴《うたげ》を催す手筈《てはず》となっていた。

午後の二刻をまわり、祭壇《さいだん》の前では、ユーグが父親と共に花嫁の入場を待っていた。

花婿《はなむこ》らしく威儀を正した衣装に身を包んではいるが、髪は撫《な》でつけず、いつものように片方だけ顔を隠すように下ろしている。その前髪の下で、傷のある左目が皮肉げな光を放つ。

もうすぐ式の始まる時間だが、館《やかた》に隣接した礼拝堂に居並ぶ面々は、すべて辺境伯家縁《ゆかり》の者たちばかりだ。

「それにしても……侯爵殿は後始末で王都を離れられず、夫人は体を壊した姉に付き添うために出席できない、ですか」

昼前に曇天《どんてん》からぽつぽつと雨が降り始め、正午を過ぎる頃には土砂降りとなっていた。

ラファージュ家側の参列者は昼前にはそろっている。到着の遅いマチス家側の心配をしていた母は、さぞや拍子抜けしたことだろう。

「だとしても、まさか親族一人も来ないとは……おかしな話だが、この有様では王都で式を行わなくて良かったのかもしれんな」

マチス家には長男もいるはずなのだが、当然のようにその姿もなく、家族が無理なら近しい親戚が来るべきなのにそれも見当たらない。

式への参列は義務ではないとはいえ、仮にも娘を嫁《とつ》がせる相手にとる態度ではないし、何よりもこれはラファージュ家を侮辱《ぶじょく》する行為でもあった。

ちなみに、ここまでリリアンを送ってきたのは、馬車の御者《ぎょしゃ》の他は護衛を兼ねた小者が一人だけで、その者たちも、彼女がラファージュ家の門をくぐるのを見届けた後、さっさと戻っていったらしい。

御者《ぎょしゃ》はともかく、護衛とは名ばかりで、もしかすると途中でリリアンが逃げ出さないように見張るための監視役だったのかもしれない。

「さすがにあちらでは人目もあるでしょうから、こんな真似はできなかったと思いますよ」

「それは……確かにそうかもしれん」

ユーグのセリフは、マチス家にとってラファージュ家への配慮は王都の人目よりも優先度が低いと言っているも同然だったが、残念なことにそれに反論する根拠はない。

「祖父の代からの親友だったそうですが、その関係もどうやらこれで終わりのようですね」

「むぅ……」

ユーグとしてはこの光景に感慨はないが、それなりにマチスの現当主と親しかった父は少なからずショックを受けている様子だ。

「……まぁ、どうでもいいことです。代が替われば付き合い方も変わるということでしょう」

親友同士の家が、それよりも濃い関係になるための婚姻だったはずなのに、反対の結果になったらしい。

参列者たちもこの異常事態に気が付いているようで、あちこちでひそひそと小声で何事か話し合っており、到底、今からめでたい婚姻の式が始まるムードではない。

それを止める気にもなれず、ユーグは黙って花嫁の入場を待っていた。

そして、それからほどなくして――

「――ご静粛《せいしゅく》に！　花嫁の入場です」

先ぶれに続いて、式場となっている礼拝堂の扉が開く。

そこから入ってきたのは、本日のもう一人の主役であるリリアンだ。

彼女に付き添っているのは、ユーグの母親。普通は新婦側の親族の誰かがやるべきだが一人もいないために、その役目を姑《しゅうとめ》となる彼女が買って出たらしい。

その母親に手を引かれ、しずしずとした足取りでリリアンがユーグの待つ祭壇《さいだん》に近づいてくる。

それは、ほぼ丸一日ぶりの再会だ。

昨日は夕食を共にとる予定だったが、長旅の疲れがあるということで、リリアンは自室となった場所で一人で済ませていた。

今朝も早朝から準備のために、クロナたち侍女と共に部屋に籠《こも》りきりで、両親に言われたユーグが様子を見に行った時も扉の前で追い返される。そのため、式の前には彼女に会えなかった。

昨日ぶり――そして、二度目に見るリリアンは、白を基調としたドレスに身を包んでいる。

この国では、婚姻の折に夫となる相手を象徴する色――髪や目の色にちなんだドレスをまとうのが一般的だが、あいにくとユーグは黒髪黒目であり、さすがにそれは避けたのだろう。

その代わりに、ほとんど黒に近い紫の差し色が随所にちりばめられており、それがドレスのデザインも相まって華奢《きゃしゃ》な彼女の体形を引き立てている。

銀色の髪は美しく結い上げられ、昨日見た時よりもその輝きを増しているように思えた。

首と耳元を飾る宝飾品は、リリアンの水色の瞳と同じ色の石が使われているが、ユーグの記憶が間違いでなければ、代々、ラファージュ家に伝わっていたもののはずだ。

リリアンが勝手に使えるものではないため、彼女にそれをつけさせたのは母だと思われる。

ユーグの母に付き添われた彼女が近づいてくるにつれ、化粧のせいもあるだろうが、昨日よりもかなりその顔色が良くなっていることに気が付いた。

要するに、ユーグはリリアンが登場した途端に彼女から目が離せなくなり、目の前で立ち止まられた時も、控えめな父の咳払いでやっと自分がこれから何をしなければならないかを思い出す始末だった。

どこかぎこちない動きでそっと右手を差し出すと、リリアンの手が付き添いの母からユーグへと渡される。

その際に、母親の目がわずかに笑っているように思えたが、それよりも自分の手に触れるリリアンの指の感触に気をとられた。

——細く、華奢《きゃしゃ》な手。

貴族の令嬢の常で柔らかく滑《なめ》らかな手触りを予想していたのだが、己の手のひらに乗せられたそれが、ほんの少しだけカサついているように思えるのは気のせい……ではなさそうだ。

ちらりと視線を落とすと、長く美しく整えられていて当然の爪も、短く切られている。まるで下働きをしている者みたいに。

だが、仮にも彼女は侯爵家の令嬢である。そんなことがあるはずもなく、けれども、そうであればなぜこのような……

またしても思考が横にそれそうになるのを、ユーグは慌てて修正した。

とにかく今は、『式』を滞《とどこお》りなく済ませるのが最優先事項だ。

リリアンの手をとったまま、ゆっくりと祭壇《さいだん》に向き直る。

式の最中は移動しないのがわかっていたので、この場所に着いてからは杖《つえ》を使用人に預けていた。バランスを崩さぬように慎重に体の向きを変えると、隣のリリアンが気遣わしげな視線を向けているのに気が付く。

『同情は必要としていない』

とっさにそんな言葉が出そうになり、ぎりぎりのところで唇をかんでこらえた。

婚姻の式で花婿《はなむこ》が口にするセリフではないし、この類《たぐい》の視線ならすでにおなじみとなっていたはずだ。

なのになぜ今、これほどまでに気に障《さわ》るのか……訳のわからぬいら立ちを懸命に抑えようとするがうまくいかない。

ユーグがなんとか平静を取り戻した時には、式は始まっているどころか、両者の署名の段階まで進んでいた。

★
★
★

「――それでは、婚姻誓約書に署名を」

領都の神殿から派遣されてきたという神官に促《うなが》されたユーグが先にそれに署名するのを眺めながら、リリアンは内心でこっそりと安堵《あんど》のため息をついた。

なんとか無事にここまでたどり着けたが、ここに至るまでのあれやこれやは本当に大変だったのだ……。

昨日、クロナから夕食までの時間で休むように言われた後。

旅の埃《ほこり》にまみれた姿できれいに整えられたベッドを使うのは憚《はばか》られたものの、積もり積もった疲労には勝てず、リリアンは倒れ込むようにしてそこに横たわった。

眠るつもりはなく、ただ目を閉じて体を休めるだけ……だったはずが、クロナがやってきてそっと体に触れられるまでの記憶が飛んでいる。リリアンは初めての婚家でいぎたなく眠り込んでしまっていたことに青くなった。

もっとも、クロナはそんなリリアンに苦言を呈《てい》することはなく、湯浴みの用意ができていることを告げる。久しぶりに温かいお湯に浸《つ》かった、そこまでは、まだ良かったのだ。

浴室から彼女が出てくるまで（湯浴みの手伝いはリリアンが断った）の間に夕食のための衣装を準備してくれていたクロナが、いざ、それを着せつけようとして、重大な問題点があることに気が付く。

サイズが、全く合わないのである。

考えてみれば、当たり前の話だ。用意されていた衣装は、すべて本来の結婚相手――テレーズに合わせてしつらえられたものばかり。

リリアンがテレーズと似た体形をしていたのならなんとかなったのかもしれないが、小柄で胸や腰が豊かだった姉とは異なり、リリアンは華奢《きゃしゃ》ではあるがテレーズよりも身長が高い。

クローゼットには大量のドレスが収納されており、試しにと何着かに袖を通してみたものの、人前に出られる状態には程遠かった。

「……困りましたね」

「申し訳ありません」

「いいえ。私共の落ち度でございますので」

「いいえっ！　私がいきなりこちらに来てしまったせいですから」

とはいえ、いつまでも裸でいるわけにもいかない。かろうじて部屋着の類《たぐい》はなんとかなりそうだったので、それを着てはいるが、そんな姿で夕食の席には出られないのは明白だ。

あとは、ここに着てきた服しかないのだが、それを提案したリリアンに対して、クロナがきっぱりと拒絶した。

「あのような服は、ラファージュ家の若奥様となられる方にふさわしくございません。ひとまず、お夕食はリリアン様のご体調がすぐれないためにお部屋でとられる、ということにいたしましょう。それより、問題なのは明日でございますよ」

婚姻式のためのドレスも用意されているが、そちらも当然ながらテレーズに合わせて仕立てられている。

「お式のためのドレスと、その後の晩餐《ばんさん》のものと……とりあえずは、その二着ですね」

そう言いつつ、隣接する部屋からクロナが持ち出したのはトルソーに着せかけられた二着のドレスだった。無論、そのトルソーもテレーズの体形に合わせたものである。

「リリアン様のお体に合わせたものをすぐに用意いたしますが、今はご容赦《ようしゃ》くださいませ」

「いえ、そんなお手間は……」

「今後、絶対に必要になるものでございます――リリアン様、僭越《せんえつ》ながら一つ、申し上げてもよろしいでしょうか？」

「は、はい」

微妙に変わったクロナの口調に、リリアンは反射的に背筋を伸ばす。とはいっても、元から立ち姿勢はとても美しい。

「リリアン様がご実家で、どのようにお過ごしになられていたとしても、これよりはラファージュ家の次期当主の妻、ゆくゆくは領主夫人となられるお立場となられました。どうか、そのご自覚をお持ちくださいますようお願い申し上げます」

「はい」

「リリアン様の恥は辺境伯家の恥となります。お衣装はそのために最低限必要なものであり、それをご不自由なくご用意させていただくのは私共の責務です。ですので、お衣装がリリアン様のお体に合わなかったことをお詫《わ》びするのは私共でございます。どうかそれ以上のお言葉はご無用にお願いいたします」

「え……でも、それは……」

どう考えても、悪いのは直前になって花嫁を入れ替えたマチス侯爵家のほうだ。それらをクロナたちの責と言われても、リリアンは納得できない。

けれど――

「ご領主様より、『リリアン様にお仕えせよ』と命じられておりますれば、貴女様《あなたさま》が私のお仕えする方です。以前、どこのどなたとも存ぜぬ方が、あれやこれやとお命じになられていた気もいたしますが、きっと私の記憶違いでございましょう」

どうやら、テレーズのことはなかったことにする——いや、なった、らしい。

「使用人の身で、失礼なことを申し上げました。重ねてお詫《わ》びいたします」

「い、いえ！　そんな……ありがとう」

これ以上詫《わ》びるな、と言われたからには、感謝を伝えることしかできない。

そんなリリアンに、クロナは小さく微笑《ほほえ》んだ後、早速、次の行動に移る。

「それでは、お夕食をこちらに運ばせますので、それを待つ間に、まずはこちらのドレスを着てみてくださいませ」

リリアンに合わせたトルソーがない以上、本人が着て補正するしかない。

「針仕事の得意なメイドが何人かおります。その者たちを動員すれば、明日の朝までにはなんとかなるでしょう」

徹夜確定になるが、この場合、それ以外に方法がないのはリリアンにもわかった。

「あの……」

「詫《わ》びはご不要ですが、ねぎらいのお言葉はありがたく頂戴いたします」

何か言いたいのになんと言っていいのか迷うと、クロナが助け舟を出してくれる。

「いらぬ手間をかけさせて、その……頑張ってくれてありがとう、と伝えてください」

「確かに、そのように伝えましょう」

その後、サイズの合わないドレスをいかにしてリリアンの体形に合わせるか、ついでに装飾過多であり彼女の持つ雰囲気に合わない部分をどう変えるか、が話し合われる。

急遽《きゅうきょ》、呼び集められたメイドたちは最初こそ迷惑げな顔をしていたが、クロナが主となっての意見交換会をしているうちに、いつの間にか熱心にその会話に加わっていた。

「あの……私も、何か……」

針仕事なら、自分にも手伝えることがあるのではないか、と。そう思ったリリアンだが、クロナの迫力のある笑顔に、言い終えることができなくなる。

「リリアン様は、ゆっくりとお休みいただくことがご自分の役目とお心得ください」

そして、ここで作業をしてはリリアンが休めないからと、メイドたちをドレスと共に下がらせ、運ばれてきた夕食をとらせ……と、まるで彼女がリリアンの母親のように甲斐甲斐《かいがい》しく世話を焼いてくれたのだった。

そしてその翌日、つまりは今朝。

緊張で食べ物が喉《のど》を通らないリリアンを説き伏せあやして食事をさせ、つま先から髪の毛の先に至るまで磨き上げ、途中のこのこと顔を出したユーグをあっさりとあしらって追い返し、目を赤くしたメイドたちから見事に仕上がったドレスを受け取り、辺境伯夫人からの指示でリリアンが見たことも触れたこともないような豪奢《ごうしゃ》な宝飾品で身支度をしてくれた。

「とてもお美しゅうございますよ、リリアン様」

クロナの言葉どおり、大きな姿見に映る自分は、これまで見た中で一番美しい。

「何から何まで……本当にありがとう」

望まれて来たわけでも、望んで来たわけでもないリリアンだ。

いきさつを考えれば、どれほど冷遇されても文句は言えない。それを、主に命じられたとはいえ、ここまで献身的になってくれる相手に、そんな言葉だけでは到底足りない。

それでもせめて、心からの礼を告げる。

「うつむくことなく、胸を張ってお進みくださいませ」

「ええ」

なぜここまでしてくれるのか……使用人としての建前ではなく、クロナの本心を知りたいと思いながらも、気持ちを切り替える。

今から向き合うべきなのは、クロナではない。

「それでは、ご案内させていただきます」

別室で待機してくれていたらしいオーラスに付き添われ、はき慣れない高いヒールの靴に少々手こずりながらも、リリアンは背筋を伸ばし歩を進める。

礼拝堂の前まで来た時に、すでに姑《しゅうとめ》となる辺境伯夫人が自分を待ってくれていたのに驚きながら、笑顔と共に差し出された手に、そっと自分の左手を添えた。

「ありがとうございます、あの……お義母《かあ》様」

「どういたしまして。私も貴女《あなた》みたいな義娘《むすめ》ができてうれしいのよ」

言葉の一部を妙に強調された気がするが、その理由を尋ねて良いのか迷っているうちに、先ぶれが声を張り上げた。

「ご静粛《せいしゅく》に！　花嫁の入場です」

分厚く大きな扉がゆっくりと引き開けられる。

その先の向かって右側に固まってラファージュ家に縁があるであろう人々が並び、最奥の祭壇《さいだん》前にはユーグとその父である辺境伯が立っていた。

その他は、この式のために来てくれたという司祭が一人だけ。左側のマチス家関係者のための場所に参加者の姿はない。

あまりにも失礼……を通り越して無礼ですらある。

一斉にリリアンを見つめる人々の目に敵愾心《てきがいしん》とでも呼べそうなものが宿っているのは、当たり前だろう。

——覚悟はしていた。

それでもお世辞にも友好的とは言えない大勢の視線に、思わずうつむきそうになる。

けれど、その寸前に、預けていた片手をきつく握り締められた。

リリアンたちが礼拝堂に足を踏み入れた時点で、すでに式は始まっており、ここから先に口を開いていいのは司祭と新郎新婦のみ。

それゆえの無言での力づけにリリアンは頭を高く上げる。それでいい、とでもいうようにもう一度、姑《しゅうとめ》の手に力が入った。

しん……と静まり返った礼拝堂に、リリアンたちの歩むヒールの音と、長く裾《すそ》を引いたドレスの衣擦《きぬず》れ、そして降りしきる雨の音だけが響く。その中をゆっくりと進み、やがて、ユーグの待つ場所へたどり着いた。

無言のまま、姑《しゅうとめ》に預けていた手がユーグへと引き渡される。

今日の彼は杖《つえ》を手にしていなかった。

顔に残る傷、不自由となった左足。

昨日聞いたユーグの言葉によれば、服に隠された部分にも傷があるという。

だが、その原因をリリアンは知らない。

本物の婚約者であるテレーズなら知っているのかもしれないが、それをリリアンに教えてくれるような親切心は欠片《かけら》もなかっただろう。

それでも。理由を知らずとも、今のユーグを心配することはできる。

支えとなる杖《つえ》なしに、慎重に祭壇《さいだん》に向き直る彼が、万が一にもそのバランスを崩さぬよう、もしそうなった場合はすぐに支えられるように。注意深くその動きを見守り、無事に方向転換を終えたことにほっとして、思わず彼の顔を見上げ……昨日と同様、片方だけ下ろした前髪の下の、ひどくイラついたような視線とぶつかった。

（……え？）

ここまで一言もしゃべらず、ただ歩いてきただけだ。ユーグの気に障《さわ》るような真似はしたくてもできないはずだった。なのに、そんな視線を向けられる意味がわからない。

だが、その視線はすぐに逸《そ》らされ、その直後から司祭の説教が始まったせいで、リリアンは式に集中するしかなくなる。

そのまま式は進み、誓約書へ署名を促《うなが》された。一瞬、ユーグがそれを拒むかもしれないと思ったものの、彼が素直にペンをとってくれたので安堵《あんど》する。

さらさらと自分の名をそこに記した後、ユーグは同じペンをリリアンに渡す。

リリアン・レナ・マチス。

この署名をするのは、これで最後だ。今日この時より、リリアンの家名はラファージュとなる。

けれど……いつまで自分は、この『名』を名乗れるのだろうか？

ふと、そんな疑問が頭に浮かぶが、間違っても婚姻式の最中に考えることではない。余計な考えを振り切るように、そっと署名を終えた書類を差し出した。

司祭がそれを確認する。

「滞《とどこお》りなく両名の署名をいただきました。これより、ユーグとリリアンは夫婦となります。もし、この結びつきに異論のあられる方は、今、ご発言ください」

型どおりの宣言に、声を上げる者は一人もなく——こうして、リリアンはユーグの妻となったのだった。


式の後はお決まりの宴会だ。正式な披露宴はまた別に開催する予定のため、内輪での小ぢんまりとしたものではあったが、そこは辺境伯家である。贅《ぜい》を尽くしたとまではいかずとも、テーブルには十分に豪華な料理が並んでいた。

内輪だけの宴《うたげ》の場合は立食が多いのに、ユーグの体のこともあってか着席方式で、これはリリアンにとって大変にありがたい。

厳《おごそ》かな式の間は口をつぐんでいられても、酒が入れば別となるからだ。

しかし、一段高くしつらえられた席でユーグの隣に座り、その脇で辺境伯夫妻がにらみを利かせていれば、酒で過剰に滑《なめ》らかになった舌にも歯止めがかかる。

よほどの愚か者でない限りは、この場でリリアンを侮辱《ぶじょく》するような真似はできないだろう。

あからさまではなく、それとなく匂わせる類《たぐい》の嫌みまで完全に封じることはできなかったが、その程度であればリリアンも聞き流すことができた。

やがて――

「さて、と……そろそろ新婚の二人を解放してやらねばならんな」

宴もたけなわになった頃に告げられた辺境伯の言葉で、ユーグとリリアンが退出する。

その先は、言うまでもなく夫婦の寝室であった。

急ごしらえの、けれど見事に仕上がったリリアンの披露宴用のドレスだったが、寝室にはふさわしくなかった。

いったん、一人で戻った自室ではクロナや侍女たちが待ち構えており、すぐさま浴室に送られた後、朝の婚姻式の時と同じように、いや、それ以上に念入りに全身を磨き上げられ、衣装を着せかけられる。

これほど薄く、扇情的《せんじょうてき》ですらあるものを身につけるのは初めてだ。周囲にいるのは同性だけだというのに、今すぐ着替えたくなったリリアンだが、これが『初夜の装《よそお》い』であると言われればそれまでだ。

湯浴み後の体が冷えてはいけないとガウンだけは羽織《はお》らせてもらえたものの、こちらも素材は夜着本体と同じであり、本当に防寒の効果があるのかははなはだ疑わしかった。

その姿で、下ろしたままの髪をくしけずられ、薄く夜の化粧を済ませて向かった先は、リリアンが気が付いていなかった部屋の片隅にある扉の前――その向こうが夫婦の寝室であるという。

そう告げられた瞬間、本当に今更であるが、自分が『誰かの妻』になるという実感が怒涛《どとう》のようにリリアンに押し寄せる。

普通であればもっと前に感じるものだろうが、婚姻式では醜態《しゅうたい》をさらさないようにすることだけで頭がいっぱいで、何より『嫁《とつ》げ』と告げられたのが数日前のことなのだから、無理もない。

怖気《おじけ》づき……けれど、ここから逃げ出すわけにもいかず、覚悟して扉を開いた。その先はここよりもやや広めの部屋だ。

中央に大きな天蓋《てんがい》付きのベッドがあり、すでにユーグがそこに腰を下ろして彼女を待っていた。

「あの……お待たせして申し訳ありません……」

どうしても声が震えてしまうのは、これから初夜を——それも、昨日初めて会った相手と迎えねばならないせいだ。

薄い絹とレースで作られた初夜のための衣装は、リリアンの華奢《きゃしゃ》な体格を余すところなく新郎の前にさらけ出している。

恥ずかしくて仕方がないが、下手に隠すのも憚《はばか》られる。

室内を照らす明かりが寝室にふさわしく光量を抑えたものであるのが、リリアンには唯一ともいえる救いだった。

「それほど待ってはいない。それと、女性の支度に時間がかかるのはわかっているから、謝罪は無用だ」

相も変わらずそっけない物言いだが、婚姻式で垣間見《かいまみ》せた敵意のようなものは感じられない。

そのことでわずかにほっとするが、この先、どう動けばいいのかがリリアンにはわからなかった。

座っているユーグのところまで行くべきなのかもしれないが、呼ばれてもいないのに勝手に動いてもまずい気がする。

そのリリアンの逡巡《しゅんじゅん》を感じ取ったのか、それとも単にそういうタイミングだったのか――

「そこで立っていても仕方ないだろう？　本来なら立って出迎えるべきだろうが、立ち上がるのに少々難儀するので、君がこちらに来てくれると助かる」

受け取り方によっては、『リリアンのためにわざわざ立ち上がるのが面倒だから、勝手に歩いてこちらに来い』と言われていると解釈できるセリフである。そして、本人は気が付いていないのかもしれないが、おそらくそれがユーグの本音だろう。

リリアンとしては粗雑な扱いに憤《いきどお》っていい場面だが、残念なことに彼女はこうした扱いに慣れすぎていた。

素直にその言葉に従っておずおずと足を進め、ユーグに近づく。彼はベッドに腰かけた自分の隣をポンポンと叩いて示した。

そこに座れ、ということだろうが、リリアンとしてはその距離がいささか近すぎるように思われ、結局少し離れたところにそっと腰を下ろす。

「……まぁ、仕方がないな」

手を伸ばせば触れることはできても肩を抱くような親密な行動はとりずらい距離に、ユーグが苦笑する。

「も、申し訳ありません」

「責めているわけじゃない。男の俺に、女性である君の気持ちがわかるとは言えないが、想像はつく」

相変わらずぶっきらぼうな物言いだが、確かに彼自身の言うように怒ってはいないようだ。

そのことに勇気づけられ、リリアンは下ろしていた視線を思い切って上げ、ユーグに向き直った。

お互いの距離が近いため、薄暗い照明の中でも、その秀麗《しゅうれい》な美貌《びぼう》が見える。

昨日、初めて会った時も思ったが、彼は本当に整った顔立ちをしていた。

軽くウエーブのついたしなやかで艶《つや》のある黒髪に、黒曜石の輝きを宿した瞳。絶妙なカーブを描く顔の輪郭《りんかく》に、すっと伸びた鼻梁《びりょう》の下には形の良い唇。整いすぎるほどに整っているのに、そこに女性的な弱々しさはない。

男らしく逞《たくま》しい首筋から下は着衣の上からでもわかるがっしりとした肩幅で、しっかりと鍛《きた》えられていることが察せられた。

そんな、おそらくは多くの女性たちにもてはやされていただろうユーグが、こんな自分を見てどう感じるだろう？　姉のテレーズは小柄で、とても女性らしい体つきをしていた。その彼女に代わって押し付けられたのが、身長ばかりが伸びてやせっぽっちな、女らしい魅力などないに等しいこんな自分では……

そう思うと、知らぬ間にまたうつむいてしまう。

「やはり気味が悪いか？」

「え？」

その時、ユーグからかけられた言葉は、リリアンには全く理解できなかった。

驚いて、再度顔を上げ、彼の顔をまじまじと見る。

「この傷が気に入らんのだろう？」

視線の先でユーグが指で示したのは、自分の左目を縦断するように残る傷跡だ。

秀麗《しゅうれい》な顔立ちにつけられた無残な傷――だが、確かに目立ちはするが、気味が悪いとは思わない。

「いえ、そうでは……」

「ここでは俺と君の二人きりだ。取《と》り繕《つくろ》う必要はない」

「いえ。気味が悪いとは思いません」

「正直に言ってくれて構わん」

「本当に、そう思っております」

「本音を話してくれても怒らないと誓う」

「本当に本当です」

　話にならない。というか、いくらリリアンが本当のことを言っても、ユーグには彼女の言葉を素直に受け入れる気がないようだ。

　あまりにもかたくななその様子を不思議に思い、更にはなぜかこのまま流してはいけないように感じたリリアンは、ここで少し話の向きを変えることにした。

「本当に気味が悪いなどとは思っておりません。ただ……」

「なんだ？　言いたいことがあれば遠慮なく口にしてくれ。ああ、傷を負う前も負ってからも、陰口の類《たぐい》は聞き飽きるほど聞いてきたので、多少のことで腹は立てない。安心するといい」

　傷さえなければ――いや、あったとしても、そこらの令嬢よりもよほど整った容姿の持ち主だ。しかも、国内でも大きな力を持つ辺境伯の嫡子である。嫉妬《しっと》ややっかみの視線も数多く集めてきただろうことが、その言葉からうかがえた。

「ありがとうございます。では、不躾《ぶしつけ》ながらお尋ねします。その左のお目は、視《み》えていらっしゃるのですか？」

「……これはまた、意外な質問だな。聞かれるのはこの傷の理由かと思ったが、知っていたのか」

リリアンの質問はユーグの意表を突いたらしい。

「いいえ。存じません。ですが、ユーグ様は騎士であられると伺っておりましたので、お仕事中の出来事であろう、と……」

辺境伯の嫡子で、王立騎士団に所属する騎士。リリアンが知るユーグの情報はそれだけだ。

仮にも姉の婚約者であったのだから、普通であれば家族の語らいの中でもっと詳しく知っているのが当たり前なのだろうが、あいにくとリリアンの環境は『普通』とは言い難かった。

唯一、愛情を与えてくれていた父も家にめったに帰ってこないので、彼女の状況を失念していたのだろう。

「いきなり妙なことをお尋ねしてしまい、申し訳ありません」

傷の理由も確かに知りたいが、ここまでのユーグを見る限りではあまり口に出したくなさそうな気配を感じていた。

リリアンは生い立ちのせいで人の顔色をうかがうのが癖になっている。夫となった相手とはいえ、まだろくに言葉を交わしたことのないユーグにそれを尋ねないほうがいい、と彼女の本能が教えてくれた。

ただ、それでも、できることなら早めに告げておきたいことがある。

「いや、いい。何でも、と言ったのは俺だからな……ああ、視《み》えている。ありがたいことに、この部分の傷は皮一枚だった」

「でしたら。どうか、髪を下ろされるのはおやめください」

「……は？」

リリアンの言葉が更に予想外だったのだろう。思わず間抜けな声を出すユーグには構わず、彼女は先を続けた。

「せっかくご無事でしたのに、髪を下ろされたままでは、そのうち、お目が悪くなってしまいます。それだけでなく、片目だけ視力が下がれば、もう片方の目に負担がかかり、そちらも悪くなってしまうかもしれません」

最初に見た時から気になっていたのだ。

自分などが口を出していいことか迷っていたが、先ほどからの堂々巡《どうどうめぐ》りのやり取りもあり、いっそ、今ここで言ったほうがいいだろうと判断した。

「……気になるのは、俺の目の見え方か？　この傷は？」

「負われた時には、さぞや痛まれたかと思いますが、もう完治していらっしゃる様子ですし……もしや、風にあたると痛まれるのでしょうか？　でしたら、余計な差し出口をきいたこと、お詫《わ》び申し上げます」

「いや、痛みは全くない。そうではなく、この傷が……いや、そもそも、そんなことをどうして知っている？」

「私の実家の領地でも、傷を負った者がたくさんおりましたので」

「……ああ」

戦《いくさ》があったのは二十年以上前だが、その時の負傷者でまだ生き残っている者は大勢いる。

王家や領主から見舞金は出たものの、以前のようには稼げなくなった者たちを、リリアンの母は自分の住む別邸に雇い入れていた。

片手のない者、片足のない者。健常者よりもできることが限られる彼らに、可能な仕事を割り振り、雇いきれない者たちにもできる限りの便宜を図っていたものだ。

彼らの中に、ユーグのように顔面に傷を負った者もいた。

彼は弓が上手な腕のいい狩人《かりうど》で、その腕を見込まれて徴兵された。その後、この辺境伯家への援軍に組み込まれ、北国軍の放った火矢により片腕と顔にひどい火傷《やけど》をしたのだそうだ。幸い、命に別条はなかったものの、その火傷《やけど》のせいで前のように弓がひけなくなり、生活の術《すべ》を失って困窮《こんきゅう》していたところをリリアンの母が救い上げた。

下男《げなん》として働いてもらっていた彼は、顔の火傷《やけど》を気にして髪でその傷を隠した状態にしていたところ、ある日、己の視力がとてつもなく下がっていることに気が付く。

弓を得意とするだけあり、遠くまでよく見える目を持っていたのに、だ。

「――母も心配して、お医者様に診《み》ていただいたところ、おそらくはその髪型のせいではないか、と言われたそうです」

前髪を下ろし続けていれば、目は無意識にそこに焦点を合わせようとする。あまりにも近い場所を見つめ続けることで目に負担がかかり、蓄積《ちくせき》した疲労が視力を低下させたのではないか、と。

彼の場合は、加齢のせいもあったかもしれないが、そんな実例を知るリリアンだからこそ、ユーグに告げなければならないと考えたのだ。

「……そういうこともあるのだな」

彼女の説明を受け、ユーグは何か考え込んでいたが、すぐに前髪を上げる様子はない。

リリアンとしても、本人にその気がないのに無理にそうさせるわけにもいかず、しばらくは双方が黙ったまま、なんとも微妙なムードになる。

が、それを先に打ち破ったのは、ユーグのほうだった。

「とりあえず、今の話は覚えておくことにして……何はともあれ、今日からは俺と君は夫婦となった」

「はい」

改まった口調で話し出す彼の言葉に、リリアンも姿勢を正して耳を傾ける。

「いろいろと事情が……ここはあえて『奇縁』と呼ぼうか。それによって夫婦となったからには、俺は君を妻として尊重し誠実であることに努めるが、その対価として君に願いたいことがある」

「願い……ですか？」

「ああ――つまり、夫婦にはなるが君に『俺の愛を求めないでほしい』ということだ」

新婚初夜の花婿《はなむこ》のセリフとしては、これほど似つかわしくないものもないだろう。

だが、ユーグはリリアンの驚きにも気付かず――というよりも、無視するようにして、早口で言葉を続けた。

「申し訳ないが、俺が君を愛することはない。当然、『夫』としての義務は果たさせてもらうから、いずれは子も授かるだろう。その時には良き父親としてふるまうし、勿論《もちろん》、金銭面でも不自由はさせないつもりだ。だから……それで満足してもらえないだろうか？」

『対価』であると取引を持ち掛け、『願い』と前置きをし、リリアンに問いかける形をとってはいるが、実質はユーグの宣言にほかならない。

愛のない、けれど外面だけは完ぺきに取《と》り繕《つくろ》った仮面夫婦でいよう——要するにそういうことだ。

彼としては、先ほどの己の言葉のように妻になった女性に対して誠実であろうとして口にしたのだろうが、その配慮にはリリアンの気持ちが全く含まれてはいない。そして繰り返すが、初夜のベッドで告げる言葉では、絶対にない。

けれど——悲しいことに、そういった扱いにリリアンは慣れすぎていた。

「……はっきりとおっしゃってくださり、ありがとうございます。私は夫であるユーグ様のお心に従うのみです。どうか、ユーグ様が望まれるようになさってください」

縁あって夫婦になるのだ。最初からは無理でも、精いっぱい、相手を愛せるように頑張ろう。

相手からは……恋人同士のようには愛されなくて当然。でも、もしかしたら夫婦として過ごすうちには、穏やかで温かな愛情をはぐくむことができるかもしれない。

そんな彼女の夢は、この瞬間にあっけないほど簡単に、そして粉々に打ち砕かれた。

いや、身の程知らずにもそんな思いあがったことを考えてしまった自分を恥じつつ、リリアンは相手の望んでいるであろう言葉を告げる。

ユーグがほっとしたように笑った。

「そうか、助かる。実は、さすがに君が怒り出すのではないかと思ったが……君としてもいきなり夫をあてがわれ困っていただろう？　早いうちにこうしてお互いの正直な気持ちがわかって良かった。この婚姻自体はどうしようもないことだが、せめて二人だけの時は取《と》り繕《つくろ》わずにいたいしな」

美しい顔で残酷なことを告げる彼に、リリアンはとっさに否定の言葉が口を衝いて出そうになるのを、唇をかんで懸命に押しとどめる。

ユーグはその沈黙を同意と受け取ったようだ。

「さて、そうとなれば……そろそろ、お互いの義務を果たそうか」

「……え？」

再び、がらりと纏《まと》う空気と口調を変えたユーグに反応する間も与えられず――気が付けば、リリアンの体はベッドの上に押し倒されていた。

もともとそこに腰かけていたとはいえ、あまりに早業で、思考が追いつかない。

けれど、シーツの上に仰向《あおむ》けに寝かされ、のしかかるようにしてこちらをのぞき込んでいるユーグを見ると、この先に何が待っているのかは明白だった。

「念のために言っておくが、俺の負傷は『男としての機能』には全く影響していない。最初は、できれば男が希望だが、無事に生まれてくれるならどちらでも構わない。ただ、跡取りとして男児が必要であるのは肝に銘じておいてくれ」

そんな状況で、淡々と告げられるのは、この先、生まれてくるであろう子供の話だ。

当たり前の新婚の夫婦であれば、笑い合い、お互いを温かく見つめ合いながらの会話だろうが、ユーグにとってはどうやらただの確認事項でしかないらしい。

それがひどく寂しくて――けれど、真上から自分を見下ろしているユーグの瞳に、熱っぽい光が宿っているのに気付き、リリアンはほんの少し、救われた気がした。

今、この瞬間――こんなやせっぽっちな体でも、『女』としては見てもらえているらしい、と。

リリアンが生まれて初めて受けた口づけは、かすかに酒の香りがした。

先ほどの宴《うたげ》ではあまり酒を口にしていなかったように思うので、もしかするとユーグは、彼女を待つ間に飲んでいたのかもしれない。

最初は無難に唇同士を重ねるだけだったが、やがて彼の舌がリリアンの唇の間に差し入れられる。そこを開かせるように動くぬめった感触に、ぞわり……と、悪寒《おかん》とも戦慄《せんりつ》ともつかない感触が背中を走り抜けた。

年頃の娘らしく、リリアンも『結婚』や『初夜』というものにぼんやりとした憧《あこが》れを抱いていた。

貴族の令嬢としての正式な教育は受けさせてもらえなかったとはいえ、下働きに交じって働かされているうちに、それなりの情報を耳にする機会はあった。

政略結婚が常の貴族とは違い、平民である下働きたちの口からは、愛し愛された相手との『初めて迎える夜』がいかに幸せであったかが語られた。あまりにも露骨な表現が飛び出した時は、仮にも侯爵家令嬢が聞く話ではないと、自主的に席を外していたリリアンだったが、そんな状態でもある程度のことは知れる。

甘いささやきや、情熱と愛情の混じった眼差《まなざ》し、性急さをにじませながらも相手を思いやる優しい愛撫《あいぶ》……はしたないとは思いながらも、いつかは自分も、とリリアンが願ったとしても誰も責められないだろう。

いずれ、家のために嫁《とつ》がされるのがわかっていても、ほんの少しでも夢を見たかったのだ。

けれど、やはり現実はリリアンに少しも優しくはなかった。

優しい睦言《むつごと》の一つもなく、それどころか義務と言い切って、自分を抱こうとする『夫』。

しかし、ユーグがリリアンを抱くのが義務と言うのなら、リリアンもまた彼を受け入れる義務がある。

たとえ父親に命じられ、逃げ出せないように見張りをつけられていたとしても、抵抗らしい抵抗もせずにこのラファージュ家に来たのは自分だ。

それに、さぞや冷たくあしらわれるだろうと思っていたのに、意外にもこの家の人々はリリアンを責めることなく迎え入れてくれた。義理の両親となる辺境伯夫妻は勿論《もちろん》のこと、使用人たちもリリアンに嫌な顔一つ見せず、体調を気遣い、徹夜してまでドレスを仕立て直してくれた。

それもこれも、すべてリリアンが『ユーグの妻』となるからであり、彼らから受けた厚意に対して、リリアンが返せるものは一つしかない。

執拗《しつよう》に唇を開けさせようとする舌の動きに、彼女は固く引き結んだ唇をほんの少し開く。その隙を逃さず、ぬるりとした感触のものがリリアンの口中へ忍び込んだ。

温かくぬめった感触のもの――それはユーグの舌であり、それがゆっくりとした動きでリリアンの口の中で蠢《うごめ》く。歯列をなぞり、その隙間から奥へと入り込んで、小さく縮こまっていた彼女のそれを探り当て絡みついた。

「……ぅ」

自分のものではない、他人の体の一部が勝手気ままに動き回る。

それはリリアンが初めて体験するものだ。

あまりにも生々しい感触に悲鳴を上げそうになり、その代わりにきつく両手を握り締めた。

あまりに強く力を入れたために、その手が小さく震え出す。ユーグの『誘い』に応えるなどできるはずもなく、ただひたすら耐え忍んでいた。

「……すまん。少し急ぎすぎたようだ」

ようやく唇を解放してくれたユーグが、困ったように小さくつぶやく。

「い、え……その……申し訳、ありません」

口づけられていた時間はそう長いものではなかったが、その間の呼吸ができず、しかもユーグの下から逃げ出したくなるのを全身に力を入れてこらえていたリリアンは、すっかり息が上がっていた。

酸欠により頬に赤みが差し呼吸を乱している様子は、口づけに酔っていると見えるかもしれない。だが、ありがたいことにユーグが勘違いすることはなかった。

「本当に、初めてのようだな」

「あ、当たり前ですっ！」

小さくつぶやかれた言葉に、リリアンは敏感に反応する。

その際に少しばかり語気が強くなってしまったのは無理もない。

男性ならいざ知らず、貴族の女性が結婚する場合は処女であることが重要視される。

更には、リリアンの場合は事情が事情だ。一瞬でもそれを疑われたのは心外の極みだった。

「すまん。別に本気で疑っていたわけじゃない。しかし、君にもそんな顔ができるんだな」

「……あ」

腹立ちのあまりに、どうやら彼をにらみつけていたらしい。

「も、申し訳ありません」

「いや、いい。自己主張が強すぎるのも困るが、人形のように従順なだけの相手も気味が悪い――それで、どうする？」

「……は？」

質問の意味がわからず戸惑《とまど》うリリアンに、今度はユーグが困ったような顔になる。

「先ほどはああ言ったが、おびえ切って死にそうな顔をしている相手に、俺としてもこれ以上、無理には、な？　今ならなんとか俺も収まりがつくし、この先、機会はいくらでもある。もう少し、君が俺に慣れてからでもいいだろうし……」

つまりは、今夜のところはリリアンを気遣って無理に抱かずにいてくれる、ということらしい。

その提案は、リリアンにとってとてつもなく魅力的なものだった——けれど。

「ありがとうございます。ですが……どうか、このまま……」

「は？　……いいのか？」

ユーグはリリアンが素直にこの提案を受けると思っていたようだ。その予想とは正反対の答えを聞いて、驚いた顔をする。

「はい。私の覚悟が甘く、申し訳ありません。ですが、もう大丈夫です」

口づけだけは交わしたものの、お互いがまだ着衣のままという状態だ。ユーグの言うように、今なら引き返せるだろう。

だが、それで今夜のところはしのげても、いつかは彼を受け入れなければならない。

それに何より、ユーグはリリアンのことを思いやって、今の提案をしてくれた。『愛することはない』と言い切られはしたが、彼女を大事にしようという気持ちは持ってくれているようだ。

愛情はなくとも、互いを思いやる夫婦にはなれるかもしれない。

リリアンにとっては、それで十分だった。

「……覚悟、か」

「も、申し訳ありません。言葉が、その……」

「いい。それと、そんなに何度も謝らなくていい。俺が君をいじめている気分になる」

「いえ、そういうわけでは……っ」

「いい、と言った。それに君の言うように、今、逃げても仕方がないな」

やはり少し困ったままの顔で――それでも、小さな笑みがユーグの顔に浮かぶ。

「できるだけ優しくする。だから、君も、もう少しだけ体の力を抜いてくれると助かる」

リリアンを安心させるためのそれは、彼女が初めて見る、苦笑でも冷笑でもない、彼の笑顔だった。

「は、はい」

「服も脱がせるが、いいな?」

「はいっ」

がちがちに固まった体から力を抜くのに必死で、ユーグとのやり取りに気を遣う余力はない。結果、閨《ねや》の床《とこ》にはあまりふさわしくない『元気な返事』をしてしまったことにリリアンは気が付かなかった。

「……君は……」

「え？」

「いや、何でもない。それより触るぞ？」

「は、はいっ！」

「……っ！」

二度目の『良いお返事』に、ユーグの肩がわずかに震える。それを振り切るようにして、彼は再びリリアンに覆《おお》いかぶさってきた。

自分で告げたとおりに、ユーグの手つきは優しかった。

薄衣とレースの夜着を脱がす時も、できるだけリリアンが怯《おび》えないように、合間に優しく彼女の頬や額《ひたい》に触れたり、細くしなやかな髪を梳《す》いたりと、その緊張をほぐそうとしてくれる。

そして、前身ごろを留めていたリボンを解《ほど》き、その下の白い肌がわずかに見えるところでいったん手を止めると、自分が着ていたガウンを一気に脱ぎ去る。

その下から現れたのは、しっかりと鍛《きた》えられた逞《たくま》しい男性の裸身だ。

がっしりとした肩に、厚い胸板と引き締まった腹筋。

だが、最も目を引くのは、彼の秀麗《しゅうれい》な顔と同様に、そこに刻まれたいくつもの傷跡だった。

左の肩口の盛り上がったものは、矢で射られたものだろう。返しのついた矢じりを無理に引き抜くと、このようになるのをリリアンは知っていた。その他、左上腕部と胸の左側にも、剣でつけられたと思《おぼ》しい傷があり、なるべく見ないようにしていたが腹部にもやはり傷があった。

これらがいつつけられたのか——一度でなのか、それとも複数回にわたってなのか。

『顔に受けたのはこれだけだが、体にはもう少し傷があるし、この足も傷のせいだ。そっちは今は見せられんが、初夜の時にでも確認するといい』

リリアンの耳に、最初に顔合わせをした時のユーグの言葉がよみがえった。

軽い口調だったため、足以外は軽いのかと早合点《はやがてん》していたが、傷の様子からして決してそうではなかったのだとわかる。

その様子に息を呑む。

が、それらの傷に気をとられていたのは、ほんのわずかな間だけだった。

「……っ！」

「無理に声を殺すな。俺は気にせん」

上着の隙間から、武骨な手がリリアンの胸元に差し入れられる。

初めて感じる『男』の手の感触に、とっさに悲鳴を上げそうになり唇をかんでこらえた。

「だ、大丈夫、です……っ」

「……意外に気が強いんだな……」

意外に、とはどういう意味かと問《と》い詰《つ》めたくても、今のリリアンにその余裕はない。

はだけられた胸のふくらみに添えられた手が、その柔らかさを味わうように動く。

軽く手のひらを押し付けるようにしながら円を描きつつ刺激を与えられ、その先端がわずかに硬くなり始めたところで、指先が胸のふくらみに軽く食い込んだ。

「んっ！」

不意のことで押し殺す間がなく、小さな吐息《といき》ともとれる声が漏れてしまう。

「大丈夫か？」

「大、丈夫、ですっ」

素肌に触れられていることだけでもひどく恥ずかしいのに、声を上げさせられ、確認までとられてはたまったものではない。真っ赤になっているだろう顔色は抑えた照明のもとではわからないだろうが、小さくとも半ば叫ぶような返答にユーグもおおよそのところを察したらしい。

「……すまん」

短く告げられる詫《わ》びの言葉だったが、それにまた返答するのもおかしなものだし、何よりも再び動き出した手の動きに、リリアンの注意はすべてそちらに移ってしまった。

彼女に安心を与えるためか唇は避けているようだが、額《ひたい》や閉じた目蓋《まぶた》の上に軽い口づけが落とされる。

その優しい感触に、まだ少し固くなっていたリリアンの体から力が抜けていく。それに気付くと、ユーグが更に大胆な動きを見せ始めた。

柔らかな手触りを楽しむように大きな手のひらが掬《すく》い上《あ》げるようにして胸のふくらみを包んだかと思うと、指先で先端に刺激を与えてくる。

やがて刺激を受け続けた先端が、ぷっくりと色づき、しっかりと立ち上がったところで、そこに唇が触れ、やがてすっぽりと包み込まれた。

「……んっ！」

唇で包まれ、舌で先端をつつくように刺激される。先ほどの手での愛撫《あいぶ》とは全く違うその感覚にたまらず声が漏れるが、先ほどのこともあり、ありがたいことに『大丈夫か？』の問いかけはなかった。

ただ、その代わりとでも言うように愛撫《あいぶ》が濃厚さを増す。

舌先だけではなく、ねっとりと舐《な》め上《あ》げられ、唇全体で強く吸い上げられる。敏感な部分に与えられる刺激に、リリアンの体を小さな震えが走り抜けた。

「……っ！　ぅ……くぅっ」

体の奥底から何か熱っぽいものが湧き上がり、たまらず喉《のど》に絡んだような声を出してしまう。

胸をいじられて声を上げるなどはしたないとは思うものの、リリアンには自分の体の反応を止めることも、ましてやユーグの行為をやめさせることもできない。

そんな彼女の様子を見て、ユーグは更なる段階に進むことにしたらしい。

無意識に何度も小さな身じろぎを繰り返すリリアンの体の動きに合わせて、じわじわとその手が下半身へ伸ばされていき――やがて平たい下腹部にまで到達する。

「っ！」

自分でもろくに触れたことのない場所に、誰かの手が明確な意思をもって近づいてくる。そのことに気付いた途端、反射的に手が動いていた。

けれど、女の細腕では騎士として鍛《きた》えられたユーグを止められるわけもない。

押しとどめようとする動きはあっさりといなされ、それどころか彼に片手で両手首をまとめてつかまれたかと思うと、それを頭の上でシーツに縫い留められた。

「ユーグ様っ⁉」

「悪く思うな。だが、慣らしておかないとつらいのは君だぞ」

ほとんど知識のないリリアンには、その『慣らす』の意味がわからない。

下働きの女たちの話から聞きかじっただけのそれは、好いた相手と共にベッドに入り、裸になって抱き合い、その後は――

『痛かったけど、すごくうれしかったわ』

『あの人のって、すごく大きくて』

どこが痛むのか？　何が大きいのか？

はしたないという思いと貴族令嬢としての矜持《きょうじ》で、それ以上の話には耳をふさぎ、あえて考えることはしてこなかった。ここにきてやっと、話の意味を理解する。

「ま……まさか？」

「……本当に何も知らんのか？　それとも、そういうフリをしているだけなのかはわからんが……ああ、そうだ。君のここに、俺が入る」

両足の付け根の淡い草むらに覆《おお》われた部分を、さわりとユーグの手のひらが撫《な》で上《あ》げる。

ぴったりと閉じられていたはずのそこは、リリアンが無意識に身じろいでいたせいで、少し緩《ゆる》んでしまっていた。

リリアンの腕を拘束しているのとは反対の手を伸ばしたユーグが、優しくはあるが断固とした力でもって、そこを押し広げる。ある程度、隙間が空《あ》いた状態になると、今度は膝《ひざ》でその間を広げられた。

「……ひっ⁉」

「さすがに濡れてはいない、か……まぁ、仕方がない」

広くくつろげられた中心に手を差し入れた彼が、眉間《みけん》に小さなしわを寄せながらつぶやく。

「ぬ、濡れ……んんっ⁉」

軽く曲げた中指の腹で最も秘められた部分を軽くまさぐられ、その感触にリリアンの体が小さく跳ねた。最初に胸に触れられた時のような――いや、それ以上の未知の感覚にリリアンの処理能力が追いつかない。その上、次なるユーグの行動によりその混乱に拍車がかかる。

「きゃっ！　ユーグ様っ⁉」

指先の感触で、リリアンのその部分が自分を受け入れるには程遠い状態だと悟ったユーグは、少々強引な行動に出た。

彼女の下肢をまさぐっていた手をいったん引くと、自分の口元に近づけ、しっかりと唾液をまぶすように舐《な》め上《あ》げる。その行動の意味がわからず、リリアンはただその様子を見守るだけだ。

しかし、その後再び戻された指先が、彼女の中心――まだ濡れておらず、乾いて柔らかな感触だけを保っていたソコに沈められたことにより、ようやく彼の意図を察した。

「あぅっ！」

あくまでも浅く――指の第一関節ほどの深さだ。

けれど、直接内臓に触れられるような、あまりにも生々しい感触に、一瞬、リリアンの脳裏が真っ白になる。

「ユ、ユーグ、さま……っ！」

次々と襲ってくる衝撃により、リリアンはユーグの行動をやめさせることすら忘れた。

それを見て取り、ユーグは彼女の腕を拘束していた手を離し、今度は彼女の内ももにあてがう。

「……おとなしくしていてくれ。俺としても、できれば痛い思いをさせたくないし、君にはどうしようもないだろう？」

「……っ」

確かにユーグの言うとおりで、経験はおろか知識もろくにないリリアンでは、彼にすべてを任せるしかない。

解放された腕を胸元でぎゅっと握り締め、意識して呼吸を繰り返す。

その間にも、ユーグの手がリリアンの内ももを何度も往復し、もう片方は浅い部分ながらも彼女の内部を刺激し続けていた。

そのおかげか、できるだけ力を抜き、ひたすらユーグの与えてくる感覚を受け入れていたリリアンの体にも次第に変化が訪れ始める。

「んっ……」

胸をいじられていた時に、わずかながらも感じていた熱。それが今は明確な一部分からのものとなって、再び湧き上がってくる。

「……いい子だ」

その変化に、ユーグもすぐに気が付いたようだ。

指を差し入れた部分の奥――リリアンのいまだ何物にも蹂躙《じゅうりん》されたことのないところから、熱い蜜が滴《したた》り始《はじ》めている。

まだほんのわずかではあるものの、ユーグはそのぬめりを利用して慎重に指を進め、同時に空《あ》いていた親指で、あえてこれまで触れることのなかった部分を軽く押しつぶした。

「っ！　ぅ……んんっ！」

まだ襞《ひだ》の間に埋もれたままの小さな肉の芽は、女性の体の中でも最も敏感な部分である。そこをいきなり刺激され、リリアンの体が小さく跳ねた。

自慰《じい》すらしたことのない彼女では、その感覚を『快感』と受け取ることはできないものの、それでも強い刺激であることには変わりない。

ぎょっとして、リリアンが思わずシーツから身を起こすと、ちょうどこちらを向いていたユーグと目が合う。その目が、かすかにすがめられたかと思うと再度、彼は顔を伏せ――

「あっ！　な、何を……ん、ぅっ！」

リリアンの体内に埋め込んだ指はそのままに、親指だけを外し、そこを舐《な》め上《あ》げられた。たまらずリリアンが悲鳴を漏らす。

「ダ、ダメ、ですっ！　……汚……っ」

けれど、その制止に構わず、ユーグはそこを何度も舐《な》め続《つづ》ける。

硬い親指とは異なり、ぬめった舌で立て続けに与えられる刺激に、リリアンの体がびくびくと跳ねた。

羞恥《しゅうち》と未知の感覚に翻弄《ほんろう》され、内ももをさまよっていたユーグの手が、リリアンの膝《ひざ》裏に移動し、そこを持ち上げて大きく割り広げていることにも気付けない。

「やっ！　や、め……あ、ゃあっ」

ユーグの舌が、ひちゃひちゃとリリアンのソコを舐《な》め上《あ》げる音が嫌でも聞こえ、羞恥《しゅうち》のあまり死ぬのではないかとさえ思う。声を抑えねばという思いすらどこかへいき、悲鳴にも似た音がとめどなく唇から漏れ続けた。

リリアンの体内に埋め込まれていたユーグの指も、ひそかに動きを増す。

ソコへの刺激にばかり気をとられていたリリアンが知らないうちに、いつの間にか指の数が増やされ、それが狭い内部をほぐすように蠢《うごめ》き回る。

一本から二本、そしてぎりぎり三本。リリアンの骨格が華奢《きゃしゃ》なこともあるが、多少ほぐしたところで、未通のそこの広さには限界がある。

「……狭いな……」

ぼそり、とつぶやいたユーグの言葉は、リリアンには届かなかった。

彼女は顔だけではなく、全身を桃色に染めている。元が色白なだけに、その変化は顕著だ。自分を守るように胸元に引き付けた両手がきつくこぶしを握り締めていた。

愛撫《あいぶ》に反応した平たく滑《なめ》らかな腹部が、全身にうっすらとかいた汗を薄暗い照明に光らせながらひくひくと動いている。その姿はユーグの最後の躊躇《ためら》いを吹き飛ばすにふさわしい威力を持っていた。

「できれば、一度、イかせてと思ったが……」

彼が与える刺激へ反応は示してはいるものの、リリアンはこれが初めてだ。互いに想い合い、理解し合った相手ではない上に、未知の行為に対する緊張や、意識してもどうにもならない本能的な恐怖もある状態だ。『そこ』まで達するのは至難の業だろう。

それでもユーグの努力により、まだ硬さを残してはいるものの、彼女の内部はある程度ほぐれてきている。

何より、これが初めてなのだから、全く痛みを感じさせないというのも無理であり、どこかで決断をしなければならない状況だった。

「悪いが、もう少しだけ我慢しろ」

短く告げられたユーグの言葉の意味を、リリアンは理解できない。

ただ、羞恥心《しゅうちしん》の限界を試されるようなその部分への愛撫《あいぶ》が止まり、次いで体内の違和感の原因がずるりと抜き去られたのを感じ取り、ほっと安堵《あんど》の息を漏らす。

そのおかげで、わずかだが体の力が抜けた。その期を逃さず、ユーグが素早く自分の体の位置を上にずらす。

「力を抜いてくれ」

「……え？　何……えっ？　……痛、いっっ！」

何か硬いものがソコに押し当てられたと感じた次の瞬間、有無を言わさぬ強さでそれが内部を目指し始めた。

ユーグの施《ほどこ》した準備により、ある程度はほぐれ、潤滑剤となる蜜で潤《うるお》ってはいるものの、リリアンが現状、受け入れられる質量に対して彼のモノはいささか大きすぎる。

「いっ！　ユーグ様っ、痛……や、やめ……っ！」

先ほどまで彼女が感じていたものが快感の欠片《かけら》であったとしても、そんなものはとっくにどこかにいっている。狭い隧道《ずいどう》の入り口が熱く硬い何かに押し広げられ、今まで感じたことのない類《たぐい》の苦痛——文字どおり身を引き裂かれる痛みに、リリアンは必死になってシーツをずり上がった。

けれど、ユーグの手がその細い腰をとらえ、強くその場に固定する。

「——っ！」

体の奥で何かがぶつりと切れたような、あまりの痛みに、声にならない悲鳴がリリアンの口からほとばしった。

それは、時間をかけ、いたずらに苦痛を長引かせるよりも、一思いに終わらせてしまったほうがいい、というユーグの思いやりでもあったのだが、リリアンにとっては衝撃が大きすぎる。

はくはくと口が動くものの、そこからは浅く切迫した吐息《といき》が漏れるのみだ。痛みのあまりに心臓が早鐘を打ち、頭の芯にもするどい痛みが走る。

「やっ……痛、ぃ……」

ようやく絞《しぼ》り出した声はかすれて切れ切れとなり、涙の気配も混じっていた。

けれど――

「い……やっ！　うご、か……ないでっ！」

リリアンの最奥までを征服したユーグのモノが、ゆっくりと抜き去られようとしている。

ずるりと体の内側をこすられ、全身の毛穴が開くような感覚を耐えきれず、リリアンの目じりから涙が零れ落ちた。

「っ……すまんが、もう少し……っ」

自分に覆《おお》いかぶさっているユーグから苦しげな声が聞こえてくるが、恐慌状態になっている彼女にはその声が届かない。

必死になって彼の体を押しやりその下から抜け出そうと身をよじり、そのせいで余計に苦痛が増す。

「く、そ……動くなっ！　余計に痛いぞっ！」

「!?」

ぎょっとして、リリアンの動きが止まったのは、初めてユーグが声を荒らげたせいだ。

「少し落ち着けっ……余計な力を抜けば痛みも減る。しばらく、俺も動かずにいるから」

「……ほ、本当……です、か？」

「ああっ。だから、早く力を抜いてくれ……こっちも痛いんだっ」

その言葉にリリアンは半信半疑ながらも従う。自分ばかりではなく、ユーグまで苦痛を感じているとは思わなかった。

彼が言ったように、極力動かず、意識して呼吸を深くゆっくりとしたものに変えるうちに、確かに苦痛が減ったように感じる。

まだじくじくとした痛みはあるが、耐えられないほどではなくなってきていた。

そうして少し落ち着くと、恐怖が痛みを倍増させていたのだということにもうすうす気が付く。

リリアンが少しだけ平静を取り戻したのを見て、再度、ユーグがゆっくりと動き出した。

「っ！　……いっ！」

「すまんっ……できるだけ、早く……終わらせる……っ！」

リリアンの中に埋め込まれたものが、内部の粘膜をこすりながらずるずると後退していく。が、すべてが抜け落ちる前にまた奥へと戻る動きを繰り返した。

そのたびに、受け入れた部分の入り口が痛みを訴える。けれど、「早く終わらせる」というユーグの言葉を信じ、彼女は次第に激しくなるその動きに唇をかんで耐えた。

「……くっ」

「ひっ……っ!?」

その時、わずかにユーグの体が左へかしいだ。それにより、埋め込まれたものの角度が変わる。

不規則な動きでリリアンの体が小さく跳ねるが、ユーグはすぐに体勢を立て直したようだ。

「……もう、少し……っ」

大きく腰を引き、また深く突き入れられる。速度の上がったその動きにリリアンの体は激しく揺さぶられ、とっさに目の前にある逞《たくま》しい体に縋《すが》りついた。

「っ！　あっ……んぅっ！」

衝撃で切れ切れとなった吐息《といき》が声になって、彼女の唇から零れ落ちる。

それが合図になったかのように、ひときわ強くユーグが腰を突き上げた。硬い切っ先がリリアンの最奥に届き、こねるようにそれが動いたかと思うと――

「くっ……ぅ」

呑み込まされたモノが、一瞬、その体積を増したように感じた。

その次にきたのは、熱い何かがナカを満たしていく感覚だ。

「……っ、はっ……っ！」

ユーグの背筋がこわばり、何度も小さく震えるのに合わせて、どくどくとソレも脈動する。やがて、力尽きたように彼の体がリリアンの上に覆《おお》いかぶさった。

「ユ……グ、さま……？」

はぁはぁと荒い息遣いが耳元で聞こえ、不安になった彼女が小さくその名を呼ぶ。けれど、ユーグからの返事はない。

大の男の体重がかかってきているために呼吸がしづらいが、押しのけようにもリリアンの細腕ではどうすることもできない。

じっとそのままで耐えていると、しばらくしてごろりとユーグがリリアンの隣に寝転ぶ。ずるりと内部から何かが抜き取られる感触に、ようやくリリアンは『終わった』のだと理解できたのだった。

★　★　★

翌朝――

広い寝台の上に一人きりで、リリアンは目を覚ました。

室内には彼女以外に人影は見当たらず、そもそも昨夜、自分がいつ眠ったのかの記憶もない。

ただ、窓にかけられた分厚いカーテンの隙間から明るい日差しが差し込んでいて、それによりすでに日が高く昇っていることがわかる。

「あ……私……？」

よほど深く眠っていたらしく、起き抜けの頭はうまく働いてくれない。

ぼんやりとしながら小さく身じろぐと、体の中心に鋭い痛みが走った。

「っ!?」

そこで一気に昨夜のことを思い出し、彼女はぎょっとして跳ね起き……ようとしたところで、全身の痛みにうめき声を上げて再びシーツへ沈み込んだ。

「……リリアン様？　お目覚めですか？」

その物音を聞きつけたのだろう。隣室、つまりリリアンの私室とされた部屋に続く扉が開き、クロナが姿を現す。

「おはようございます」

「あ……お、おはよう……」

「カーテンをお開けしますね。本日は昨日の雨が嘘のようにいいお天気でございますよ」

寝乱れたベッドの上、昨夜の夜着がかろうじて体にまとわりついているような姿を見られるのは恥ずかしいが、体のあちこちが痛む状況ではどうすることもできない。

「浴室の用意ができております。まずはお体を温めましょう」

対してクロナは、そんなリリアンの状態をしっかり把握しているらしい。

無駄口をきかず、てきぱきと世話をしてくれるのがひどくありがたかった。

「……あ、の……ユーグ様は……？」

「朝食を済まされた後、お出かけになられました。リリアン様はお疲れでしょうから、自然に目を覚まされるまでは声をかけぬよう仰《おお》せつかっております」

「そう、なのね……ありがとう」

どうやら今朝は、ユーグと顔を合わせることはないらしい。

それにほっとしながらも、なぜかほんの少し寂しい。そう思ってしまう自分の心に、リリアンはあえて目を背《そむ》け、甲斐甲斐《かいがい》しいクロナの手に自分の体を預けたのだった。

第三章

この日、リリアンがラファージュ家の家族と改めて顔を合わせたのは夕食の席だった。

「まぁ。私の若い頃のドレスがよく似合っているわね。寸法もあまり変わらなくて良かったわ」

椅子に腰かけたリリアンが着ているのは、シルバーグレーを基調としたAラインのドレスだ。デコルテが広めに開けられ、袖は幾重にもチュールが重ねられた優雅なデザインである。

過度に装飾を施《ほどこ》していないすっきりとしたシルエットは、華奢《きゃしゃ》なリリアンに合っていた。

「お気遣いいただき、ありがとうございます。あの……お義母様《かあさま》」

「貴女《あなた》にそう呼ばれるのはうれしいわ。ねぇ、旦那様？」

「ああ。君が着ていた時も似合っていたが、義娘《むすめ》が着るとなるとまた違う趣《おもむき》があるな」

家族だけとはいえ正式な晩餐《ばんさん》であるため、リリアンもドレスを着用する必要があった。

しかし、この家にあるドレスで、彼女が着られるサイズのものは婚姻の式に使った二着だけだ。

特別な式典用に作られていたものを、普段使いにはできない。最悪、ここに来る時に身につけていたものを……と、リリアンは頭を悩ませていたのだが、『お支度のお手伝いに参りました』とドレスを携《たずさ》えてやってきたクロナにより、それが取り越し苦労だと知らされた次第である。

突貫で二着の直しをするついでに、クロナが義母となった辺境伯夫人にそのことを知らせていたらしい。幸い、彼女も背が高くほっそりとした体つきで、元がテレーズのものであったドレスよりも義母のものは直しが最小限で済む。

「確かもう何枚かはあったはずだから、そちらも着てもらえるとうれしいわ。ただ、いつまでも私のお古というわけにもいかないし、早めに新しいものを仕立てましょうね」

「い、いいえ。そんな……今あるもので十分です」

サイズは合わないものの、リリアンの部屋のクローゼットの中には大量のドレスがある。どれも、一度も袖を通されていないものばかりだ。義母のおかげで今すぐ必要というわけではなくなったのだから、順にサイズを調整していけばいい。

「勿論《もちろん》、気に入ったものがあればそうすればいいとは思うけれど、他の人のために作られたドレスと、自分のために一から仕立てられたものとでは、やはり違うものよ。ユーグもそう思うでしょう？」

「俺は女性のドレスには詳しくないのでなんとも……ただ、クロナから彼女の体に合うものがないと聞かされた時は驚きました。母上のおかげでなんとかなったようで、ありがとうございます」

家族の食卓というからには、当然、ユーグもこの場にいる。

もっとも、話をするのはもっぱら義両親で、リリアンに話を振ってくれるのもその二人だ。

ユーグはといえば、名指しで話しかけられた時には口を開くが、それ以外は黙って食事を口に運んでいる。

初めてこの屋敷を訪れた時も、やはりこうやって彼の両親がリリアンに対応し、ユーグは黙って成り行きを見守っていた。これがこの家の普通なのかもしれない。

ただ、その時とも、昨日とも違うことが一つだけある。

「……なんだ？　俺の顔が珍しいか？」

「い、いえ。そんなことは……」

左の額《ひたい》から頬にかけて走る傷跡を隠すように下ろされていた前髪が、すべて上げられて、きれいに後ろに撫《な》でつけられていた。

当然、傷は目立つが、もともとが秀麗《しゅうれい》な容貌《ようぼう》のユーグだ。そこに走る一筋の傷跡は、彼の美貌《びぼう》を損ねるどころか、ある種の凄《すご》みとなってその精悍《せいかん》さを強調する結果となっていた。

「まぁ、ユーグったら。あの鬱陶《うっとう》しい髪型をやめたのですから、リリアンさんが驚くのも当たり前でしょうに……でも、良かったわ。いい加減に無理やりにでも私が切ってしまおうかと思っていたところだったのよ？」

「散髪用の鋏《はさみ》など、母上は持ったこともないでしょうに。そんなもので切られたら、それこそ外を歩けなくなってしまいます」

「まっすぐ切るくらいなら私にでもできるはずよ」

「まっすぐ……ですか」

義母の言葉を受け、ユーグがぼそりと繰り返す。

それを聞いた辺境伯の肩が小さく揺れたのは、笑いをかみ殺すのに失敗したせいだろう。

つられて、ついリリアンもその様子を想像してしまう。

額《ひたい》の真ん中あたりで一直線になった前髪――幼い少女ならよくある髪型だが、成人男性としてはどうなのか？　いや、ユーグのことだ、それなりに似合うかもしれない。

「……少し、気になる話を聞いたんです。髪型で視力に影響が出ることがある、と。それを確かめに医療所に行ったところ、確かにそういう例があると言われました。それで、です」

リリアンが目覚めた時に、ユーグは外出しているとクロナが言ったのは、どうやらこのことのようだ。リリアンから言われたことを鵜呑《うの》みにせず、専門家に裏をとりに行ったらしい。

自分の言葉を信じてもらえなかった、とはリリアンは思わない。

医療に携《たずさ》わった経験のない素人《しろうと》の言うことなどとるに足りないと、聞き流される可能性もあったのだ。それをわざわざ出かけてきちんとした確証をとり、いろいろと思うところがあった末であろうあの髪型を変えてくれた。

そして、『誰から』とユーグは口にしなかったのに、義両親の視線がリリアンに向いたところを見ると、彼らは察してくれているらしい。その眼差《まなざ》しに含まれた感謝の光に気が付く。もうそれだけでリリアンは十二分に報《むく》われた気持ちになれた。

かつて、リリアンが実家の『家族』と共にとる晩餐《ばんさん》（めったにそんな機会はなかったのだが）で彼女に向けられていたのは、義母や姉からのさげすむような目つきと、敵意を隠そうともしない言葉。少しでもマナーを間違えれば、それ見たことかと必要以上にあげつらわれた。父親がいても、格上の家から嫁《とつ》いできた妻の機嫌を損ねたくないのか、庇《かば》ってくれることはない。

そんな状態では、どんなに豪華な料理が並んでいたとしてもとても味わうどころではなく、こんなことならいつものように、下働きと同じ余りものを食したほうがましだと何度思ったことだろう。

今、目の前に並ぶ料理は、季節を問わず様々な食材が手に入る王都での侯爵家のものに比べれば多少劣っているかもしれないが、自領でとれた旬のものを使っているだけあってとても美味だ。

何より、それを味わうだけの気持ちのゆとりをリリアンに与えてくれる。

だからこそ、できれば――それが許されるならば、ずっとこの『家族』に囲まれていたい。

リリアンがそう願ったとしても、何ら不思議はなかった。

けれど――

「でも、残念ね。せっかく久しぶりに貴方の顔をちゃんと見られるようになったのに、しばらくお別れなんて」

それまでにこやかに話をしていた義母が顔を曇《くも》らせて告げた言葉に、リリアンは一瞬、自分の耳を疑う。

「王都は何やかやと窮屈《きゅうくつ》で面倒だが、仕方がない」

「それについては申し訳なく思っています。本来なら、俺が行くべきなのでしょうが……」

「気にするな。陛下への報告もあるからな。当主が出向く案件だ。それにのこのことお前たちが顔を出してみろ、あっという間に夜会だのお茶だのの誘いが殺到するぞ」

「謹《つつし》んでお任せします」

だが、義父もユーグも義母の言葉を当然のものとしてやり取りをしている。

「どうせ王都に行くのだから、リリアンさんのドレスも見繕《みつくろ》ってきましょうね。最終判断は私になるけれど、好みの色やデザインを教えてもらえれば……リリアンさん？」

「どうした？　顔色が悪いようだが……」

「い、いえ。大丈夫です」

「無理はしなくていいのよ。体調が悪いようなら、遠慮なく言ってちょうだい？」

「本当に大丈夫です。それより、あの……お二人は王都に行かれるのですか？」

「ああ。結婚の報告をせねばならんのでな。それと、レオポルドとも少々、話したいことがある」

レオポルドというのはリリアンの実父の名である。

義父とは長年の友人らしいが、これほどまでに不義理を働いたのだ。どのような話し合いが持たれるのかはわからないものの、その関係がこの先同じように続くとはあまり期待できそうにない。

それよりも、問題なのはリリアンがこのことを初めて知った、ということだ。

「……ユーグ。もしかして貴方、リリアンさんに説明していないの？」

「すみません、失念しておりました」

「新婚で浮かれているにしても、きちんと話すべきことは話しておかねばいかんぞ」

「ごめんなさいね、リリアンさん」

「いえ、私のことならお気になさらず……今、伺えましたし」

どうやら自分は決定事項を常にぎりぎりになってから聞かされることになっているらしい——つい皮肉な思いが湧き上がるが、リリアンはすぐに思い直す。

実家とは違い、このラファージュ家の人々の反応を見る限り、隠し事をしているつもりはなかったに違いない。

そして、改めて説明されたのは高位貴族同士が婚姻した場合の、面倒な手続きについて、だった。

早くから計画されていたものとはいえ、実際に縁を結んだ後は、王家への報告義務があるのだが、それとは別に『王家（国）に対して叛意《はんい》がない』ことを周知させなければならないという。

具体的に言えば、その当主（とできれば婚姻を結んだ息子）が、一定期間、王都に出向く。これは領地で謀反《むほん》を企《たくら》めないようにするためだ。

勿論《もちろん》、本気でやるとなればいくらでも方法はあるけれど、当主（と跡取り）が王都にいるということは人質になるという意味もあり、おおよその場合、それで納得してもらえるらしい。

ただし、ラファージュ家の場合は北の守りの要《かなめ》となっているため、二人同時に留守にはできなかった。更にはユーグの体のこともあり、当主である義父が出向くほうが行動しやすく、また周囲にも好意的に受け取られやすい、ということだ。

「そうだったのですね。説明してくださり、ありがとうございます」

「てっきりユーグから聞いていると思っていたの。それに、せっかくの新婚なのですもの。邪魔者はいないほうがいいと思って……」

「そんなっ！　邪魔だなんて、思っておりません」

「そう言ってくれてうれしいわ。明日には発つ予定だけれど、戻ってきたらまたよろしくね？」

「はい、お義母様《かあ》」

説明を受けて、どうしてそうせねばならないかはわかった。

出立《しゅったつ》が明日というのはあまりに急な気もするが、謀反《むほん》など考えていないとアピールするには、早ければ早いほど良いのだから仕方がない。

それでも、懸命に取り繕《とつくろ》っていてもリリアンの顔が曇《くも》るのは、この温かさを知ってすぐに手放さなければならないことに加え、義両親のいない間、ユーグと二人きりになることへの不安のせいだ。

「さぁ、湿《しめ》っぽい話はここまでにして……せっかくの家族そろっての食事ですもの。楽しまなくてはね」

そう言われ、リリアンは無理にも唇を微笑《ほほえ》みの形にする。けれど、先ほどまではあれほど美味だった食事が、今はまるで砂をかんだような味がするのだった。

★　★　★

デザートを済ませ、父親と食後の酒をたしなんだ後、ユーグは自室に向かっていた。

明日からしばらくは顔を合わせないため、少々父との話が長くなり酒の量も増えはしたが、その酔いは足にまではきていない。

こつこつという杖《つえ》の音を響かせながら歩く廊下は、彼が幼い頃から変わらぬたたずまいを見せている。

この屋敷は有事の時に立て籠《こも》る要塞としての役目もあり、実際に先年の北国との戦《いくさ》の折にはその機能を発揮したと聞く。そのために、一般的な貴族の屋敷よりも堅牢《けんろう》に作られている。廊下の窓は少なく、天井も高い。昼間はともかく、夜は一定の距離ごとに燭《しょく》台《だい》があっても薄暗く、陰鬱《いんうつ》なムードを醸《かも》し出《だ》している。

生まれた時からここで育っている自分ですら、幼い頃は何やら薄気味が悪かった。成人した今となってはなんとも思わないが、ここに来たばかりのリリアンはお付きの侍女がいても、心細く思っているのではないだろうか。

そんなことをふと思い、すぐにそれを打ち消す。

彼女はここに嫁《とつ》いできたのだ。

慣れないというのなら、慣れるように努力するべきであり、それは彼女自身の問題で自分がとやかく言う筋合いではない。

薄暗い廊下に響くのは、杖《つえ》の先端が床の石材を叩く音と自らの足音だけ。ユーグの周りには、今は誰もいない。

怪我をしてしばらくは歩行の不安のために誰かしらが付き添っていたが、杖《つえ》があれば普通に歩けるようになってからはすべて拒絶した。

警備の者は屋敷の内外に配置しているし、もともとは騎士団にいたユーグである。護衛の必要はない。

「……くそっ」

だからこそ、人目を気にせず悪態の一つもつけるというものだ。

とはいえ、ユーグ自身は自分が何にイラついているのかがよくわからなかった。

両親が王都に行くというのは、彼にとっていちいち説明されるまでもない当たり前のことだ。

そもそも辺境伯というのは『伯』とついているものの、実質的には侯爵とほぼ同格の家柄である。そして、リリアンはその侯爵家で生まれ育った。

だからこそ、直接その話をするのをうっかりと忘れていたのだ。先の食卓で話が出た時も、自分と同じように『当たり前のこと』として受け入れると思っていたのに。

いざその話になった途端、彼女は懸命に取《と》り繕《つくろ》ってはいたが、まるでこの世の終わりがきたような反応を見せたではないか。

なんだ、あれは？

ユーグの両親は嫁いびりをするような人物ではないとはいえ、普通なら舅《しゅうと》と姑《しゅうとめ》が一時的にもいなくなるのだから、うれしく思うものではないのか？

しかも、その後ちらりとこちらを見て怯《おび》えたような顔をされてしまった。

「何なんだ、あれは」

もう一度同じことを思った時、つい声が出てしまう。はっとしてあたりを見回すと、いつの間にか自室の前までたどり着いていた。

気を取り直して扉を開け中に入ると、そこには見慣れたようで見慣れない光景が広がっている。家具の類《たぐい》は前から彼が使用していたものだが、もともとそれはここではなく両親の部屋の近くにあった自室に置かれていた。

妻となる女性を迎え入れるために、続き部屋であるこちらに引っ越してきたのはつい最近のことだ。

その際、自室と夫婦で使う寝室はユーグの指示で整えられた。

本来なら夫婦の寝室の場合は妻の意見も取り入れるべきだろうが、マチス家から派遣されてきた者が整え始めた妻用の部屋の内装を見て、自分には到底我慢できないと判断したのである。

とはいえ、内装は個人の趣味だ。自室だけであるなら目をつむろうと思っていた。

贅《ぜい》を尽くした家具やきらびやかなドレスが何十着と運び入れられ、その請求書がこちらに回されてきた時も、妻の衣装を整えるのは夫の役目だと何も言わずに受け入れた。

前途に不安を抱かなかったといえば嘘になるが、長く添《そ》い遂《と》げなければならない相手だ。時間をかけて話をし、お互いの妥協点を探ればいいと考えていた。

なのに蓋《ふた》を開けてみれば、やってきたのは見たこともない相手。

自己主張の強そうな婚約者は苦手だったが、常に何かに怯《おび》えたような、自分の意思はないのかとすら思える今度の相手も、正直言って気に入らない。

昨夜、ほんの少しだけ見せた気の強さの片鱗《へんりん》は悪くないと思うものの、単に化けの皮がほころびを見せただけかもしれないではないか。何しろあの婚約者の妹なのだから。

油断はできないだろう。するつもりもないが。

ただ、昨夜の怯《おび》えようと痛がる様《さま》は、さすがに演技には見えなかった。処女だったことは自分の体で確認済みであるし、そこは信じている。

あの痛がりようでは、今夜は行為を控えたほうが良さそうだ。

女性側の痛みは男であるユーグにわからないが、単なる傷口と考えても一日やそこらで回復しないはずだ。

ここしばらくその手のことからは遠ざかっていたユーグだが、是が非でもと思うほど飢えてはいなかった。

ただし、両親を安心させるためにも、同じ部屋で休む必要はある。

ならば、この際、一度じっくりとリリアンと話をするのがいいかもしれない。

侯爵家に生まれてその爵位の重さも知らずに育ってこられたことも信じがたいが、それとは別にユーグの両親が王都に行くと聞いた時のあの様子。二人と離れるのを嫌がっているように見えた。でも、もしかすると、彼女は自分も王都へ行きたかったのではないだろうか？

ラファージュ家の領土はそれなりに栄えてはいるが、何しろ北の辺境にある。素朴な土地柄もあり、毎日のように舞踏会や夜会が開かれる王都とは比べものにならないだろう。

リリアンはその王都からやってきた。

もしや、とは思うが、すでに里心がついたのではないか？　あるいは、きらびやかな夜の生活に未練があるのかもしれない。

「……そんなことを考えているのなら、それが間違いだと教えねばならんな……」

あえて口に出してつぶやくと、尚更それが真実のようにも思われる。

この時、もしユーグがもう少し冷静さを保てていたら――久しぶりに飲みすぎたという自覚があれば、自分の中で乱高下するリリアンへの評価がおかしいと気付けただろう。けれど、それを指摘してくれる者はおらず、結果としてくすぶる怒りを抱いたまま彼女と対峙することになったのだった。

★ ★ ★

晩餐《ばんさん》が終わった後、男性二人は話があるということで別室に移動し、リリアンは先に自室に戻ることになった。

非常時には要塞としても機能するというラファージュ家の館《やかた》は、窓が少なく天井が高い。昼間はさておき、夜となると燭台《しょくだい》がありはしても隅々までは光が届かず、言葉は悪いがどこか薄気味が悪かった。付き添ってくれているクロナがいなければ、ひどく心細かっただろう。

「気味が悪いとお思いでしょう？」

「い、いえ。そんなことは……」

「ユーグ様も、お小さい頃はずっとこの廊下を怖がっておいででした。その頃は私もこのお屋敷に奉公に上がったばかりで、お互いにしがみつくようにして歩いたものです」

「……まぁ」

凛々しく逞しいユーグにも、そんな頃があったのか？ クロナが小さく笑いながら話してくれるその様子が目に浮かぶようで、リリアンもほんの少しだけ怖さが減ったように思える。

「クロナさ……クロナは、ここに来て長いのね」

「はい。先の戦《いくさ》で両親を失い、しばらくは教会に預けられておりましたが、働ける年になってすぐに、ここで雇っていただきました」

リリアンの故郷のマチス領と同様に——いや、戦地になっていた分、ラファージュ領のほうが前の戦《いくさ》による傷跡が深い。

「ご領主様は教会にも多くの寄付をしてくださり、おかげで私たちもひもじい思いをせずに済みました。そのご恩はお返しのしようもございませんが、せめてもと、心からお仕えさせていただいております」

「そうだったの……」

育ち盛りに、お腹《なか》いっぱい食べられないのはつらいだろう。リリアンにも覚えがある。

その上、働き口まで与えてくれたとなれば、クロナの気持ちは当然だ。

そんなことを考えているうちに、いつの間にか部屋の前まで着く。

「さて、リリアン様。まずは、湯浴みをいたしましょう」

「え？　朝も使わせてもらったのに？　それは申し訳ないわ」

リリアンが躊躇《ためら》うのには訳がある。

湯浴みするためには当然お湯が必要だ。それを用意するにはまずは井戸から水を汲《く》み、それを沸かしたのちに手桶《ておけ》に入れて浴室まで運ぶ必要がある。つまり、大変に手間がかかるのだ。

たくさんの使用人を抱える高位貴族であれば一日一度の入浴は当たり前だが、それでも二回というのは自分には贅沢《ぜいたく》すぎる。

「朝は朝、今は今でございます」

「でも……」

「お気になさらず――と、申し上げても、リリアン様はご納得くださいませんね」

まだこの屋敷に来てたった二日だが、その間にクロナはリリアンの性格を把握したようだ。

「実はこのお屋敷には、熱いお湯が湧く不思議な井戸がございます。何でも、元は枯れ井戸だったそうですが、ある日突然、お湯を噴き上げ始めたそうで――」

まだクロナが来る前の話らしいが、その井戸は今も屋敷の片隅にある。当初の噴き上げるほどの湯量は落ち着いたが、今も滾々《こんこん》と湧き出ており、屋敷の者たちはそれを有効利用しているということだ。勿論《もちろん》、湯浴みのお湯もそこからのものである。

「そうだったのね。私、何も知らなくて……」

クロナの言う『熱い湯の湧く井戸』というのは、他国では温泉と呼ばれているものだろう。リリアンも実物は見たことがないが、幼い頃に実の母から御伽噺《おとぎばなし》の代わりに聞いた覚えがあった。

普通の水とは違い、何やら特殊な……と、記憶を探り始めたところで、クロナの言葉で現実に立ち返る。

「まだいらっしゃったばかりではありませんか。これから、おいおいと知っていただけばよろしゅうございます」

ゆくゆくはリリアン様が、この館《やかた》の女主となられるのですから——と。

クロナの言葉はありがたいが、自分にそんな大役が果たせるものだろうか……不安になりつつも、てきぱきとしたその手に身をゆだねているうちに、いつの間にか閨《ねや》の支度が整っていた。

昨夜と同じような薄い夜着に着替えた後、夫婦の寝室に続く扉を開けると、やはり昨日と同じようにユーグが寝台に腰を下ろし、彼女を待っていた。

「あの……お待たせいたしました」

二度目ではあるが、たったそれだけで慣れるはずがない。

ユーグを受け入れた部分は、朝よりかなりマシになったとはいえ、今もまだじくじくとした痛みを訴えている。また、あの痛みに耐えねばならぬのかと思うと、どうしても腰が引けてしまう。

けれど、リリアンは一日も早く子供――ラファージュ家の跡取りを身籠《みごも》らなければならない身だ。

一度耐えられたのだから、同じことができないはずがない。

そう自分を鼓舞して、ユーグの隣に腰を下ろした時だった。

「最初に言っておくが、今夜は君を抱くつもりはない」

「……え？」

唐突な彼の宣言に、ほっとするより先に不安が込み上げる。

「あ、あの、それは……私が、不調法《ぶちょうほう》をしたから、でしょうか？」

昨夜の記憶はところどころ曖昧《あいまい》だが、痛みのあまりに「やめて」と叫んだ覚えがあるし、あろうことかユーグを押しのけようとした気もする。

他の初夜の花嫁がどんな行動をとるものなのか知らないものの、あれはやってはいけないことのはずだ。そのせいでユーグの勘気をこうむり、こんな女を抱くのは嫌だと思われたのだとしたら……

「何を考えているか知らんが、昨日の今日では痛むだろう？　それくらいは男の俺でもわかる」

「え……それはまさか、私を、その……？」

否定的なことばかり考えていたせいで、つい驚いた声が出る。しまった、と思った時には遅く、ユーグの機嫌が急降下していくのがわかった。

「君は俺をどう見ているんだ……」

「も、申し訳ありませんっ」

慌てて謝罪するが、不機嫌そうな顔は変わらない。というよりも、機嫌の良さそうなユーグというのを、まだリリアンは見たことがなかった。

「……まぁ、いい。それよりも、今夜は少し君と話をしようと思う」

「お話、ですか？」

「ああ。本来なら婚約期間中にやることだがな」

ちくり、と皮肉られるが、リリアンには詫《わ》びることしかできない。

「申し訳ありません……」

「いちいち謝らなくてもいい。それよりもいくつか尋ねたいことがある。まず一つ目だが、君はいったい、どういう教育を受けてきたんだ？」

どのような質問がくるのか、身構える暇もなく突きつけられたのは、リリアンにとってはひどく答えにくい事柄だった。

おそらくは、先ほどの夕食の折、辺境伯、あるいは侯爵家であれば当然とるべき行動について、全くの無知をさらけ出したせいだろう。

「申し訳……」

「謝らなくていい。こちらの質問に答えろ」

どう答えればいいか。どのような答えが正解なのか？

とっさの時間稼ぎも一刀両断され、窮地《きゅうち》に立つ。

「それとも、何か？　答えたくない理由でもあるのか？」

「そういうわけでは……」

「どうせ、遊びに夢中で学ぼうという気すらなかったのだろう」

「そ、んな……そんなことはありませんっ」

言いがかりに等しい言葉に、思わず強く否定する。けれど、ユーグは聞く耳を持っていない。

「君の母君は第二夫人だと聞いた。しかも、正式に輿入《こしい》れする前からマチス侯と関係があったとか？　そんな女性の娘である君が模範的な令嬢に育つとも思えないが、それにしても少しひどすぎるのではないか？」

遅まきながらリリアンは、彼から香る酒精に気が付いた。昨夜は口づけられて初めて気付く程度のものだったが、今夜は少し離れて会話している状態でもわかるほどに強く、濃い。

けれど。酒に酔った勢いだろうが、ユーグの放った言葉は看過できないものだった。

「今のお言葉、取り消してください。私はともかく、母まで侮辱《ぶじょく》されるいわれはありませんっ！」

「そうか？　ならば、答えてもらえるな？」

答えられるものなら答えてみろ——うすら笑いを浮かべたユーグの顔は、そう言っているようだ。

「……お答えすれば、母への侮辱《ぶじょく》を取り消していただけますか？」

「俺が納得できる答えならば、な」

できることなら口にしたくない事柄だったが、ここまできてはリリアンも後には引けなかった。

「……貴族の令嬢としての教育は、一切、受けさせてもらっておりません」

「……は？」

聞こえなかったわけでもあるまいに、ユーグが気の抜けたような声を出す。

「正確に言うなら、多少の知識は亡くなった生みの母から教えてもらいましたが、家庭教師、でしょうか？　そういった方々からの、令嬢としての教育は受けさせてもらえませんでした」

教育から逃げたのではない。リリアンには最初から、その機会さえ与えてもらえなかったのだ。

「……なんだ、それは……マチス侯は何を考えていた？」

「私は十二の年まで領地の小さな館《やかた》で母と暮らしておりましたが、その母が亡くなったのを機に王都の屋敷に引き取られました。屋敷内のことは侯爵夫人が取り仕切っておられ、私は屋敷の片隅に部屋を与えられた後、主に下働きに交じって生活しておりました。父は……仕事が忙しく、あまり家族のことを顧《かえり》みる余裕がなかったようです」

息子であればいざ知らず、娘の教育については女親に任せきりな貴族も多い。加えて現マチス侯――リリアンの父親の妻は、公爵家の出だ。対外的には夫を立てていても、めったに帰ってこない夫と、格上から嫁《とつ》いできた妻、家の中でどちらの発言力が強いかは、火を見るよりも明らかだった。

「下働き……？　それで、その手か……？」

よほどリリアンの話が衝撃的だったのだろう。ユーグの顔は先ほどまでのうすら笑いから、呆気《あっけ》にとられた表情になっている。何やらつぶやいたような気がしたが、怒りにかられたリリアンにはそこに注意を払う余裕はなかった。

辺境伯の嫡子として生まれ、順風満帆《じゅんぷうまんぱん》な生活を送ってきた彼に、彼女のつらさはわからないだろう。

母親を亡くしたばかりで、見たこともない王都の屋敷へ連れていかれ、そこに待っていたのは自分の母を目の敵《かたき》にしていた義母である。

たまに帰ってくる父は、自分と顔を合わせれば優しい言葉をかけてくれたが、それでリリアンの境遇が改善されることは決してなかった。

「し、しかし……君は知識はともかく、マナーはしっかりしているように思える……」

「……生みの母をほめていただき、ありがとうございます。礼儀作法は、すべて母から教え込まれました」

「だが、第二夫人は子爵家の出ではないのか？」

「私の両親は、侯爵夫人のお家から縁談が持ち込まれるまでお互いと結婚するつもりでいました。母方の実家である子爵家でもその心づもりであったそうで、母は侯爵家に嫁《とつ》いでも恥ずかしくないマナーを身につけておりましたので」

けれど、リリアンの母は長い間、日陰の身を強《し》いられ、正式な妻となった後も領地の別邸に押し込められていた。そして、身につけた礼儀作法を披露する場を与えられることのないまま、三十年と少しの生涯を閉じたのだ。

それはリリアンの母が悪いのか？

いや、決してそんなことはない。

ましてや、ろくに事情を知らないユーグに貶《おとし》められるいわれはどこにもなかった。

「……これで、ユーグ様にはご納得いただけましたでしょうか？」

自分にこんな声が出せるとは思ってもみなかった冷たいそれは、夫婦の寝室で新妻が夫に向けるものとしてはふさわしくないことこの上ない。それほどリリアンの怒りは強かった。

これでユーグの不興を買ったとしても、母への誤解が解けたかどうかはしっかりと確認しておきたい。

しかし、酒の酔いがあるからだろうが、彼は妻にやり込められたままでは終われないと思ったようだ。

「その件については理解した。だが、聞きたいことはまだある。両親が王都に行くと言った時、君はひどく残念そうな顔をしていたな？　あれは自分も王都についていきたかったからではないのか？　見てのとおり、うちの領地は王都のきらびやかさとは無縁のところだ。にぎやかな夜会や舞踏会を恋しく思ったとしても無理はないと思うが……」

「そのようなものに出たことは一度もありません。行ったことのないものを恋しくは思いません。私がもし、残念そうな顔をしていたのでしたら……それは、せっかく温かく迎えてくださったお二人と、しばらくとはいえ離れなければならないと思ったからです」

ユーグは今までのリリアンの話をきちんと聞いていたのだろうか？　酔いのせいで、まともに頭が働いていないのではないか？

そう思えるほどに、リリアンにとっては的外れな糾弾だ。

「一度も……？　だが、君はいくつだ？　十八か？」

「先日、十九になりました」

ついでに判明したのは、ユーグは妻の年齢も知らないということだった。もっとも、リリアンも彼の正確な年齢は知らないのだが。

「なら、デビュタントボールがあっただろう？　あれも舞踏会には違いない」

こだわるのはそこか、とリリアンは内心であきれ返る。

ユーグの言うそれは、貴族の子女が一人前の貴婦人と認められる年齢になった時に行われるお披露目の宴《うたげ》だ。純白のドレスに身を包み、パートナーと共にダンスを披露するのが伝統となっている。

「私は出ておりませんし、誰かとダンスを踊ったこともないです」

「……誰とも？」

「はい」

基本のステップは母から教えられたが、十二歳になる前の話だ。それ以来、誰かと踊るどころか練習することもなかったので、もう忘れているだろう。

「ご質問は以上でしょうか？」

「そうだな……もう、ない……」

「ならば、先ほどのお言葉も撤回していただけますね」

「ああ。撤回する――すまなかった」

「ありがとうございます。では、もうお話もないようですので休ませていただいても？」

「……ああ」

先に夫がベッドに横たわるのを待って休むべきなのかもしれないが、今夜に限ってはそこまで気を遣う気にはなれなかった。

入浴して温まっていた体が薄すぎる夜着と長い話のせいですっかり冷えてしまっていたこともあり、リリアンはさっさと上掛けをはいでその下に滑り込み、わざとユーグに背を向けて目を閉じる。

背中越しに彼が同じようにするのがわかったものの、最初に宣言したとおり、その手がリリアンに伸ばされることはない。ただ——

「……君は、意外と気が強いんだな」

ぼそりとつぶやく声が聞こえた。

それには返事をしない。

リリアンの性格からして、今夜の自分のふるまいについて明日にはきっと後悔するだろうとわかってはいたが、それでも……

今だけは、これ以上、彼と言葉を交わしたくなかった。

第四章

婚姻式の翌々日の昼。予定どおり辺境伯とその夫人は王都へ旅立った。

「しばらく貴女《あなた》の顔が見られないのが寂しいわ。お土産《みやげ》に流行《はや》りのドレスをたくさん持って帰ってくるわね」

「そんなものより、お義母様《かあさま》たちがご無事でお帰りくださるのが私には一番のお土産《みやげ》です」

馬車のそばでリリアンと夫人は、最後の名残《なごり》を惜しむ。髪や目の色は異なるが、どちらも女性にしては背が高くほっそりとした体つきで、まるで本当の母子のようにも見える。

「ふふっ。お世辞でもそう言ってくれてうれしいわ」

「お世辞なんかじゃ……」

「大丈夫。わかっているわ……本当に、貴女《あなた》が来てくれて良かった」

「お義母様《かあさま》？」

ちらり、と別の場所で何やら話をしているらしい夫と息子を見た後、少しだけ声を潜《ひそ》めて夫人が言う。

「もう少し日程に余裕があればゆっくり話せたんだけど、戻ってからでは遅い気がするから今、言っておくわね。貴女《あなた》の……リリアンさんのお姉様のこと、私と夫は大体のことは察していてよ？」

「……え？」

「ユーグと婚約していた頃も、何かと華やかな噂《うわさ》がここまで届いていましたからね。それでも結婚したら落ち着いてくれるだろうと思っていたのだけれど、ユーグが怪我をしたあたりからそれが激しくなっていたし」

「申し訳ありません……」

いつまでも隠しおおせるとは、リリアンも思っていなかった。いつかは告白しなければならないとも。

「貴女《あなた》が謝ることではないわ」

「ですが……姉のしでかしたことです」

幸いなことに、今、リリアンたちの周りには誰もいない。お付きの侍女も最後の確認で忙しく働いている。それに、どのみち二人が王都に行くのならば、すぐにわかることでもあった。

ならば、ここで、義母にだけでも本当のことを話してもいいだろう。

「……姉は、とある貴族のご子息の子をはらんでしまいました。それがわかったのが、私がこちらに来る数日前のことです」

「そんなことだろうと思っていたわ。どうせ、そのお相手はどこぞの公爵家の道楽息子、でしょう？」

「はい」

「実家の恥となる……いえ、それ以上に、ユーグを傷つけないために黙っていたのね？」

「浅慮《せんりょ》でした、申し訳ありません」

義母には何もかもがお見通しのようだ。それでも、侯爵夫人が『格下の伯爵家』に娘を嫁《とつ》がせねばならないのを嘆《なげ》いていたことや、それなりに乗り気に見えていた姉がある時を境に、急にそれを嫌がり始め、夜遊びに拍車がかかっていったのは口にできない――

『家族』扱いされていなかったリリアンでも、同じ屋敷に暮らしていれば、それなりに事情を察せるものだ。

『取柄は顔だけだったのに』

『足に怪我をしていたらダンスも踊れないじゃない』

ヒステリックに叫ぶ姉の声が、裏で働いていたリリアンにも聞こえてきたこともあった。

今、思えば、その頃にユーグが怪我をしたのだろう。

「だから、私はリリアンさんが来てくれて良かった、と言ったの。見たこともない結婚相手をそこまで思いやってくれる方なのだから」

そう言って、義母が優しくリリアンの手をとる。

白く滑《なめ》らかなその手は貴族の夫人としては当たり前だが、それに包まれたリリアンの手は荒れており、関節が目立つ。それが恥ずかしく、けれど無理に引き抜くわけにもいかず、リリアンは顔を赤らめて目を伏せた。

「……こんなもの、手入れ次第でどうにでもなるわ。何より、私はこの手の持ち主の優しさを知っているもの——どうか、ユーグをよろしくね」

「お義母《かあ》様……」

「ユーグは、本当は優しくていい子なの。ただ、いろいろあって……今はあんなだけれど」

「あのお怪我のことですね」

「ええ。私から話してもいいのだけど……」

「いいえ、お義母《かあ》様」

いまだにリリアンは、ユーグが怪我を負った時期も、その理由も知らない。知りたくないとは言わないが、ここで義母に教えてもらうのは違う気がした。

「ユーグ様が私に話しても良いと思われるまで待ちたいと思います」

その時期がいつくるのかは、リリアンにはわからない。昨夜、『やらかし』てしまったことを考えると、もしくるとしてもかなり先になりそうだ。

今朝、リリアンが目覚めた時にはすでにユーグの姿はなく、朝食の席では目が合うこともなかった。今も、義父とばかり話していてこちらに来ようともしない。

自分だけが悪いとは思わないが、少しばかり言葉がすぎた自覚もあり、早めに謝罪をしようと考えていたのだが——やめた。

銀の髪に水色の瞳、ほっそりとした外見から、おとなしく気が弱いと思われがちなリリアンだが、実はそうではない。これまでの環境もあり、生来の気質が矯《た》められていただけで、実のところ決して気は弱くないのである。

「事情を知っているだけに、私たちも腫物《はれもの》に触るようにあの子に接していたのだけど、そろそろ厳しいことを言ってくれる相手が必要だったのよね。そちらのほうでも期待していてよ？」

「……ユーグ様のために、私にできることがあるのでしたら……」

そのリリアンの答えがよほどおかしかったのだろう。ころころと鈴を鳴らすような笑い声を上げた義母に、義父とユーグが何事かとこちらを振り返った。

「――そろそろ出発ね。では、行ってくるわ」

「はい。行ってらっしゃいませ、お義父《とう》様、お義母《かあ》様」

出立《しゅったつ》する馬車を、リリアンはユーグと並んで見送った。ユーグから余計な言葉はないし、やはり目が合うこともない。

だが、義両親がいなくなったからには、領地のこと、屋敷のことと、嫌でもユーグと向き合う時間が増えるだろう。

不安がないわけではないが、それでもリリアンには義母から贈られた言葉がある。

「……不慣れで知識もございませんが、ご両親のお留守の間、精いっぱい務めさせていただきたいと思っております」

「ああ……」

遠ざかっていく馬車に視線を固定したまま隣のユーグにそう告げると、やはり彼もそちらを見たままで短い答えが戻ってくる。

不愛想なだけに聞こえるその声に、思いがけなく少しだけ違う色が混じっていたように思えたのは気のせい――だけではないと、リリアンは信じたかった。

★
★
★

「リリアン様におかれましては、まずは当屋敷内のことについて学んでいただければと存じます」

リリアンの予想に反し、まず最初にそのことを口にしたのは、彼女の専属執事としてつけられたオーラス、だった。

「何もわからなくて申し訳ないけれど、できる限りのことはやりたいと思っています」

貴族に生まれた女子は、結婚が決まれば少しずつ家政の取り回しを学んでいくのが普通だ。

教師となるのは母親である場合が多いが、あいにくとリリアンに教えてくれる人はいなかった。

以前暮らしていた別邸で母もやっていたのだろうが、当時のリリアンはまだ幼く、何より規模が違う。全くの白紙状態だと考えたほうがいいだろう。

「それでは、最初に屋敷の中をご案内いたします」

「ええ。お願いします」

嫁《とつ》いできたとはいえ、リリアンが足を踏み入れたことがあるのは、この屋敷の中でもほんのわずかな場所だけだった。

外観からして、マチス家の屋敷——領地にある本邸よりも大きいのはわかっていたが、それでもオーラスについて歩くうちに、その規模を実感する。

奥行きばかりではなく高さもあり、平時はほとんど閉め切っているものの四階まであると聞いて驚く。

「外側からはわかりづらくなっておりますが、屋上もございます。高所から敵に攻撃をするためと聞いております」

部屋数も多いが、その大半が家具もなくがらんとした状態なのは、いざという時に様々な用途に使うためらしい。『貴族』らしく整えられた実家とは全く違う。

その後に案内されたのは、『裏』にあたる部分だ。

厨房《ちゅうぼう》やリネン室、使用人たちの住居となっている場所である。

『表』の部分にいる時とは違ってあちこちを忙しく動き回る使用人たちは、二人に気付くと皆、笑顔で会釈《えしゃく》をしてくれた。つい先日まで、自分も彼らと同じように働いていたことを思うと、リリアンは不思議な気持ちになる。

そして、そこを通り過ぎ裏庭に出て、更に驚いた。

「……畑、に見えますが……」

「ええ。屋敷で使われる野菜のいくつかは、ここで作っております」

マチス家の本邸でも料理に使用するハーブや果樹は植えられていたが、ここことは規模が違う。屋敷の敷地内で芋《いも》や人参《にんじん》が育っているなど思いもしなかった。

クロナから聞いた『熱い湯の湧く井戸』もある。普通の丸い石積みの井戸の周りを更に石壁で囲い、途中から地面に潜った水路のようなものが伸びていた。その先は屋敷の厨房《ちゅうぼう》の近くに続いているのだそうだ。

「先代のご領主様がせっかくの湯がもったいないと仰《おお》せられ、作られたそうです。おかげで冬場など、冷たい水で掃除や洗濯をせずに済み下働きの者たちも喜んでおります」

「まぁ……」

冬の手が切れそうな冷たい水での掃除や洗濯がどれほどつらいか、リリアンは知っている。先代の領主がそれを体験していたとは思わないが、それでも使用人たちの苦労を減らすために大掛かりな仕掛けを作らせたところを見ると、思いやりのある人物だったのだろう。

そういえば、先ほど行き会った人たちも、こちらを見て笑顔を見せてくれていた。あれがマチス家であったなら、女主人を前に下働きが顔を上げただけでも叱責《しっせき》が飛んでいたはずだ。

リリアンの実家とは全く違う。

「素敵なお屋敷ですね……」

思わず漏れたリリアンの言葉に、オーラスは黙ったまま笑顔で礼をとってくれた。

その後、屋敷の中に戻ると、私室ではない別の部屋に通される。

「こちらは奥様が、お屋敷の差配のためにお使いになっておられるお部屋です。奥様がお留守の間、リリアン様にお使いいただくよう、仰《おお》せつかっております」

内装は柔らかなアイボリーで統一され、カーテンは少しくすんだ緑だ。家具と壁紙にはかわいらしい野の花があしらわれており、女性のための執務室と言われて納得した。

中央には大きめの机と座り心地の良さそうな椅子があり、オーラスがそこに腰かけるように促《うなが》してくる。

屋敷の女主人のための椅子。少し気後れしながらも腰を下ろすと、間髪《かんはつ》を容《い》れずに目の前に書類の束が置かれた。

「ここに書いてありますのが、本年度に使用できるお屋敷のための金額です。そちらは今までに使用した分の明細、こちらは今後の予算額と予備費となっております」

リリアンは今まで金の計算などしたことがない。簡単な計算自体はできるが、そもそも現金を手にした経験がないのだ。

それなのにオーラスの差し出した書類には、今まで彼女が考えたこともないような金額が書き込まれている。あまりに大きすぎて、実感も何もないほどだ。

いったい、これを自分に見せてどうしたいのか……？

思わずすがるような視線をオーラスに向けてしまう。すると――

「なお、これらは奥様が出立《しゅったつ》なさる前にお目を通していただいております。どれも間違いのない数字でございます」

すました顔で告げられた言葉で悟った。

「……意地悪、しましたね？」

すでに義母が確認し、承認した内容ならば、今更リリアンの出番はない。せいぜい、出費にはどのような種類があるか、予算の中でどれくらいの割合を占めているのかの参考にするくらいだろう。

なのに、まるで今からリリアンに判断を迫るような――決して、オーラスがそう言ったわけではないが、あの流れであればそう受け取られるとわかっていたはずだ。

「申し訳ありません」

否定しないということは、そういうことなのだろう。

「失礼とは思いましたが、リリアン様の反応を見させていただきました。ラファージュ家は王国の北の守り。お屋敷のためだけでもこれほどの金額が動きます。それをご覧になり、目の色が変わるようでしたら……」

意地悪のついでに、リリアンが金額に目がくらむかどうかを確認したかったようだ。

「大変に失礼なことをいたしました。謹《つつし》んでお詫《わ》び申し上げます。これでお怒りになり、私の顔を見たくないと仰《おお》せでしたら、専属執事を交代する用意もできております」

「……そこまでしてもらう必要はありません。謝罪は受け入れました。それに、信用がないのは仕方のないことだと私も思います」

何しろ、半分だけとはいえ『あの姉』と血がつながっているのだ。疑われても仕方がない。

「寛大なお言葉、ありがとうございます――それでは、改めましてリリアン様の執事として、心よりお仕えさせていただきます。それから、こちらを……」

そう言ってオーラスが新しい書類を差し出してくる。

「……私のための予算？」

「はい。ご家族皆様それぞれに予算がついておりまして、そちらがリリアン様に本年度お使いいただける金額となっております。お輿《こし》入《い》れされた年ということもあり、多めの金額になっているかと存じます」

屋敷の経費ほどでないが、それでもそこそこであろう金額が記されている。

しかし、オーラスには申し訳ないのだが、リリアンには全くそれがぴんとこない。

「これは……具体的にいうとどれくらいの金額なのでしょう?」

「具体的に、ですか?」

そして今度はオーラスのほうが戸惑《とまど》う番だった。

「ええ。恥ずかしいけれど、数字を見ただけではよくわからないのです。何か目安となるようなものはありませんか?」

「目安……そうですね。お召しになるドレスなら……いや、ものによって金額が違いすぎますね。宝石、も同じ……お茶会……夜会の主催……」

リリアンの頼みを受けて、オーラスは彼女にもわかりやすいようにと、懸命に頭をひねってくれる。その様子に、先ほどの意地悪は水に流すことにした。

「……リリアン様は、平民の家をご存じですか?　街中にある中程度のもの、という意味ですが」

「ええ、わかる……と思います」

「そうですか、良かった。でしたら、それが三軒ほど建つ額ですね」

「……は？」

またからかわれたのかと思いオーラスの顔を見るものの、先ほどとは違って彼は大真面目な表情をしている。ということは、本当にそれだけの金額がここに書かれているということだろう。

「全部を使い切る必要はありません。余った分は翌年に繰り越します。また、どうしても必要と認められれば増額も可能です——が、全く使用しないというのはお避けください。最低でも半分は使っていただきます」

しかし、そうは言われてもリリアンにはその使い道の見当もつかない。先ほど、ぶつぶつとオーラスがつぶやいていた『金額をわかりやすく理解させるための例』にあったドレスや宝石は欲しいと思わないし、お茶会を開くつもりもない。夜会の主催などもってのほかだ。

なのに——

「領主に限らず、上に立つ者には責任というものがございます。その中には経済を回す、というものも含まれております。過度な贅沢《ぜいたく》は困りますが、金を落として領民を潤《うるお》わせるのも領主の家族としての義務とお心得ください」

「義務、ですか……」

「はい。ご参考までにお知らせいたしますが、リリアン様のお部屋にあるドレスでおよそ家一軒分です。請求書が当家に届きましたので、間違いのない金額です」

くらり、とめまいがしたのは気のせいではないだろう。

事務的に告げてくるオーラスだが、その金額の大きさと姉の図々しさに対する申し訳なさに、リリアンの顔色が一気に悪くなる。

予算の使い道にドレスだけは選ぶまいと固く誓った……少なくともこの先十年くらいは。

「奥様から、ご自身の去年と一昨年《おととし》の分の明細もお預かりしておりますので、そちらもご参考になれば、と。何かご購入なさりたい時は私におっしゃっていただければ結構ですし、その前段階でのご相談にもいつでも乗ります。私でなくともクロナでも構いません。それと……これを私に預けられる時、奥様は『これがリリアン様への課題だ』とおっしゃっておられました」

「課題……」

「ユーグ様ともよくお話しの上、決めていただければと思います」

最後に特大級の爆弾を落としてオーラスは退室していき、後にはリリアン一人が書類と共に残された。

何枚あるかわからないそれらに一つ一つ目を通すのも大変だが、そこから予算の使い道を考え出すのもまた大変だろう。しかも、最終決定の前にユーグとも話し合え、と。いったいどれが一番の大仕事になるのか……思わずリリアンの口から大きなため息が漏れたのは無理もないことだった。

★　★　★

リリアンが予算について頭を悩ませているのと同じ頃、ユーグもまた頭を抱えていた。両親が出立《しゅったつ》するまではなんとか表情を繕《つくろ》いおおせていたが、「早めに確認したい書類がある」と周りに告げて、本来は父のものである執務室で一人になった途端、机に突っ伏す。

そして、その彼の口から零れ落ちたのは、うめくような声だ。

「……つくづく、情けない……」

これは別にリリアンのように、領主代理（リリアンの場合は領主夫人代理だが）の仕事について頭を悩ませているわけではない。両親の王都行きは前々から予定されていたことであり、留守の間のこともとっくの昔に引き継ぎ済みだ。しかも今は戦時ではなく平時、年度の始まりの時期でもないために、大した量はない。

つまり、ユーグを悩ませているのはそれについて、ではなかった。

艶《つや》のある黒髪に、黒曜石の輝きを放つ双眸《そうぼう》。それらを備《そな》えた顔立ちは秀麗《しゅうれい》の一言で、それにふさわしい長身と引き締まった体躯《たいく》の持ち主であり、辺境伯家の嫡子でもある。

幼い頃から剣筋がいいと認められ、座学でも優秀な成績を収めていた。

天は二物も三物も与えるものだ、とやっかみを含んだ評判を受けていた彼の今の姿を誰かが見たとすればさぞ驚くに違いない。

そして、どうしてそのような姿をしているのかといえば――それはひとえに昨夜の記憶による。


しばらくの別れとなることから、ユーグは久しぶりに父と酒を酌《く》み交《か》わしたのだが、それが少しばかり度を越してしまったようだ。

成人してからこちら、自分の酒量はわきまえているつもりだったのに、怪我をして飲めなかった時期があるため、知らぬ間に弱くなっていたのかもしれない。

それでも普通に歩くことはできたし、頭もはっきりとしていた。

少なくとも昨夜のユーグはそう考えていたし、リリアンの体の状態を考慮し、夜の行為は控えようと判断できたことからも、酩酊《めいてい》状態ではなかったと断言できる。

そして、いい機会だから少し話をしようと考えた——までは良かったのだ。

ゆくゆくはこのラファージュ家を継ぎ、辺境伯として領地を治めねばならないユーグである。

その妻となったリリアンの能力や性格に不安があれば、それがどの程度であるかを明らかにするべきだった。質問をし、対処の方法があるなら考える。

それは彼が置かれた立場であれば、当然のことだ。

けれど、その過程で、リリアンの母親を侮辱《ぶじょく》する必要はどこにもなかった。

つらかったであろう過去を、無理やり暴き立てる権利もない。

女性《レディ》に対しては、常に敬意を以《もっ》て接するべし——幼い頃より母からそう躾《しつ》けられ、騎士となるために学んでいた最中も繰り返し教えられたことだ。

聞きかじった情報や憶測をもとに、軽はずみに判断してはならない——父の教えであり、人の上に立つ立場の者としては基本中の基本である心構えだ。

なのに、昨夜のユーグは、そのどちらも忘れ去っていた。

机に突っ伏し、頭を抱えた彼の閉じた目蓋《まぶた》の裏に浮かぶのは、侮辱《ぶじょく》に青ざめ、怒りに頬を紅潮《こうちょう》させたリリアンの顔だ。

愛情は与えることができないが、代わりに敬意をもって接すると言ったのはユーグ自身である。

酒の影響があったとしても、決して言い訳できることではない。

だから、目覚めて――一晩寝て完全に酒の影響から脱した状態で、自分の言動を振り返った時、ユーグはすぐにリリアンに詫《わ》びようとは思ったのだ。けれど、隣で気持ち良さげに眠っている彼女を無理に揺り起こし、自己満足のための謝罪を聞かせるのは違うと考え直す。

朝食の時にも機会はあったが、両親の前でその話を持ち出すのは、リリアンの気持ちを更に傷つけることになるのではないかと思い、とどまった。

その後は、父から指揮系統についての再確認のために呼ばれてしまい、やっと解放され私室に戻っているであろうリリアンのところに向かおうとしている途中で、今度は執事長に呼び止められ、そこでもまた延々と足止めを食らった。

結果、リリアンともう一度顔を合わせたのは両親の出立《しゅったつ》の直前で、母との名残《なごり》を惜しんでいる彼女の邪魔もできず、もう一度父と必要のない最終確認をする羽目になる。

父親には怪訝《けげん》な顔をされたし、謝罪を先送りにしてばかりだという罪悪感で、母と会話をしているリリアンの顔をまともに見られなかった。

結果、しばしの別れだというのに挨拶《あいさつ》一つない不義理な息子の烙印を押されたらしく、母親から視線で責められるという体《てい》たらくだ。

それでも、遠ざかる馬車をリリアンと並んで見送り、今こそ騎士らしく——いや、夫らしく己の非を認め、許しを請《こ》おうとする。けれど、それよりもリリアンが口を開くほうが一瞬早かった。

『不慣れで知識もございませんが、ご両親のお留守の間、精いっぱい務めさせていただきたいと思っております』

次第に小さくなっていく両親を乗せた馬車から視線を外さず、淡々とした声で告げられた言葉は、昨夜の発言を控えめながらも非難するようにも、早く詫《わ》びを入れなかった自分への当てつけのようにも思える。おかげで、喉元《のど》まで出かかっていた謝罪の言葉の代わりに、ひどくそっけない、ぶっきらぼうな返事をしてしまった。


「……はぁ……」

自己嫌悪にもなろうというものだ。

執務机に突っ伏したまま、無意識にこぼれたため息は、自分の耳にすら情けなく響いた。

これまでのユーグの人生において、やろうとしたことがここまで裏目裏目に出たことは一度もなかったように思う。

家柄、容姿、才能に恵まれ、それなりに努力もしてきたおかげか、大抵の者がどこかでぶち当たる壁というものにもお目にかかったことがない。せいぜい、助走をつければ飛び越えられる障害物程度だ。

唯一の例外が今も体に残る傷跡だが、これと今の状況を同じにはできない。

身に覚えのない恨みと買った覚えのない悪意によって刻まれたものと、リリアンがユーグにもたらしたものは全く別物だ。

おそらくだが、彼女はそんな感情をユーグに抱くこと自体がないだろう。

たった四日ではあるがリリアンと接し、会話を通じて感じたのは、その身に降りかかった不幸や逆境にただひたすら耐え忍んできた挙句の、諦《あきら》めの良さだ。

仕方ない、どうしようもない。

そうやって諦《あきら》めて、静かに一人で立っている。

誰かを頼ることも、助けを求めることもせず、怒りも悲しみもすべて呑み込んで、たった一人で。それでいて、妙にお人よしというか、根底にある優しさを失っていない。

ユーグの目に関する話にしてもそうだ。

黙っていることもできただろうし、話すにしても何もあの時でなくても良かっただろう。会話が続かず、苦《くる》し紛《まぎ》れに出たのかもしれないが、彼を案ずる気持ちは伝わってきた。

それを聞いたユーグが、わざわざ医療所まで行って根拠を探させたのは、新妻に言われ、ろくに確認もせずに従うような情けない男になりたくなかっただけだ。

辺境伯領はその立地と環境のために、傷病に関する資料が豊富にそろっているが、それでも医療所に備《そな》えられたいくつかの文献を調べる必要があるほどには珍しい症例だったらしい。

『その方はよくご存じでしたね。それにしても、早めに気が付かれたことは本当に良かったと思います』

情報源をぼかして伝えたため、そう言われた。

そうまで言われては髪を上げないわけにもいかず、そのまま屋敷に戻ると、顔を合わせた皆に驚かれ、そして喜ばれる。

負傷した直後はそれこそ総出でいたわられ案じられていたのは知っていたが、傷が癒《い》え、杖《つえ》を突いてなら普通に歩けるようになって以降は普通に接してきていたのに、いまだにそれほど心配をかけていたのだと知った。

両親にも誰から聞いたとは言わず、ただ医療所の文献にも載っていたからと伝えたが……母にはばれていた気がする。

そして、リリアンだ。

自分が教えたのだと言っても、誰も責めはしない。それどころか、両親をはじめ、皆に感謝されるのは間違いない。

それなのに自分の手柄を誇りもせず、ただほっとしたような顔を向けてきただけだ。

それが、その時のユーグには妙に腹立たしく感じられた。

まるで、自分よりずっと年下の、彼女の手のひらの上で転がされているような気分になったのだ――今、考えれば『リリアンから聞いた』と素直に言えなかったことへの罪悪感からだとわかるのだが。

その気持ちをくすぶらせたまま父と酒を飲んで酔っ払い、その挙句がアレで、今日のコレである。

「……本当に情けない……」

そうやって冷静に自己分析をし、またリリアンと離れたことで理解したのは、あの両親と別れた後の言葉が間違いなく彼女の本心だということだ。

昨夜見せた屈辱《くつじょく》も怒りも、一夜の間にそれまでと同じように呑み込み諦《あきら》め、ただ自分の至らなさだけを素直に認めた末の言葉だったのだ、と。

今度こそ、本当に、心から謝らなければならない。

ただ、他に人目があるとまたおかしな方向に行きかねないため、夕食時は避けたほうが良さそうだ。

今夜は酒を控え、素面《しらふ》でいよう。行為は今日もやめておき、その分を会話の時間にあてよう。

そう固く決意をしたユーグであったのだが——


初めての二人きりの夕食をぎこちないムードで済ませ、リリアンが食堂から退室した後、ユーグもまた自室に戻ろうとした。

その時、リリアン付きを命じたクロナが近づいてくる。そして、そっと耳打ちされた言葉にユーグは愕然《がくぜん》とした。

「リリアン様に月のものがこられましたので、本日はお一人でお休みください」

庶民や片時も離れていたくないという熱烈な愛情で結ばれているのならともかく、貴族は同じ寝台で休むのを避けるのが普通だ。

つまり、ユーグもリリアンも、今夜は自分の部屋の寝台で寝ることになる。

「……いつだ？」

「お夕食の少し前です。お顔のお色が悪いのでお尋ねしたところ、どうも……お腹《なか》の痛みがあられるようで、お食事もあまり召しあがられなかったご様子でしたし」

リリアンの食が進んでいなかったことに、ユーグは全く気が付かなかった。

あの細い体からしてそれほど食べないだろうという推測はできるが、向かい合って食事をしていたというのに、実際にどれほどの量を口に運んでいたかには注意を払わなかったのだ。

「彼女の様子は？」

「ご本人は、自分のものは軽いし、今も大したことはないとおっしゃっておられますが、かなり痛みが強いのではないかと……周期もくるっているようですが、環境が変わると女性にはよくあることです。今夜は暖かくして、早めにお休みいただけるよう手配させていただきます」

話くらいはできるのではないかと尋ねてみたが、そんな返事が戻ってきては無理はさせられない。

こんなことなら、夕食の時にさっさと詫《わ》びておけば良かったと思っても、後の祭りである。

「そうか……」

「それと、リリアン様からユーグ様へのお詫《わ》びのお言葉もお預かりしております。『ご迷惑をおかけし、申し訳ありません』とのことでございました」

「……っ」

迷惑などかけられてはいない。自分ではどうすることもできない体の事情なら、詫《わ》びる必要などない。

それでも、リリアンのことだ。

一日でも早く『ラファージュ家の跡取り』をもうけねばならないのに、初夜は済ませたものの昨夜は行為に及ばず、その上この先数日はユーグの枕席《ちんせき》に侍《はべ》れないことを気に病《や》んでいるのだろう。

「……余計なことは気にせず、ゆっくり休むように伝えてくれ」

「はい」

このような時、夫として直接いたわりの言葉をかけたほうがいいのかもしれないが、ユーグの姿を見れば、リリアンはきっと緊張するだろう。

ありきたりな伝言を託《たく》すことしかできない自分が、ひどく無能に思えたユーグだった。

第五章

リリアンの月のものは、五日ほどで終わった。

予定ではもっと先のはずだったたし、通常は七日ほど続く代わりに痛みはそれほどでもないのだが、クロナに言われたように環境が変わったせいだろう。

ユーグには、当日の夜にクロナを通じて詫《わ》びる。

嫁《とつ》いで早々に妻としての役割を果たせないことが申し訳なかったが、『気にせずゆっくり休め』と言ってもらえ、ほっと胸を撫《な》でおろした。

女性であれば毎月のことで騒がれるものではないと思うのだが、クロナたち侍女に何くれとなく心配され、世話を焼かれた。オーラスからも『お体のお具合が悪いのに気付かず、あちこち引き回し、申し訳ありませんでした』と謝られる。

変調に気付いたのは夕方だし、邸内を歩いたくらいで障《さわ》りがあるはずもない。知りたくもないであろうリリアンの女性の事情を知らされたオーラスに、こちらが謝りたいくらいだ。

「……こんなに良くしてもらっていいのかしら？」

思わず独り言ちてしまうのは、今の自分を取り巻く環境が恵まれすぎているように思えるせいだった。

リリアンの初潮は十三歳の時にきた。母を亡くして王都の屋敷に移った後だ。知識もなく、突然の体の変化にうろたえ、ひどく心細かったのを思い出す。どうしていいのかわからず意を決して下働きの女に尋ねると、面倒そうに舌打ちされた後、処置の仕方を教えられた。衣服についた血は、早く洗い流さないとしみになると言われ、泣きながら自分で洗ったものだ。勿論《もちろん》、体調を尋ねられたことや、気遣われたことは一度もない。

ずっと思い出しもしなかったことだが、それとは正反対の扱いを受けたことで記憶がよみがえる。

それに比べて、この屋敷の人々は、皆、リリアンに優しい。

それはリリアン本人にではなく『ユーグの妻』『辺境伯家の嫁』という肩書に対してだろうが、ありがたいことには変わりない。そんな彼、彼女たちにリリアンが返せるものは、一日も早く立派な妻、嫁になることだけだ。

なのに、貴族の流儀とのことで、あの夜以来ユーグとは寝室を分けたままで、顔を合わせるのは朝と夜の食事の時だけ。昼食は領主代行の執務の進み具合によって時間がずれたり、視察に出ることもあるため、最初から別々でと言われている。

その食事の時の会話も、お互い今日は何をする予定か、あるいは何をしたか、くらいだった。会話というよりも報告と表現したほうが正しいかもしれない。

新婚と呼ばれる状態でこれが普通なのかどうか、リリアンにはわからなかった。誰かに聞いたこともないし、聞けることでもない。

しかし、月のものが終わったからには、また同じ寝台で休むことになる。

面と向かって言うのは恥ずかしいが、そこはよく気の付くクロナが、それとなく伝えてくれたようだ。

久しぶりに薄く頼りない夜着を着せかけられる。一人で寝ていた時はもっと布が厚く、暖かなものだったのだ。ともかく、そうして送り込まれた夫婦の寝室では、前と同じくユーグが先に来てリリアンを待っていた。

「お待たせいたしました。あの……ご迷惑をおかけし、申し訳ありません」

迷惑という単語が正解なのかリリアンにはわからないが、他に良い言い回しが思い付かない。

「前にも伝えたと思うが、気にする必要はない。それよりも、体は大丈夫なのか？」

ユーグのぶっきらぼうで不愛想な口調はいつものことで、ここ数日のうちにリリアンもそれに慣れてきた。

「ありがとうございます。体は……はい、もう大丈夫です」

月のものは病気でも何でもない。終われば、いや、痛みさえ治まれば、夜のことはともかく昼は普通に生活できる。

現にオーラスからの『屋敷の切り回し方』講座は、二日休んだ後、普通に受けていた。

「そうか。ならいい」

その返事を聞き、ユーグがリリアンに腕を伸ばしてくる。

来い、と言われているのだと悟り近づくと、そっと手をとられた。

「痛みは？」

主語をぼかしているが、何についての質問かはすぐにわかった。

「……そちらも大丈夫です」

彼を受け入れた部分の、引きつれるような痛みは三日目には完全に消えている。リリアンの体調の問題がなければ、もっと早くにこうしていたはずだ。

「そうか」

短い返事の後、ユーグの手に力が入った。

その勢いに逆らわず、彼の隣に腰を下ろす。その際、追加でユーグの力が増し、リリアンは思ったよりも彼の近くに座ることになってしまった。

「……ん」

傷はあるが、それでも秀麗《しゅうれい》な顔が近づいてきたかと思うと、唇を重ねられる。

ただ、初夜の時とは違い、強く押し付けるのではなく、ついばむように軽く——いったん離れ、また触れるという行為を数回繰り返される。

リリアンの知る口づけは、初夜の折のあの一回だけだ。てっきり今夜もあれと同じだと思っていたため、戸惑《とまど》いが顔に出る。

「やりようはいろいろある、ということだ。おいおい、教えていく」

「は、はい。わかりました」

リリアンの房事《ぼうじ》に関する知識は、白紙に近い。対してユーグは——あくまでも、リリアンの推測だが、その美貌《びぼう》、家柄、能力からして、そういった機会が多かっただろう。経験値が違いすぎるからには、素直にその言葉を受け入れるしかない。

そんなことを考えたせいか、教師を前にした生徒のような返事になる。ユーグが妙な表情をしたが、すぐに気を取り直したようだ。

もう一度、その顔が近づいてきて、今度は『あの』口づけが与えられた。

「ん……っ」

唇を合わせたまま、やや強めに舌がリリアンの唇の輪郭《りんかく》をなぞる。その合図の意味はすでに知っていた。

素直に小さく口を開いた途端、彼の舌がするりと入り込んでくる。

「……ふ、ぅ……」

他人の体の一部が自分の中に入ってくるのは、まだ少し抵抗があった。けれど、たった一度でも経験しているのといないとでは大きな違いがある。

前回は恐怖と気持ち悪さだけだったが、このような行為もあるとわかったおかげで多少の余裕ができた。

ユーグの舌の動きに応えるのはさすがに無理でも、できるだけ体の力を抜いて、彼の好きにさせるくらいのことはできる。

ただ、そのおかげでユーグの隣に座り、上半身だけをねじるという不安定な体勢だったリリアンの体がかすかにぐらついた。

すると、それを察知してか、ユーグの手が背中を支えるようにあてがわれる。そして、支えるだけでなくお互いの体がぴったりと密着するように、引き寄せられた。

お互い、まだ着衣のままではあるが、リリアンの夜着はレースと薄絹の頼りないものだ。

ユーグは彼女よりはしっかりした生地のガウンを羽織《はお》っているが、密着度が高いため布越しにでもその逞《たくま》しい体つきがよくわかった。

それから、リリアンよりも少し高い体温と、胸の鼓動も。

おおよそ混乱と恐怖と苦痛ばかりだった前回では、ろくに気付けなかったことだが、今は不思議なくらいはっきりと感じ取れた。

口づけはそのままに、背中の手がゆっくりとリリアンの背中を往復する。

その手のひらの感触は温かく、また騎士らしく少しごつい。

体温と鼓動、そして口づけで呼吸までも分け合う感覚に、リリアンの頭が次第にぼうっとかすんでいく。

その霞《かすみ》が晴れたのは、背中にひんやりとしたシーツの感触を覚えた時だった。

「あ……？」

いつの間に体勢を変えられたのか。記憶を探っても見当たらない。

戸惑《とまど》って視線を上げた先で、ユーグのそれとぶつかる。

傷のある左目と、無事な右目。そのどちらにも強い光が宿っていることに、どくん、とリリアンの心臓が大きく脈打った。

その目に魅入《みい》られたように動けなくなった彼女とは裏腹に、ユーグの手が素早く動く。

身頃を留めているリボンを解《ほど》かれ、はだけさせられる。リリアンの白い素肌と小ぶりな胸があらわになった。

「……んっ！」

そこを男の手のひらで包み込まれ、小さな声が出る。そのまま柔らかく揉《も》まれ、時折、手のひら全体で押しつぶすようにして刺激を与えられた。それと並行し、額《ひたい》や目蓋《まぶた》、頬に軽い口づけが落とされるのは初めての夜と同じだ。

そうしているうちに、刺激により胸の先端部分が目覚め、ぷっくりと立ち上がるのがリリアン自身にもわかったが、もううろたえはしなかった。

初夜の折の行為をなぞるように施《ほどこ》される愛撫《あいぶ》は、リリアンに恐怖を与えることはない。閨《ねや》とはこのようにしていくものだと思えるようになったのだ。

——実のところ、ユーグが、あえて初夜と同じ手順を踏んでいることを彼女は知らない。あの時の彼女の怯《おび》えように、閨《ねや》についての知識もほぼ白紙だと察し、少しでもその負担を減らすべくそうしている。そのために、己のとった行動を念入りに思い出し、結果、少々人には言いづらい状況になったことも。

「ん……あ、っ」

左右の胸のふくらみを交互に揉《も》まれている間に、時折、初めて経験する行為もされる。

例えば、ユーグの指の間に胸の先端を挟まれ、こすり合わせるようにされたり、口づけが顔だけではなくうなじや肩のあたりにも施《ほどこ》され、時折きつく吸い上げられたりもした。うなじを吸われた時は、くすぐったさの後で、ちりっとした軽い痛みが走る。でも、不快だとは思わなかった。

胸の先端も、触れられているのが手のひらではなく節の目立つ男の指ということもあり、硬いそれの感触に少しだけ怯《おび》えが顔を覗かせたが、立ち上がりかけていたそこへのコリコリとした刺激は、痛みよりもむずがゆさに似た感覚をリリアンに伝えてくる。

いつの間にか、胸の先端はしっかりと色づき、硬く結実していた。ユーグもそれに気が付いたらしく、指が離れたかと思うと、唇でそこを包む。

「ん、ぅ……っ」

指でのやや強めの刺激と、柔らかな唇と舌により与えられるそれは、全く違う。

だが、どちらも不快ではない。

それどころか、ユーグの行為が進むにつれ、リリアンの体の奥に小さな炎がともったような感覚が湧き上がる。それは、初夜でもわずかに感じていたものではあったが、明らかに今夜のほうが強く、更にはどんどんと増していくように思えた。

「あ……」

とろり……と、どこかで何かがあふれた気がして、思わずリリアンは小さな声を上げる。

「ユ、ユーグさまっ！」

終わったはずの月のものが、まだ残っていた——全く同じではないが、それによく似た感覚をつい最近も経験したばかりだった彼女は、慌ててユーグの名を呼ぶ。

「あ、あの……私、また……」

今すぐユーグから離れ、自室に戻らなければならない。そう考えて、急いで半身を起こそうとするが、彼が上から覆《おお》いかぶさっているために果たせなかった。

そんな唐突なリリアンの動きに、ユーグも不審を抱いたらしい。

「……どうした？　嫌か？」

「いいえ、そうではなく……その……まだ、障《さわ》りが……」

「は？　……終わったのだろう？」

せめてその何かが流れ出ないようにと、リリアンはきつく足を閉じながら、なんとか状況を説明しようとする。

「申し訳ありません。そのはず、だったのですが……」

彼女としては、足を閉じてはいても、いつシーツやユーグの着衣を汚すかもしれないと、気が気ではない。

焦《あせ》りと懸念で、赤くなっているのだか青ざめているのだか判別しがたい顔色で、懸命に言葉を紡ぐ。そんな彼女を眉根を寄せて見つめていたユーグだったが、少しして何かに得心したような顔になった。

「安心しろ。それは違う」

「……は？」

「少し早いが、こちらも触るぞ」

閉じていた足を強引に開かせ、中心に手を伸ばしてくる。

「ユーグ様っ!?」

内部に深く指を差し込むのではなく、その入り口を軽く指の腹でなぞられただけだが、リリアンの感覚が正しいのなら、すでにそこも汚れているはずだ。夫の指を己の経血で汚してしまったと、リリアンは今度こそ青くなった。

けれど――

「いいから、見ろ」

強く命じられ、恐る恐る目の前に突きつけられた彼の指に目をやる。

「え？」

リリアンが予想していたのとは異なり、その指は赤く染まってはいなかった。

「ど、どうして……?」

「覚えていないか?　もう少し後だが、あの時もこうなっていた」

そう言われても、最初のうちはともかく、行為が進んだ後のことについて、リリアンにはあまりはっきりとした記憶がない。

「……とにかく、これは違う。女性が快感を得るとこうなる」

「快感……?」

「平たく言えば、気持ちが良くなると、ということだ」

「……気持ちが、よくなる……」

ユーグの言葉を信じるならば、先ほど、リリアンはその『快感』というものを覚えていたということになる。どのみち、彼女は夫の言葉を信じるしかない。

「男と違って、女性はそうなるまでに少々手間がかかることもあるそうだ。君の場合、あの時が初めてだったわけだが……くそっ、何で今、こんな話を大真面目にしているんだ、俺はっ!?」

「も、申し訳ありませんっ」

男性であり、夫でもあるユーグに、リリアンの体の変化についての説明を受ける。確かに閨《ねや》の最中にする話ではない気がした。

二人の間に微妙な空気が流れ……少しして、ユーグが小さな咳払いをする。

「……そういうわけだから、何もおかしなことではない。ということで、続けるぞ」

「は、はい」

わざわざ再開の宣言をするのも妙だが、それを指摘する第三者はここにはいない。

もう一度、口づけられ、また最初からかと思ったリリアンだが、『続きをする』というユーグの言葉はそのとおりの意味だったらしく、開かれたままの足の間に彼の手が伸びる。

「……ん、ぅ……」

慎重にナカへと指を沈められ、リリアンは少し驚いた。

前ほどの違和感はなく、その指の動きも滑《なめ》らかだと感じる。

それが彼女の中から湧き上がってきた液体によるものだとまではわからなかったものの、全身を拒絶に固まらせることはない。

「……痛むか？」

「い、いいえ……」

時折ユーグがリリアンの様子を尋ねてくる。

初めての時は、わざわざ口に出して答えなければならないことが、リリアンにはひどく恥ずかしかった。が、不思議なことに、今はそうやって確かめられることも、あまり嫌とは感じられない。

状況としては同じはずなのに、その違いは何なのだろう？

不思議に思ったけれど、その原因を突《つ》き詰《つ》めて考える暇は、今のリリアンには与えられなかった。

「ん……ぅ」

ゆっくりと根元まで差し入れられた指が、同じくらいの速度で引き抜かれる。それを幾度か繰り返されるうちに、ユーグの指から受ける圧迫感が少し緩《ゆる》んだ気がした。

実際には、リリアンのその部分がほぐれ柔らかくなってきたからなのだが、本人にはそうとしか感じられない。

指を二本に増やされた後も、やはり刺激を受け続けるうちにすんなりと動くようになってくる。

入り口のすぐ上の、淡い草むらの中に潜《ひそ》む小さな肉の芽にも刺激を与えられ、複数の個所からの刺激でじわじわと体の熱が上がった。

「……あっ」

硬く立ち上がり始めていた肉芽をほんの少し強めに押された瞬間、リリアンの口から小さな声が漏れる。

刺激を受けるたびに、なんとも言えない感覚が湧き上がってきた。それが一瞬、閃光《せんこう》のような強さで体を駆け抜ける。

「イって……は、いないか……」

ユーグが独り言のようにつぶやく声が聞こえたが、その意味はリリアンにはわからない。

「何でもない。気にするな」

彼もリリアンの答えを求めていたわけではないようで、すぐに行為を再開する。

一度、根元ギリギリまで指を深く突き入れた後でそれを完全に抜き去ると、あの時と同じように、リリアンのソコに顔を近づけていく。

吐息《といき》がかかるほど近くでいったんその動きが止まり、すぐにぬるりとした感触がした。

ひちゃひちゃと舌が動くたびに、粘《ねば》ついた水音がリリアンの耳に届く。

「あ……あっ」

幾重にも重なった襞《ひだ》を解きほぐすようにユーグの舌が動き、リリアンは声を抑えられない。

そんなところを舐《な》められているのも、声が出るのも恥ずかしい。けれど、リリアンにはどちらも止められなかった。

そのうえ、ユーグは舐《な》めるだけではなく、尖《とが》らせた舌の先端を先ほどまで指を受け入れていた部分に差し込んでくる。入り口からほんの少しだけとはいえ、指とは全く違う感触に、リリアンはふるりと背を震わせた。

体が熱い。

心臓の鼓動が速くなり、喉《のど》の奥から何かがせり上がってくる。

気が付けば、先ほど誤解した滴《したた》る感覚が戻ってきていて、ユーグが言っていたのはこれか、と頭の片隅で得心した。

ただ、そんな思いも、彼から与え続けられる刺激によって、すぐに押し流されてしまう。

少しの間放置されていた小さな肉の芽にも、ユーグの舌は触れてくる。

胸の突起と同じように舌先で転がされ、あるいは平たい面で押しつぶされるごとに、じわじわとリリアンの体温も上がっていく。

無意識のうちに腰が揺れ始め、両手がすがるものを求めてシーツの上をさまよう。

全身にしっとりと汗をかき、きつく目を閉じて何かに耐える。そんなリリアンの様子に、ユーグは顔の位置を少し変えたかと思うと、唇でその部分全体を包み込んだ。

彼にそこをきつく吸い上げられたと感じた瞬間、先ほどと同じ——いや、もっと強く鋭い感覚がリリアンの体を走り抜ける。

「ひっ……んんっ!?」

そのあまりの強さに、背中が反り返った。体全体が硬直し、息が止まる。

ただ、それはほんの一瞬のことで、リリアンの体はすぐに弛緩し、ぐったりとシーツに沈み込む。

「……わ、私……今?」

心臓が一つ脈打つほどの短い時間だったはずなのに、まるで激しい運動をした後のように、息が弾んでいる。

「今度こそイったな。気持ちが良かったか?」

「え?　い、く……?」

「感極まったということだ」

自分の体に起きたことに戸惑《とまど》うリリアンに、先回りしてユーグが告げる。

リリアンには意味不明な単語での非常に簡素な説明だが、とにかく何らかの変化が自分に起きたということだけは理解できた。

「……そろそろ、いいか」

そして、何のことかと彼女が尋ねる前に、ユーグが体の位置を変える。

広げさせた足の間に身を置き、まだ着たままだったガウンを脱ぎ捨てると、その下からリリアンが二度目に目にするユーグの裸身が現れた。

その逞《たくま》しい肩が動き、リリアンの両脇についた手で体を支えながら彼がわずかにせり上がると、中心に何か硬いものが触れる。

「……っ！」

その瞬間、あの時の激痛の記憶が彼女の脳裏によみがえった。

反射的に足を閉じようとするが、すでにユーグの膝《ひざ》によって大きく開かされた状態で固定されている。

「ま……待ってっ」

「大丈夫だ。もう、あれほどは痛まない……と思う」

最後に付け足された言葉さえなければ、リリアンももう少し安心できたかもしれないのだが――それでもユーグは動き始めていた。

奇妙なほどに滑《なめ》らかに感じられる硬いソレの先端が、ぐいっと入り口に押し付けられ、ゆっくりとリリアンのナカに入ってくる。

「う……んんっ！」

またあの苦痛に耐えなければならないのか、ときつく唇をかみ、痛みが襲ってくるのを待っていた彼女であるが、予想に反して『痛み』はほとんど感じることがなかった。

「……え？」

狭い内部を無理に押し広げられる圧迫感は確かにある。内部の粘膜をこすりながら進んでくる異物への違和感もだが、引き裂かれるような痛みでは決してない。

「くっ……すこし、力を抜け……っ、きついっ」

どちらかといえば、ユーグのほうが苦痛を感じているような苦しげな声を出している。

慌てて速く浅い呼吸を何度も繰り返すと、無意識に入っていたソコの力が少し抜けたように感じられた。

圧迫感が緩《ゆる》んだのを見計らい、ユーグもまた大きく息を吸う。そして、強く腰を押し進めてきた。

「っ……んぁっ！」

リリアンの奥から滴《したた》るぬめりの助けを借りながら、ユーグのソレが根元まで一気に突き入れられる。ずんっと重い衝撃がリリアンの最奥に走った。

「痛み、は？」

少し強めに問いかけられ、リリアンは急いで首を横に振る。

「……だから、言っただろう……っ」

そのままで動きを止めたユーグは、なぜだかまだ苦しげだ。ぎりぎりと奥歯を食いしばる音が聞こえるようで、額《ひたい》にはたまの汗が浮いている。

そういえば、あの折の彼も『痛い』と言っていたのを思い出す。

二回目の今回はリリアンはあまり痛みを感じずに済んだが、男性であるユーグは違うのだろうか？

けれど、どうしたらそれを減じることができるのか、リリアンには見当もつかず、ただじっとユーグが落ち着くのを待つしかなかった。やがて、少し落ち着いたらしいユーグが、一つ大きく息をする。

「動くが……いいな？」

「は、はい……」

リリアンの答えた声が空に消えるよりも早く、ずいっと強くユーグの腰が押し付けられた。

滑《なめ》らかだが硬い切っ先に最奥の壁を圧迫されて、一瞬、息が詰《つ》まる。

「う……っ」

反動で軽く膝《ひざ》が跳ね、そこにユーグの手が差し入れられた。そのまま持ち上げられると接する角度が変わり、ナカの圧迫感が増す。

「っ⁉」

驚いてユーグの顔を見上げる。わずかにすがめられたその目には、ひどく獰猛《どうもう》な光が宿っていた。

「ユ、ユーグさ……あ、ぅんっ！」

何かに憤《いきどお》っているかのような表情に不安になり、その名を呼ぼうとするのだが、それよりも早く腰が引かれる。ずるり、と粘膜をこすりつつ強直が引き抜かれ、抜け落ちてしまいそうなぎりぎりまで下がったところでまたナカに押し入ってくる。

「あっ！　……やっ、んぅっ！」

最初はやや緩《ゆる》やかな動きだったのが、すぐに速く激しいものにとって代わられた。

リリアンとユーグでは体格が違いすぎる。ほっそりとして華奢《きゃしゃ》なリリアンは、ユーグの体重の半分ほどしかない。

その彼に強く腰を突き上げられ、リリアンは衝撃でろくに息もできなかった。

「あっ……あんっ！　ん……んぅ、んっ！」

必死になって息を吸い吐こうとするが、突き上げられるタイミングと相まってそのたびにあられもない声が出る。

ユーグに足を支えられていなければ、ずりずりとシーツの上を移動しているだろう。

いや、わずかだが今も少しずつ体の位置が変わっており、それを追うようにしてユーグも膝《ひざ》を進めてくる。

「あ！　ユ……グ、さまっ」

激しく揺さぶられ、呼吸もままならない状況で、リリアンは必死にユーグを呼ぶ。

痛みはないものの、狭い内部を押し開かれ、抜かれ――内部の粘膜がこすられる感覚に、なんだかおかしな気分になってくる。

ユーグを受け入れている部分のすぐ上にある突起も、『イった』ことにより柔らかさを取り戻していたのだが、そこが何やらまたむずむずとしてきている気もする。

叶うなら、もう一度そこに触れてほしい。リリアンの頭にふとそんな思いが浮かび上がり、慌ててその考えを打ち消すが、ユーグはまるでそれを見越したように、わずかに体の位置を変えた。

今までよりも深い角度でリリアンの体に覆《おお》いかぶさってくる。すると、つながっている部分の密着度が上がり、下腹同士をこすり合うような形になった。

「あ、んっ！」

ユーグの動きに合わせて硬い筋肉が、リリアンのその部分を刺激する。指のような繊《せん》細《さい》さも、唇のような柔らかさもなく、ただこすれ合うだけのそれがなんとももどかしい。

気が付けば、リリアン自身も体をくねらせ、ソコを彼の体に押し当てていた。

「……ふっ」

一瞬、ユーグが小さく笑ったが、慣れない感覚を追うのに夢中な彼女はそれに気が付かない。

知らぬ間に腰が揺れ、彼に支えられている足は膝《ひざ》から下が何度も跳ねる。手は相変わらずシーツの上をさまよっているが、それも意識の外だ。

突き上げられ、揺さぶられ、こすり合わされ……乱れた呼吸が更に切迫し、頭がぼうっとしてくる。

そんな中——

「……ぐっ、ぅ！」

今までとは違う、うめき声のようなものがユーグの口から漏れる。同時に、がくりとその体がかしいだ。

「っ⁉」

「っ！　なんでも、ない……っ」

叫ぶように告げ、手をリリアンの足から放してシーツにつき、そこで体重を支えることですぐに体勢を立て直した。

「……くそっ……」

短い悪態がそれに続き、いら立ちをぶつけるようにして抽挿の速度が上がる。

ユーグの変調には気が付いたが、その後の嵐のような突き上げに、リリアンは案じる言葉すら口にできなかった。

「あ、ああっ！　……ああ、んっ！」

がむしゃらな行為による衝撃に耐えるので精いっぱいだ。

ひっきりなしに口から漏れる声も、甘さよりも切迫の色が濃い。

それがいつまで続くのか――ままならない呼吸に、リリアンが意識の遠のく感覚に襲われる頃、ユーグの動きが唐突に止まった。

その背が、リリアンの目の前で大きくのけぞる。

「く……ぅ！」

どくん、と。リリアンのナカに埋め込まれたモノが、大きく脈打ち、何かが放出される。この感覚を経験するのは、これで二回目だ。

ユーグが背筋を小さく震わせるのに合わせるように、ぴくぴくとナカのモノも震えた。

そして――それが抜かれたかと思うと、すべての力を絞《しぼ》りつくしたように、彼の体がリリアンの隣に崩れ落ちる。

まるで全力疾走をしたみたいな荒い呼吸を耳元で聞きながら、どうやらこれで終わったらしい、と、リリアンは悟ったのだった。

★　★　★

黎明《れいめい》の光がカーテンの隙間から部屋に差し込み始めた頃、ユーグは目を覚ました。

これは別段珍しいことではない。騎士として体を鍛《きた》えるために夜明けと共に起き出し、鍛錬《たんれん》に励《はげ》むのが日課だった。負傷により鍛錬《たんれん》はできなくなったが、長年の習慣というのはなかなか抜けないらしく、いつもこの時間に目が覚めてしまう。

十分に睡眠をとったはずなのに体にわずかに残る倦怠感《けんたいかん》は、昨夜の行為のせいだ。

自分の隣、同じ寝台の片側に横たわり寝息を立てているのは、先日、自分の妻となったリリアンである。

さっさと目覚めた自分とは異なり、その眠りは深く、まだしばらくは目を覚ましそうにない。

……それも無理はないだろう。

女性と男性では体格に差があって当然だが、それにしてもリリアンは細すぎる。背の高さはそこそこあるものの、全体的な肉付きというか、ふくよかさというものと全く縁のない体つきだ。

服を着ていればある程度はわからなくなるが、それでも首や手首の細さは隠しようもない。脱がした後は、さすがにあばらが浮いているということはなかったとはいえ、手足の細さは完全にほっそりを通り越していた。

体力がないのは、本人に聞かなくてもわかる。

それが、騎士として鍛《きた》えられたユーグの劣情を受け止めさせられたのだ。疲労困憊《ひろうこんぱい》して当たり前だった。

ただ、ひそかにユーグが安堵《あんど》のため息をついたのは、隣で眠るリリアンの頬に涙の気配がなかったからだ。

初夜の翌日、やはり彼女より早く目覚めたユーグが見たのは、小さく縮こまるようにして眠るその頬に、くっきりと残った涙の痕跡だった。

それなりに女性経験のある彼だが、初めての相手を抱いたことはない。

ただ、聞いた話によれば、最初はひどく痛むのだそうだ。だから、ユーグとしてもできるだけ優しく扱うつもりでいたし、実際にもそう行動したはずである。

予想外だったのは、リリアンに全くその手の知識がなかったこと。

十八、九歳ともなれば、貴族令嬢であったとしても、それなりの知識があると思っていた。聞いた話になるが、婚姻前には既婚女性から閨《ねや》の心得のようなものを教えられるのだとも。

リリアンは侯爵家の令嬢だ。いくら急な話だったとしても、最低限の知識くらいは教えてもらっているとばかり考えていたのだ。しかしあの怯《おび》えようを見て、それが間違いだと気付くのは簡単だった。

——なんとも面倒なことになった。

薄情かもしれないが、ユーグが最初に考えたのはそれだ。

ただでさえ気乗りのしない婚姻で、しかも、直前に花嫁がすり替わった。前の婚約者には愛情も未練もないが、腹立たしさは確かにある。

更には、リリアンの体形だ。

どちらかといえば、ユーグは豊満な女性が好みだった。体つきに限定すれば、前の婚約者がそれに当てはまる。

なのにリリアンときたら、夜着を脱がせたその姿は予想していた以上に細く、彼の目にはまるで鶏《とり》がらみたいに骨ばって見えた。

実際に触れてみて、それなりに女性らしい柔らかさがあることはわかったが、ユーグの基準でいえば胸は薄いし、腰も細すぎる。自分のモノにそれなりに自信があった彼は、本当に自分を受け入れられるのか疑問に思うほどだった。

手加減の上に手加減を重ね、壊れ物を扱うように接する必要があり、正直なところ、これで己のモノが勃《た》つのかと、不安さえ覚えた。

なのに。

初めてのことに怯《おび》えるその顔と震える体は、ユーグの庇護欲《ひごよく》をひどく刺激した。

そのくせ、痛みに涙を流しながらも必死になって彼の要求に応えようとする姿に、今度は嗜虐性《しぎゃくせい》とでも表現すべきものを覚え――その時まで、ユーグはそんなものが自分に備《そな》わっているとは思ったこともなかったというのに、だ。

結果として、大いに泣かせ、血を流させてしまった。

血に関しては仕方がないにしても、あれほど痛がっていたのだから、途中でやめることも視野に入れるべきだったのだ。なのについ最後までいってしまった。

……非常に下世話な話になるのだが、ユーグはあれほど狭くきついとは思わなかったのだ。こちらが痛みを覚えるほどに締め付けられたのは初めてだった。

最後の最後に、ほとんど気を失いかけているリリアンから己の逸物を抜いた時、ソレについた鮮血の混じった粘液と、後を追うようにしてどろりと流れ出てきた、やはり赤色の混じる白濁したモノ――それを目にした途端、今まで感じたこともないような高揚《こうよう》感《かん》に襲われる。

思えば、あれが『征服感』と呼ばれる代物《しろもの》だったのかもしれない。

そして、二度目となった昨夜――

リリアンの体調を鑑《かんが》み、二日ほどは空《あ》ける心づもりでいたのだが、それが六日に延びるとは思わなかった。

だが、かえってそれが良かったと思う。

その間に、自分の頭も十二分に冷えた。

リリアンにとっても、数日前までは顔を見たこともなかった相手――ユーグと薄暗がりの密室で二人きりとならずに済み、心労が少しは減ったはずだ。

行為の有無にかかわらず、ユーグの存在そのものが、彼女にとって精神的な負荷となっているのを素直に認められないほど、彼は子供でも愚か者でもない。

その証拠に、昨夜見たリリアンの裸身は、最初の時よりも少しだけふっくらとしていた。

クロナたち侍女が寄ってたかって甘やかしているのは知っていたので、その成果だろう。

ユーグの好みにはまだほど遠いし、少し肉がついたとはいえ細すぎるほどに細い手足はもともとの体形、体質のせいもあるだろうが、頬がこけて見えるほどに痩《や》せていた最初と比べればかなりマシになっていた。

朝晩の食事中だけとはいえ数日にわたってユーグと会話を交わしたことにより、リリアンも彼の存在に慣れてくれたらしい。

緊張はしていても怯《おび》えた様子はなく、素直にその身をゆだねてきた。

行為が始まると、懸命にユーグの意に沿おうとする様子がいじらしく、彼は尚更、丁寧に扱ってやらねばという気になった。

そして、何より、リリアンには嘘がない。

媚《こ》びるような視線も、わざとらしい喘《あえ》ぎ声も、彼女には無縁のものだ。

ほぼ白紙状態だったせいもあり、ユーグが与えるものを素直に受け入れる。

羞恥《しゅうち》も痛みも、そして快楽も。

恥ずかしさに全身を桃色に染め、痛ければ痛いと泣き、恐ろしければ怯《おび》えに体を硬くする。

快楽だけは、まだほとんど与えてやることができていないが、それでもユーグの懸命な努力により、小さいが絶頂を極めさせることができた。

リリアンの手前、取《と》り繕《つくろ》いはしたものの、その時の達成感は今思い出すだけで——

「……待て。俺は、何を考えている？」

むくりとナニカが頭をもたげる、心情的にではなく、身体的に。そんな気配に、ユーグは慌てて頭に浮かんだものを打ち消すが、少しばかりその勢いが強すぎたらしく、声に出してしまった。

「……ん……」

それが耳に入ったのか、リリアンが小さく身じろぎをする。起こしてしまったのかと、全力で気配を消し、呼吸まで止めた。その甲斐《かい》あってか、彼女は寝返りを打っただけで目を覚ます気配はない。

「……は」

止めていた息を吐き出すついでに、ため息が出る。

自分のことながら、なんとも情けない体《てい》たらくだ。

そして、情けないといえば、この左足だった。

ユーグは再度、ため息をつきながら、上掛けの下になっている自分の左足に目を向ける。

それなりに回復していると思っていたのに、短時間とはいえ、激しい運動に耐えられるほどではないという事実を突きつけられたのはショックだった。

左の膝《ひざ》のやや外側に一本の白い線となって残る傷跡は、それ自体はそれほど深手ではない。

少なくとも、ユーグの傷を診《み》た医療師はそう言っていた。胴体に受けた傷のほうがよほど重傷だし、顔のそれは一つ間違えば失明していただろう、とも。

だから、最初は楽観していた。

傷の原因となった出来事は非常に腹立たしいが、幸いなことに両手両足、両目はそろっている。

何より、生きながらえることができたのだ。

回復に多少時間がかかろうとも、騎士として再起は可能。そして、無事に復帰したのちは、二度とあの時のように後れをとることはすまいと固く誓う。

それを心の支えにして、傷の痛みにうめきながらも長い療養生活を乗り切った。ようやく寝台から下りる許可が出たのは、傷を負ってから二月弱が過ぎた頃だと記憶している。

その時は、寝たきりだったために筋力が弱り切っていたのか、支えがなければまっすぐ立つことができなかった。

情けないとは思ったが、同僚にも似た経験をした者がいて、すぐに元に戻ると聞いていたのでそれほど衝撃を受けずに済む。

けれど、歩き出そうとした途端、全く左足に力が入らず、その場に崩れ落ちてしまった。慌てて抱き起こされ、寝台に戻るように言われたが、ユーグはそれを振り切ってもう一度歩こうと試み――やはり同じ結果となる。

その後、医療師から告げられたのは、左足の傷が彼らが思っていた以上であった、という事実だ。

専門用語を絡めた説明を完全に理解はできなかったものの、訓練で普通に歩ける程度に回復することはあっても騎士として再び戦場に立つのはおそらく無理だ、ということだけはユーグにもわかった。

その後は――荒れた。思い出すのも恥ずかしいほどに。

怒りの矛先《ほこさき》が向かうのは役立たずになった左足が主だったが、待ち伏せに気付かず最初に矢を受けた肩の傷や、視力に影響がなかったのを喜んだはずの顔のそれすら嫌悪の対象になる。

顔を合わせる者のすべてが自分を憐《あわ》れんでいるように感じられ、最初に視線が向く顔の傷を髪で隠すようになった。

足のほうは人の手を借りてしか動けないのが屈辱《くつじょく》で、つらい訓練に耐えて杖《つえ》を突けば歩けるところまでは回復させたが、それ以上はやめてしまった。もう騎士団には戻れないことがわかっていたせいだ。

療養と訓練にあてた期間中に、本来であれば婚姻式が予定されていたことを思い出したのは、ずっと後になってからだった。

誰もそのことを言い出さなかったし、生まれた時からの婚約者なのだから、結ばれるのが多少遅れたとしても問題はないと捨て置く。

そして、少し落ち着いた頃に、婚姻が一年延ばされたのを知ったのだが、まさか、直前になってその婚約者に逃げられ、腹違いの妹とやらをあてがわれるとは思ってもみなかった。


「……っ」

最初はリリアンのことを考えていたはずが、いつの間にか違う方向に思考が向かっていたことに気が付き、ユーグは軽く頭を振ってそれらをまとめて追い払う。

自己嫌悪も否定も憐憫《れんびん》も、飽きるほどにやりつくした。

リリアンについても、結局は肉の欲。

子を作り、このラファージュ家を次代に譲り渡すのがユーグに課せられた最大の責務であり、リリアンはそのために必要な人材というだけだ。

適切な態度と適度な距離で接することが大切なのであり、『愛』などという不確かなものを振りかざす気は毛頭ない。

それよりも、今考えるべきなのは、この足についてだった。

杖《つえ》を突きながらでも歩ければいいと放置していたが、自分で思っていた以上に耐久性に問題があることに気付いた――それが発覚したきっかけが夜のコトであるのは死んでも口にする気はないが。

それに加え、ユーグを取り巻く環境も少々事情が変わってきている。

父が王都に向かったことにより、担《にな》うべき職務が増えた。その中には領地の見回りも含まれる。

基本的には馬車で移動するが、悪路の場合は馬のほうがいいこともあった。

現状、短時間であれば乗馬も可能になっているユーグの左足は、もう少しその時間が延びるように努力したほうがいいかもしれない。

若い次期領主が杖《つえ》を必要としていることで、領民に不安を与える可能性を考えるべきだろう。

そのどれもが、いずれユーグが直面しなければならないとわかっていたのに、あえて目を逸《そ》らしていたことばかりだ。

その一ツケが今、回ってきた。

今から始めたとして、杖《つえ》を突かずに済むようになるのはいつになることか。いや、歩くだけでなく、走ることは無理でも、せめてダンスの一曲くらいは踊れる程度まで……

「……ダンス？」

降って湧いたように頭に浮かんだ単語に、ユーグは内心首を傾《かし》げる。

なぜそんなことを考えたのか、心当たりを探るが皆目《かいもく》見当がつかない。

「まだ寝ぼけているのか……きっとそうだ」

目覚めはしたが、まだ顔も洗っていないのだ。眠気が残っていて当然かもしれない。

そう結論付けて、ユーグは静かに寝台を出た。

万が一にもリリアンの眠りを妨《さまた》げないように、細心の注意を払い、そっと。

第六章

王都の社交シーズンというのは、夏と冬の二回。それぞれ二か月ほどの期間があてられている。

これは領地を持つ貴族に対する配慮で、繁忙期となる春の種まき、秋の収穫の時期を避けるという意味があった。また、領地や家の事情を抱えている場合、どちらか片方だけでも許される。しかし、シーズン中には王家主催の舞踏会などもあるため、大抵の貴族は無理を押しても両方に参加するのが常であった。

「……ということは、お義父《とう》様とお義母《かあ》様がお帰りになられるのは、秋になってからかしら？」

義母の留守中に借り受けている女主人のための執務室で、オーラスから教えられた話に、リリアンは小さくつぶやいた。

恥ずかしい話だが、彼女は貴族令嬢としての教育を受けたことがない。

基本的なマナーやダンスのステップ程度は、亡くなった母から教えられたが、それ以外のこと——例えば貴族としての義務や、家政の取り回し方、他家との交流のやり方。つまりリリアン自身が将来、このラファージュ家の女主人になった時に必要とされる諸々のことについて、全くの無知だった。

そのため、とりあえずは基本的な事柄からということで、専属執事のオーラスが臨時の教師となってくれている。午前中に少しと、昼食を済ませて、また少し。

今は、その午前中の部の最中だ。

幸い、現当主夫妻はどちらも健在で時間には余裕があるが、少しでも早くきちんとした能力を身につけたいと、リリアンは懸命に努力をしていた。

「そうですね。通常であればそれくらいにご帰宅なさいますが……」

今は、まだ夏が始まったばかり——リリアンがこのラファージュ家に嫁《とつ》いで、一月ほどが経っている。

「ただ、今回の場合はリリアン様とユーグ様の婚姻の件もありますし、あまり早く戻られるのは、痛くもない腹を探られかねません。ユーグ様も動けるようになっておられますので、次のシーズンが終わるまでは、王都においでになられるのではないでしょうか？」

北の王朝が滅んでからこちら、クレストン王国に対してあからさまな敵意を示している国は存在しない。ただ、『敵』は国の外にばかりいるとは限らないのだ。

平《たい》らかに治まっている今だからこそ、内部でよからぬことを考える輩《やから》が出るかもしれない。

ラファージュ家は王国の北の守りとして代々忠誠を誓ってきたが、そんな家柄であるなら尚更、流言飛語を避けるためにも、念には念を入れた行動が必要とされるのだとオーラスは言う。

「まぁ……では、ずいぶんと先になってしまうのね」

「リリアン様は、何か、お二方にお尋ねになられたいことでもおありなのでしょうか？早馬を走らせますか？」

王都からこの領地までは、早馬で一日半。通常の馬車での移動では五日ほどがかかる。ちなみにリリアンは三日と半日でたどり着いたが、それがかなりの強行軍であったことは、ここに着いてから知ったことだ。

「いえ、そこまでするほどのことではないの。ただ……前に言われていた『課題』の答えが、全く思い付けなくて」

リリアンが口にしたのは、嫁《とつ》いですぐに彼女に課せられた『自分のための予算をどう使うか』という案件だ。

不遇な幼少時代を過ごしてきた彼女は、自分自身のために何かをしたり、購《あがな》ったりと金銭を使ったことがほとんどない。それなのに、いきなり見たこともないような金額を、一年以内に有意義に使わなければならないというのは、かなり難易度の高いことだ。

「ユーグ様に相談はなされたのですか？」

「いいえ。私自身が何も思い付かないのに、相談というのも違う気がして……それに、ユーグ様もご自身のお仕事でお忙しいのだから、こんなことでお手を煩《わずら》わせるわけにはいかないわ」

一人で手に余るようなら、誰かに――この場合、ユーグに相談してもいいとは言われている。けれど、喫緊《きっきん》の問題ならばともかく、こんなことを話題に乗せるのはリリアンには躊躇《ためら》われた。

話を聞いてもらえないとは思わないが、こんなことすら一人ではできないのかと思われるのが怖い。

三日前に、ここに来て二回目の月のものが訪れている。つまり、まだユーグの子を身《み》籠《ご》もれていないのだ。失望の上に失望を重ねるようなことはしたくないという本音もある。

早ければ初夜で授かることもあるそうだが、リリアンにその幸運は訪れてくれなかった。

それでも、まだ二月だ。子をなす行為はしているのだから、少し気長に待つべきだろう。

最初の頃は、ユーグに触れられることにひどく緊張したものだが、最近はそれにも慣れてきた。いわゆる絶頂とかいうものも、何度か経験している。

そこで、リリアンは慌ててその考えを頭の隅に追いやった。

昼日中に考えることではない。

「リリアン様は真面目でいらっしゃいますね。何もそんなに悩まずとも、ドレスの数着でもお作りになれば、ある程度は消化できますよ？」

「ドレスは作りません――少なくともこの先、しばらくは」

折よくそんなことを提案してきたオーラスのおかげで、すぐに頭を切り替えられたが、その内容についてはきっぱりと否定する。

最初の頃は、丁重な態度ながら目に見えない壁のようなものを張《は》り巡《めぐ》らしていたオーラスだが、一月も経てば気を許した会話もできるようになっていた。ただ、そんな中でリリアンが気が付いたのは、彼が有能なのは間違いないものの、少しばかり癖のある性格をしている、ということだ。

いじめっ子気質とも少し違うが、たまにこうして、リリアンが絶対に頷《うなず》かないだろう提案をしてきて、その反応を内心で面白がっている節《ふし》がある。

「オーラスだって、私のクローゼットがどうなっているのか、知らないわけでもないでしょう？」

リリアンの身の回りのことはクロナたち侍女の管轄《かんかつ》だ。だが、情報はきちんと知らされているはずである。

嫁《とつ》いできた当初、そこは前の婚約者に合わせたドレスで埋まっていた。リリアンの趣味にも体形にも合わないものだが、仕立て直せば着用可能だ。現に婚姻式とその後の宴《うたげ》には、突貫で直したものを身につけて出席した。

毎回そうやって間に合わせるわけにはいかないとはいえ、簡単に手直しできそうなデザインを選び、数着用意しておけばしばらくもつだろうし、リリアンと似た体形の義母から更に数着、古着をもらい受けている。

王都にいて、ひっきりなしにお茶会だの夜会だのに出席するわけでもないのだから、普段着に使えるものがいくつかあれば十分だ。もし改まったものが必要になった時には、またありものの中から適当に選んで手を入れればいい。

ところが、だ。

つい数日前。見慣れぬ馬車が屋敷へやってきたかと思うと、侍女たちが一斉にリリアンのクローゼットからドレスを運び出し始めた。代わりに入れられたのは、前のものよりも色合いが淡く、デザインも清楚《せいそ》なドレスが二十着ほどで——

「待って？　どういうことなの？」

「奥様が、王都でリリアン様のためにお選びになられたものだそうです。以前のものは、下取りに出させていただきました」

「……下取り？」

「はい。悪趣味なドレスですが、使われている素材は上等なものですので。まだ一度も袖を通しておりませんし、そのまま売るにしろ、解《ほど》いて素材にするにしろ、そこそこのお値段になると思います」

もともとあったドレスは、リリアンの姉の好みでそろえられていた。

リリアンは背が高く華奢《きゃしゃ》で銀髪に水色の瞳だが、彼女は赤みの強い金髪と濃い琥珀色《こはくいろ》の瞳、小柄で体つきは豊満と、ほぼ真逆だ。当然、似合うドレスも全く違う系統になる。

それなのに、クロナは『悪趣味』ときっぱりと言い切った。手伝いをしている他のメイドたちも、口には出さずとも同じ意見のようだ。

うすうす思っていたことだが、どうやら姉は、この屋敷の人たちにあまり好かれていなかったらしい。

それはともかく――

「運んできた商人の話ですと、とりあえず夏のお衣装だけを持ってきたそうです。急ぎでの注文で、既製品もまじっておりますが、秋物以降はきちんと一から仕立てると申しておりました」

「……秋？」

言われて気が付く。新しいドレスはどれも薄手で涼しげなものばかりだ。

「その頃には、リリアン様の寸法ももう少し変わっているでしょうし、そのあたりのことも説明しておきました」

「……っ」

驚いたついでに彼女は赤面する。確かに、最初の頃に直してもらったドレスは、少しきつくなってきていた。太ったのだと言外に言われた気がして、リリアンが赤くなるのも当然だ。

しかし、クロナの話には続きがあった。

「使用人の身でこのようなことを申し上げるのは失礼にあたるかもしれませんが、リリアン様は細すぎます。ほっそりとした体つきと言えば聞こえはようございますが、それを通り越して、不健康の域でいらっしゃいます。最近は、少しふっくらとしてきてくださり、私共も安堵《あんど》しておりますが、秋を過ぎて冬になれば、この地方は大変に寒くなります。その冬を乗り越えるためにも、もう少し頑張っていただきたいというのが私共の希望です」

つまりは、もっと太れということだ。

「……努力します」

体形からわかるようにリリアンは少食だ。マチス家にいた頃はあまり栄養のあるものを食べさせてもらえなかったこともあり、その結果が今なのだが、クロナにとっては看過しがたいことらしい。

「はい。私共の心の平安のためにも、是非《ぜひ》、お願いいたします」


そんな出来事を思い出していると、それがオーラスにもわかったのだろう。うまく隠してはいるが、面白がっている様子になる。

「ならば、ドレスは除外ですね。では、宝石などはいかがでしょう？　リリアン様のお目の色に合わせたものなどを……」

「つけていく場所もないのに、そんなものを買っても仕方ないです」

「場所が問題でしたら、近隣の貴族家を招いて夜会でもなされば良いのでは？」

「却下するのがわかっていて言ってますよね？」

「とんでもない。ごく普通の提案です」

からかいの度が進んでいる気がするものの、リリアンとしても、かしこまって話されるよりこちらのほうがましだ。

深く追求することはせずに、傍《かたわ》らにあった義母の出費が記されている書類に目を落とす。

「……お義母《かあ》様は、施設に寄付もなさっていたのね」

「慈善事業ですね。教会付属の孤児院や、傷病者を収容した施設などになさっておられました。ラファージュ家自体でも行っておりますが、手が回りきらない部分もございますので」

辺境伯領において、前の戦争の傷跡はまだまだ深い。マチス家でも同じだが、戦場となったこの地方が更に深刻であるのは、リリアンも教えられなくてもわかる。

「リリアン様も寄付をなさいますか？」

「そうね……」

使い道のない金なら、必要としている者に使ってもらったほうがいい。

確かにそうなのだが、それでは完全に義母の真似になる。また、詳しい状況がわからないまま、ばらまくようにするのも何かが違う気がした。

「よろしければ、これからどこかを視察なさいますか？」

「視察？　今から？」

「ええ。まだ午前中ですし、午後から領都内の施設を実際にご覧になられるのもよろしいかと。今から先ぶれを出しておけば、十分に間に合うでしょう」

それは、リリアンにとって非常に心そそられる提案だった。だが、懸念もある。

「……屋敷の外に出てもいいのですか？」

「は？」

「ですから、ユーグ様のお許しもなく、お屋敷から出たりしてもいいのかと……」

リリアンは嫁《とつ》いできてからずっと敷地内を歩いたことはあっても、門の外には出たことがない。

それはマチス家でも同じで、下働きに交じって働いていたリリアンである。雇人である彼らには休暇もあったが、そうではない彼女はずっと働《はたら》き詰《づ》めだった。

ラファージュ家では労働することこそなかったが、そんな状況が当たり前だったので、外に出ないのがおかしいとも窮屈《きゅうくつ》だとも思わなかった。

しかし、視察となれば、どうしても屋敷から出なければならなくなる。というか、視察とはそういうものだ。

けれど、ユーグに許可をとろうにも、すでに朝食を済ませてしまった後だ。次に顔を合わせるのは夕食時となる。午後からの外出には間に合わない。

人をやって許しを得ようにも、今日は——というか、ここしばらくずっと日中は外出すると言っていた。行き先は聞いていない。

それでも、できることなら視察には行ってみたい。

自分の希望には無頓着《むとんちゃく》なリリアンだが、不思議なことに今回は強くそう思った。

「……リリアン様はラファージュ家の若奥様でいらっしゃいます。それに、他家の領地に行くわけでも、ましてや数日も留守にするわけでもございません。ほんの半日、場所も領都の施設の視察に行かれるのに許可など必要ないと存じます」

そう告げるオーラスの顔も口調も、いつもより少し硬いようにリリアンには思われたが、それよりも『出かけていい』と言われたことのほうが重要だった。

「叱《しか》られたりしないかしら……？」

「そのご質問には、どなたに？　と返させていただきます」

義理の両親が不在の今、リリアンを表立って叱《しか》ることができるのはユーグだけだ。

そのユーグだが、リリアンのやることには無頓着《むとんちゃく》——はっきり言って、興味がない様子を隠さない。朝晩の食事の時の会話も少なく、閨《ねや》でも言葉を交わすことはあまりない。

三日前に月のものがきたのを告げ、寝室を分けた時も『そうか』と言われただけだ。

リリアンが身籠《みごも》っていなかったことを残念に思っていたとしても、それに対してのお叱《しか》りはなかった。

それを考えると、今回の件も大丈夫な気がする。

「だったら……行ってみたいわ」

「では、そのように手配させていただきます。行き先は、私が決めてもよろしゅうございますか？」

「ええ。お願いします」

ラファージュの都の街並みは、リリアンもここに来た時に少しだけ目にしてはいた。けれど、強行軍での馬車の旅でくたくたに疲れていたし、その後に控えていた領主一家との対面に緊張しており、あまり記憶にないのが実情だ。

慈善のための視察という名目だが、それとは別に屋敷の外に出られることがうれしい。改めて第二の故郷となる場所の街並みを見るのが楽しみだった。

リリアンとオーラス、それに付き添いとしてクロナと侍女が一人。

急に決まった視察ということもあり、昼食の後でラファージュ家の持つ目立たない小型の馬車に乗り込んだのはその四人だった。

案内役のオーラスはともかく、付き添いなど必要ないようにリリアンには思われたが、彼女はラファージュ家の若奥様である。屋敷内、教育のためという理由があるならともかく、外出時に男性(オーラス)と二人きりというのはあり得ないことらしく、こうなった。

「街中ですので馬車や人が多く、あまり速度が上げられません。ご容赦《ようしゃ》ください」

ラファージュ家の屋敷は、都の中心から少し外れたところにある。そのため目的地までは、一度、中心街を通り抜ける必要があるらしい。

「いいえ。そのほうがありがたいわ」

急いでいるわけではないし、ゆっくりと街並みを見渡せる。

淑女としては恥ずかしいことかもしれないが、窓の外に見える家々にリリアンの視線はくぎ付けだった。

「この領都は、他の貴族家とは少々違います。東西南北に大きめの道が通っておりますが、まっすぐではなく鉤《かぎ》の手に曲がった部分を作っております。また、領主館と大教会、行政館などは密集させず、離れたところにあります。リリアン様はそれがなぜかおわかりになりますか？」

そんな彼女に、オーラスが即席の講義を挟み込んでくる。

「ごめんなさい。わからないわ」

リリアンはマチス家の街並みすらろくに知らないのだから、無理もない。

「有事の際に、一気に攻め込まれないための処置です。また脇道も多くあります。兵を潜《ひそ》ませるためですね。主な施設を分散しているのは、一か所が落ちたとしても他の場所で指揮をとることが可能になるからです」

「まぁ……」

「火事の危険を少しでも減らすために、家も石造りが推奨されております。その分、華やかさには欠けますが……」

似たような灰白色の石で作られた街並みは、画一性がありとても美しく見えるのに、そんな意味があるとは思わなかった。

「……私は本当に何も知らないのね」

前の戦争がどれほど激しいものであったか、どのような被害が出たのか――リリアンにも人づてに教えられたり、書物から得たりした知識がある。マチス家の領地の館《やかた》で暮らしていた頃は、身近に腕や足を失った者もいた。それでも、実感としては今一つだったのだ。

だが、ここではそれらはひどく身近なものであることを理解する。

ただ美しく珍しいとだけ感じられていた石積みの街並みが、ところどころ妙に新しく感じられるのは、もしかしてその折に壊れた場所なのかもしれない。

そんなことを思いながら改めて街並みを眺めていると、ふと、一つの建物に目が留まった。

周囲のものよりもかなり大きく、人の出入りも多そうだ。

馬車の進行方向と座席の関係で、まだリリアンにしか見えていないだろうそれに、なんとはなしに興味を惹かれじっと見つめていると、とある人物がその入り口に立っているのに気が付いた。

「……？」

黒髪黒目の長身に、左手に持った杖《つえ》――間違いない、ユーグだ。

リリアンに見られているとは思ってもいないだろう彼は、親しげに若い女性と話をしていた。まだかなり距離があるために子細《しさい》はわからないものの、そのしぐさから笑い合っているようだ。

もっとよく見ようとしてわずかに座席から身を乗り出した時、残念なことに二人は連れ立って建物の中に入ってしまった。

直後に馬車がその前を通り、思わず振り返ってまで見てしまう。

「どうされました？　……ああ。あの建物は医療所ですね」

「医療所？」

それが何かくらいはリリアンでも知っている。なので、オーラスもそこは省いて説明してくれた。

「ええ。ここにあるのが、領地では一番大きく設備もそろっていますが、小さいものでしたらあちこちにあります。ラファージュ領は、この面では他家よりもかなり充実しておりますので――興味がおありなら、日を改めて視察に行かれますか？」

「そうですね。考えておきます」

オーラスは何も気付いていないらしい。馬車の御者《ぎょしゃ》ならリリアンと同じものを見たかもしれないが、わざわざ尋ねるのは憚《はばか》られた。

今朝、ユーグと話をした時には聞いていなかったが、リリアンのように急遽《きゅうきょ》視察に出たのかもしれない。

それに何より、リリアンにはユーグの行動について問いただす権利はないのだ。

今見た光景は記憶の片隅に追いやり、彼女はこれから行く年老いた者のための保護施設に意識を向けたのだった。

到着した施設は、やはり石造りで周囲を緑に囲まれた美しい場所だった。

「ようこそいらっしゃいました」

リリアン一行を出迎えてくれたのは、恰幅《かっぷく》のいい中年の男性だった。この施設の長のようだ。

先ぶれを出していたおかげか、当日急に決まった視察にもうろたえた様子はなく対応してくれる。

「この施設はご先代の頃からずっと、ご領主様の奥方様に気をかけていただいておりまして——今また、こうして若奥様にもいらしていただき、感謝に堪えません」

「こちらこそ、急にお邪魔してごめんなさい。少し見学させてほしいと思っているのだけれど、構わないかしら?」

ここを選んだのはオーラスだし、先代からの縁だということも知らなかったが、リリアンはそつなくそう告げた。オーラスから学んでいるおかげで、この程度の対応はできるようになっている。

「勿論《もちろん》でございます。どうぞ、じっくりとご覧ください」

そう言って先に歩き出すところを見ると、施設長自らが案内してくれるようだ。

ちらりとオーラスに目を向けると、小さく頷《うなず》いてくれたので、素直に後について歩き出す。

「まずは、こちらから――ここが食堂となっております。動ける者、自分で食事ができる者は、ここに集まって食事をいたします。それ以外の時間でも開放しておりますので、話し相手が欲しい者や、カードなどを楽しみたい者たちが利用いたしております」

長テーブルがいくつも置かれた食堂は清潔で、居心地が良さそうだ。隅のほうには丸テーブルもあり、施設長が言ったように、数人が顔を突き合わせてカードゲームに興じている。

リリアンたちの気配に気付いたのか、こちらを見ると小さく会釈《えしゃく》をしてきた。

「立ち上がって礼をしないのはご容赦《ようしゃ》ください。足腰に不調を抱えている者も多いため、先代様より着席したままのお許しをいただいております」

「ええ、勿論《もちろん》です」

ちらりと見た限りだが、足ばかりではなく腕がない者もいるようだ。年齢からして、あの戦争でなくしたのかもしれない。

「次は、彼らの部屋になります。二人から四人で一部屋を使わせております。ああ、こちらが、ちょうど今、空《あ》いておりますので――」

居室として使われているという部屋は、四隅に寝台と小さなチェストが置かれただけの少し殺風景な場所だった。

「……ここに来るのは身寄りもなく、生活が苦しい者が多いのです。寝巻や服はこちらで支給いたしますので、個人の持ち物を入れるのはあの程度でも十分なのです」

「そうなのですね。教えてくださり、ありがとうございます」

高さは寝台よりも少し高い程度で、幅も奥行きも、腕の長さに満たないほどの小さなチェストだ。大した量が入らないのは見ただけでわかる。

そんなチェストに収まってしまう程度のものしか持たない者たち——その切なさが、リリアンの胸を締め付ける。

自分もまた、小さな手提《てさ》げ鞄《かばん》だけを持って、ラファージュ家に来たのだから。

しかし、リリアンがそんなことを考えている間にも、施設長の説明は続いていた。

「——空《あ》き室があることからもおわかりいただけるかと思いますが、今の収容者は七割程度となっております。あの戦《いくさ》に兵士として参加した者が主のため、ここ数年は多少の増減がありましても、おおよそこのような状態を保っております」

「なるほど……ですが、それではそのうち、ここには誰もいなくなるのでは？」

オーラスがそう尋ねるのを聞いて、リリアンはハッとする。ここは彼女が考え、質問しなければならない場面なのに、過去にとらわれていては何のために来たのかわからない。

熱心に説明を続けてくれる施設長に内心で謝りつつ、改めてその話に耳を傾けた。

「その可能性はあります。というよりも確実にそうなりますね。ですので、あと何年かのうちには、戦《いくさ》の負傷者ではない者も受け入れることを考えたほうがいいでしょう。まぁ、その時がきてもこの施設が存続するのならば、ですが」

ここは、王国からラファージュ家に贈られた慰労金の一部を使って建てられた。運営費もすべてラファージュ家から出ている。

それは、ここの収容者が先の戦争によって体が不自由になった者だからであって、その前提条件が変わればどうなるのかわからない、ということだ。

「――ああ、申し訳ありません、つい愚痴めいたことを申し上げてしまいました。どうぞ、次の場所をご案内いたします。こちらは比較的元気な者たちが集《つど》う場所で……」

施設長の案内で更に何か所かを回ったが、どこも清潔で、そして静かだった。

「……寄付というのは、ただお金を渡せばいい、というわけではないのね」

視察を終え、帰りの馬車に揺られながら、リリアンはぽつりとつぶやく。

「資金繰りに苦労しているところならば、それでいいと存じます」

「でも、先ほどのところはそうではないのでしょう？　わざとそういうところを選んだのね？」

向かいの座席に座ったオーラスを軽くにらみつけるが、彼は悪びれた様子もなくそれを肯定する。

「有り体に言えばそうなります。奥方様は資金の援助もしておられますが、それ以上に頻繁にあの場所へ足を運ばれているのは、この領地を守るために犠牲を払った者たちに、決して自分たちは忘れ去られたわけではないと教えるためでもあるのでしょう」

領主夫人というのは、屋敷内を取り回すだけではなく、領民の心に寄り添うことも考えなければならない――オーラスは、それも教えたかったのだろう。

「……課題の答えを探しに行ったのに、別の課題をもらった気分だわ」

「ならばどうぞ、そちらについても頑張られてください。ああ、それと申し上げ忘れておりましたが、施設長から聞いた話がございます。何でも、敷地内にある湯井戸の石積みが崩れた個所があるとかで――」

「湯井戸？」

いつの間にそんな話をしていたのか、リリアンは全く気が付かなった。しかし、今はそれよりもオーラスが口にした『湯井戸』という単語に興味をそそられる。

「それは、お屋敷にある『熱い湯の湧く井戸』と同じものかしら？」

「はい。あの施設は元からあった井戸の場所が少々不便だったため、二十年ほど前に新しいものを掘ろうとしたそうです。ところが、出たのは水ではなく湯だったと。そのため、結局は元ある井戸を使い続ける羽目になったそうですが、湯井戸は湯井戸として使っていたところ、元の積み方が甘かったのか最近になって崩れてきた、と」

井戸の石積みは専門の職人でなければ難しいこと、その職人を雇うにはそれなりの金額が必要であること。そして、石積みが崩れたのは予想外であり、その費用を捻出《ねんしゅつ》するのには多少の苦労が伴《ともな》いそうであること――それらを、ついでのように口にするオーラスに、リリアンはもうため息しか出ない。

「私の執事は、とてもとても有能で、意地が悪いことを再認識したわ……でも、ありがとう」

課題ばかりが積み上がるように感じたリリアンだったが、オーラスは一部ではあるがその答えの手がかりも用意してくれていたようだ。

「おほめに与《あず》り光栄です。それでは、そのようにしても？」

「ええ、お願いするわ」

リリアンに与えられた予算全体からすれば、ほんの一部にしかならないだろうが、それでもこれは確かに有意義な使い方といえる。

それと――

「一つ、思い付いた……というか、思い出したことがあるの。『湯井戸』はお屋敷とあそこの他にもあるものなのかしら？」

思いがけない結果になった視察と、その後の思い付きにより、この時のリリアンの脳裏からは、街中で見かけたユーグのことはすっかり忘れ去られていた。

そして、それを思い出させられるのは、もうしばらく先になる。

★　★　★

「——ずいぶんと回復なさいましたね。この調子であれば、杖《つえ》を手放せるのもそう遠いことではないでしょう」

領都にある医療所でユーグがそう告げられたのは、リリアンが街中で彼の姿を見かける数日前のことだった。

「それは間違いないか？」

「はい。それもこれも、このところ熱心にお通いいただいたからです。一時は、全くお顔を拝見できなかったので、案じておりましたが……」

ユーグが負傷し、この領都に運び込まれた時から、主となって治療してくれたのは目の前の彼である。寝たきりの状態から回復し、歩行訓練が必要になった時も引き続き担当してくれていた。

杖《つえ》を突きながらでも歩けるようになった後は足が遠のいていたのだが――およそ一月ほど前、久しぶりに顔を見せたユーグから『髪型で視力に影響が出る可能性』について相談されたのも、やはり彼だ。

更にはその数日後、途中で投げ出していた訓練を再開したいと告げられた時には、ひどく驚いた様子だった。

いったい、どのような心境の変化があったのか尋ねたいと思っているのが透《す》けて見えるが、ユーグはわざとそ知らぬふりで話を続ける。

「今の状態で馬に乗るとして、どれくらい耐えられるものだろうか？」

「そう、ですね……以前でしたら半刻が限界でしたでしょうが、今ならば二刻かもう少しというところでしょう」

「回復したといってもまだその程度か……」

「右の足に比べて、左はかなり筋力が落ちております。そちらも鍛《きた》えつつということになりますので。ただし、無理は禁物です。訓練に熱心なのは大変に良いことですが、やりすぎてまた痛めることもあり得ます。そうなったら、逆戻りの可能性もあります」

「……気長にやるしかない、ということか」

こんなことならもっと早くに再開すべきだった。いや、途中で投げ出したりしなければ、今頃は杖《つえ》なしで普通に歩けていたかもしれない。

そう思いはしても、過去のことはどうにもならなかった。

「明日もこの時間でいいだろうか？」

昼の休みの後から一刻、それが最近のユーグの訓練時間だ。

「はい。お待ちいたしております」

腕のいい医療師を、少しの間であっても毎日独占し続けるのに罪悪感はあるものの、ユーグとしては他の人間にはあまり関わってほしくない。彼の手がどうしても必要なことがあれば、遠慮なくそちらに行ってくれと伝えてもあるので、大丈夫だろう。

そう自分に言い訳をしつつ、この日は切り上げて帰宅する……そのつもりだったのだが。

ユーグが退室しようとしたのとほぼ同時に、扉がノックされた。

「失礼します。本日付で新しい医療師が配属されましたので、ご挨拶《あいさつ》に参りました」

「おお、そういえば今日でしたか。どうぞお入りなさい」

その声に応じて入ってきたのは、ユーグも顔見知りの医療師だ。そして、その後ろからもう一人、同じく医療師の白いローブを着ているのは、この職業には珍しく若い女性だった。

「失礼いたします。本日よりこちらに配属されました――って、ええっ！　ユーグ様っ？　何でここにっ⁉」

配属初日ということで、緊張した面持《おももち》ちで挨拶《あいさつ》の口上を述べていた彼女だったが、自分の名を告げるより早く、なぜかユーグの名を呼ぶ。

よほど驚いたのかその声は絶叫に近く、静謐《せいひつ》を必要とする医療所にはそぐわない上、妙齢の女性が人前でやることでもない。

リリアンであれば、決してやらないだろう――なぜそこで妻の顔が浮かぶのか、ユーグ自身にもわからないのだが、それよりも気になることがあった。

栗色《くりいろ》の髪に青い瞳はこの国ではよくある色であるものの、その絶叫に聞き覚えがあったのだ。

「……パティ？　もしかして、パトリシア・ロナ・シャイエか？」

「覚えていてくださったんですね！　そうです、私ですっ。お久しぶりです、ユーグ様っ！」

喜色を浮かべ、今にも抱き着かんばかりの勢いで、彼女はユーグににじり寄ってくる。

見知っていた頃、まだお互いが子供だった時分を思い出し、あまりの変わりなさにユーグの口から苦笑が漏れた。

「ああ。久しいな。ところで、挨拶《あいさつ》の続きはいいのか？」

「え？　……ああっ！　申し訳ありませんっ。パトリシア・ロナ・シャイエです。先日、師より独り立ちの許可をいただき、こちらに配属となりました。本日よりよろしくお願いします！」

指摘され、彼女が慌てて向き直った先の医療師は、興奮状態の勢いの良すぎる自己紹介にユーグと同じように苦笑する。

「こちらこそ、よろしくお願いします、パトリシアさん。ところで、医療所には安静を必要とされる方がたくさんいらっしゃいます。そこで医療師が大声を出して騒ぐのは、非常にふさわしくないというのは貴女《あなた》にもわかりますね？」

「は、はいっ！　……申し訳ありません」

初対面でいきなり注意を受け、パトリシアは真っ赤になって謝罪する。その返事すら少々大きく、慌てて声量を絞《しぼ》る様子がなんともおかしい。

「初回ということで、この場は見逃しますが、くれぐれも注意してください」

「はい……」

しょんぼりと肩を落とす彼女は、ユーグが子供の頃に見たものとほとんど変わりない。ころころと変わる表情やしぐさに、柄《がら》にもなく懐かしさを覚えた。

「反省したのでしたら、もういいでしょう——ところで、お二人はお知り合いだったのですか？」

名と姓の間に、何らかの称号が入るのは、その者が貴族であることを表す。だとしたら、同じ貴族であるユーグと面識があっても不思議ではない。

もっとも、そんな習慣がなくとも、あの最初の叫びを聞けば一目瞭然《りょうぜん》ではあったが。

「彼女の家はうちの寄子だ。その関係で、幼い頃に何度か顔を合わせたことがある」

「はい。小さい頃はよく一緒に遊びました。妹みたいにかわいがってもらってました」

「……まぁ、それは否定はしないが……」

お互いの話が多少食い違っている気もするものの知り合いなのは間違いないようだと、医療師は判断したらしい。

「ならば、お互い積もる話があるのでは？　——パトリシアさん、この後はどこに挨拶《あいさつ》に行く予定でしょう？」

「いえ、こちらで最後です」

「そうですか。では、もしユーグ様さえ良ければ、少し話をなさいますか？」

そう提案してきたのは、パトリシアというよりはユーグに配慮した結果だろう。

「いや、俺は……」

「はい、是非《ぜひ》っ！」

二人の口からは違う返事が発せられたけれど、パトリシアのもののほうが大きく勢いがある。ユーグの声は途中でかき消され、最後は諦《あきら》めたような笑いにとって代わられた。

次の患者が待っているとのことで二人の医療師が部屋を出ると、残されたのはユーグとパトリシアの二人きりだ。

扉が閉まるのを待ちきれない様子で、先に彼女が話し出す。

「ユーグ様ったら、せっかく久しぶりに会えたのに、すぐに帰っちゃうつもりだったんですか？　それって、薄情だと思いませんか？」

「……君は相変わらず元気そうで何よりだ、パトリシア……」

「そんな他人行儀な呼び方やめてください。前みたいにパティでお願いします」

他人行儀も何も、ユーグとパトリシアは赤の他人である。それでも、過去にそう呼んでいたのは事実なので、ユーグとしては苦笑するしかない。

「なら、パティ。本当に君は、子供の頃から変わらんな」

「ええー、そこはきれいになったね、とか、大人びてきれいになったねとか、見違えてきれいになったねとか、いろいろあるでしょう？」

「訂正する……きれいになった。これで満足か？」

「はい、とっても！」

無理やりに言わされた感が満載のユーグの言葉なのに、パトリシアはそれでもうれしいらしい。

非常に心が強い（？）のも、変わっていない。

「……まさか、君が医療師になっているとは思わなかった。とっくにどこかに嫁《とつ》いでいるものとばかり思っていたんだが……」

「それなんですけどね……ほら、うちってとっても貧乏でしょう？」

直球の問いかけに、まさか素直に頷《うなず》くわけにもいかず、ユーグは曖昧《あいまい》な笑みでそれに応える。

シャイエ家は、ラファージュ家のすぐそばに領地を持つ男爵の家柄だ。

基本的に、領地というものは爵位が上がるほど広くなる。逆に言えば、広い領地を持っている者が高位貴族ということになるのだが、どちらにせよ、男爵というのはその領地があまり大きくないことを意味した。

このような場合、当主がやり手であったり、特産の品があったりしない限り、領地の運営に苦労することが多い。

シャイエ家もその例に漏れず、目立った産業もない上に、周りをラファージュ家の領地に囲まれた立地だったこともあり、早くから寄親、寄子の関係となっていた。

寄親（子）というのは、平たく言えば貴族家同士の養子縁組みたいなものである。個人ではなく家なのは、代が替わってもその関係を変えないためだ。

親となった家は、子である家に様々な保護を与える。領地の通行料の免除であったり、災害時の応援、不作の年の食糧援助などだ。そして、子のほうはそれらに対する感謝の気持ちとして、毎年一定の金額を親に寄贈する。

この関係は、子が親に仕え、税を納めているようにも見えるが、その税とは民が領主に、領主が国に納めるものであり、また、貴族とは国（王家）の臣で爵位の高低にかかわらず、平等であるという建前により、このような形となった。

ラファージュ家にはシャイエ家の他にもいくつかの『子』があったが、その中でもシャイエ家への対応には心を砕いていた。パトリシアがユーグといわゆる幼馴染《おさななじみ》の関係になれたのもこのおかげだ。

その理由はやはり、あの戦争までさかのぼる。

当時のシャイエ家の当主は、ラファージュ家当主よりも幾分年上だったが、非常に義理堅い人物だったそうだ。常日頃から恩を受けているラファージュ家のために、北の兵が進行してきた時、最初に加勢に駆けつけたのが彼だった。

そして、残念なことにかなり初期に戦死したそうだ。

小さな身代《しんだい》であったため、あまり大勢の兵士を動員できず、それを補うために自らも最前線に立ち、敵兵の流れ矢にあたって命を落としたという。

いきなり当主を失い、働き手の多くを兵士にとられたシャイエ男爵家はあっという間に衰退しかける。そこを救ったのが先代のラファージュ家の当主だった。

何くれとなく気を配り、当主自らも何度もシャイエ領に足を運んだ。その折に孫であるユーグを伴《ともな》うことも多く、パトリシアとはそこで顔見知りになったというわけだ。

ただし、それも先代の当主が存命の間だけで、当代になってからは、あまり他の『子』と差をつけるのは好ましくないとされ、そこで二人の交流も途絶えてしまったのだが……。

「――ご先代様が応援してくださって、多少は持ち直してはいましたけど、やっぱり身《しん》代《だい》が小さいときついんですよ。その上、うちは兄弟も多くて、末っ子の私にかけるお金なんてなくてですね……」

ユーグの記憶に間違いがなければ、シャイエ家は六人の子だくさんだったはずだ。

上の三名が男子、下に娘が三名――ユーグ一人しか授からなかったラファージュ家からするとうらやましい限りなのだが、多ければ多いで悩みがあるらしい。

「一番上と二番目の兄はお嫁さんをもらえたけど、三番目の兄はいまだに独身で部屋住みです。上の姉は取引のある商家にお嫁に行って、次の姉はウチと同じくらいの貧乏男爵家に嫁《とつ》ぎました。けど、私は親が勝手に決めた相手に嫁《とつ》ぐのは嫌だったんで、結婚話が出る前にさっさと医療師のところに弟子入りしたんです」

話される内容は、ユーグが聞いてもいいものかと心配になるほどあけすけだが、パトリシアに気にする様子はない。

「修業はちょっと……ううん、かなり大変だったけど、手に職をつけておけばどこに行っても生きていけるからと思って、頑張ったんですよ、私」

「……君は逞《たくま》しいな、相変わらず」

人に決められた生き方ではなく、望んだ未来をその手でつかみ取る。下位貴族の家だからこそできたことかもしれないが、それでもユーグにはパトリシアがまぶしく映った。

それにこうしていると、まるで何も憂《うれ》いなどなかった幼い頃に戻った気分にもなり、いつの間にか彼女の話に耳を傾けてしまう。

「でも……本当はもっと早く、一人前になりたかったんです」

「ほう？」

「ほう、じゃないですよ！　ユーグ様がお怪我をなさったって聞いた時は、私、心臓が止まるかと思ったんですから。ホントだったらすぐにでも駆けつけて看病したかったんですけど、途中で出てったら絶対に免状を出さないってお師匠様に言われて……」

ユーグが負傷をした経緯は表向きには伏せられているが、怪我自体は隠しているわけではなかった。パトリシアが、どこからか情報を入手していたとしても不思議はない。

「すごくきれいなお顔だったのに、傷が残っちゃったんですね。もったいない……あ、でも、今も素敵ですよ！　それに傷があるほうが何ていうか、こう、迫力が出た感じがするし……って、それより、目はちゃんと見えてるんですか？」

ずけずけと、普通なら口にするのを躊躇《ためら》うようなことも、彼女は直球で投げつけてくる。あまりほめられたことではないが、『パトリシアだから』と諦《あきら》め半分に受け止められるくらいには、ユーグは彼女のことを知っていた。

「ああ、幸い視力には影響ない」

「そうだったんですね、良かった！　――あのですね、片方だけでも目が見えなくなるって、すごく大変なんですよ。ものの距離がつかみにくくなったり、残ったほうに負担がかかって視力が落ちたり、眼病になりやすくなったりして……」

「……そういう話を聞くと、あのパティが本当に医療師になったんだと信じられる気がするな」

当時は辺境伯家の跡取りとして厳しい教育を受けていたユーグだが、祖父に連れられてシャイエ領に赴《おもむ》いた時は、子供らしくふるまうのを許された。

シャイエ家の子供たちはユーグよりも年上の者が多かった中で、少し離れた末っ子のパトリシアは二つほど年下で、遊び相手は常に彼女だったのだ。

解放感からか、あれこれといたずらをして、それが見つかり叱《しか》られる時も、いつも彼女がいたように思う。

「ええっ！　何ですか、それっ？　私は正真正銘、ちゃんとした医療師ですよっ」

「……また、声が大きくなりかけているぞ。聞かれたら叱《しか》られるんじゃないのか？」

「あ……」

しまった、というように、両手で自分の口を押さえる彼女のしぐさが、子供の頃に親にいたずらを見つかった時の姿に重なり――つい、笑いが込み上げてきた。

「笑うなんてひどいです、ユーグ様。でも、やっと、ちゃんと笑ってくれましたね」

パトリシアにああ言った手前、大声を上げて笑うわけにもいかず、クックッと肩を震わせていたユーグは、その言葉を聞き不思議そうな顔になる。

「さっきもちょっとは笑ってはいましたけど、何ていうか……すごく取《と》り繕《つくろ》った変な顔でしたよ。口元は笑ってるくせに、眉間《みけん》にはしわが寄ってるし。別におかしいわけじゃないけど、仕方がないからフリだけしてやる、みたいな？」

鍛《きた》えられた長身と、艶《つや》のある黒髪に黒曜石の瞳。整いすぎるほどに整ったユーグの容《よう》貌《ぼう》を前にして、『変な顔』呼ばわりできる者はなかなかいない。幼馴染《おさななじみ》の特権だろうが、パトリシアはその中の一人だった。

「俺は……そんな顔をしていたか？」

「してましたよ。自覚してなかったんですか？　あれに比べたら、最初の不愛想な顔のほうが断然ましです。気持ち悪いんで、私の前ではやめてくださいね」

ついには気持ちが悪いとまで言われてしまう。

けれど考えてみれば、かつてユーグがパトリシアに見せていたのは、いつも本物の笑顔だった。

「……気を付ける」

「是非《ぜひ》、そうしてください――ところで、今思い出したんですけど、ユーグ様ってここの次期領主様ですよね？　そんな方に、私みたいな新米医療師がこんな口をきいて良かったんでしょうか？」

「何を今更……」

これほど言いたい放題やっておいて、本当に今更の話だ。

「いいえ、これは一大事ですって！　ああ、どうしよう……まさか初日にクビなんてことにならないですよね？　それか、せっかく修業が終わったのに、また逆戻りとか……!?」

うろたえるあまりに、またしてもパトリシアの声が大きくなりかけている。これではまた叱責《しっせき》を受けるかもしれない。

その責任の半分くらいはユーグにもあるので、なだめに回ることにした。

「外でもこの調子では困るが、パティとは昔のこともあるし、医療所の中くらいなら構わん」

「……ほんとですか？」

「ああ。だが、本当に外では気を付けろよ？」

「それは勿論《もちろん》ですっ、ありがとうございます」

ころりと表情が変わるのも、昔のまま――少なくともユーグにはそう感じられる。

その後もしばらく懐かしい話や、近況などを交換し合い、ようやく話題が途切れたのはすでに夕方近い時刻だった。

そして、その翌日――

「お待ちしておりました、ユーグ様っ」

「……なぜ君がここにいる？」

いつものように訓練のために医療所を訪れたユーグを、なぜか担当の医療師の隣でパトリシアが出迎えた。

「先輩にお願いして、私もユーグ様の訓練に参加させていただくことになりました。まだ未熟者ではありますが、精いっぱい務めさせていただきますので、よろしくお願いします」

パトリシアは笑顔だが、隣の彼は少し困り顔で、そのお願いが少々強引なものだったことが察せられる。

それを咎《とが》め、参加をやめさせることもユーグの身分であれば可能であるものの、昨日、彼女のおかげで久しぶりに明るい気分で過ごせたことを思い出す。

「そうか……よろしく頼む」

実力がないのなら、いくら頼み込まれてもユーグの担当者が参加を許すとは思えない。

それが自分に対する言い訳だとはわかっていたが、そのまま訓練に入る。

パトリシアは、自分から言い出しただけあり、慣れない部分もありながらもしっかりと医療師の役目を果たしていた。

そのせいもあって、彼女の訓練への参加は当たり前となる。もうすべて任せられると前の担当が降りた後は、パトリシアとの訓練がユーグにとってはごく普通のものとなっていったのだった。

第七章

王国の北に位置するラファージュ領の夏は短い。

朝夕の風に涼しさが入りまじり始めると、本格的な秋はすぐそこだ。そして、その後ろには長く厳しい冬が待ち構えている。

穀物の刈り取りに、保存食糧の備蓄、道路や住まいの点検と、他の地方よりも早めに始まる準備に、領民たちが忙しく立ち働く頃、領主館の内部では一つの計画がその輪郭《りんかく》をあらわそうとしていた。

「失礼いたします、リリアン様。お探しの資料がそろいましたのでお持ちいたしました」

「ありがとう。すぐに目を通したいので、こちらに持ってきてもらえるかしら」

午後のお茶の小休止を終え、女主人代理の執務を再開したリリアンに、オーラスが書類を差し出す。

最初は座ることすら躊躇《ためら》われた女主人の椅子だが、いくつも月をまたいだおかげでリリアンもそれなりに慣れてきていた。クッションのきいた椅子にゆったりと腰かけながら、その書類に目を通す。

「ああ、オーラス。そちらを見る前に、ここの数字について説明してもらえるかしら?」

「はい、こちらですね……」

嫁《とつ》いできた当初は書類に目を通すどころか、手にとったこともなかった彼女だが、努力の甲斐《かい》もあってある程度のことは理解できるようになっていた。無論、完ぺきではないが、あやふやな部分があれば放置せずに、その都度、オーラスに尋ねることによってなんとか舵取《かじと》りもできている。

そうやって、いくつかの書類をさばき、次に目を通したのはオーラスがこの屋敷の書庫から探し出してくれた、海を隔《へだ》てた東方の国に関するものだ。

「湯井戸に他の使い方があるとは知りませんでした。それと、失礼ですが、まさかリリアン様がそのことについてご存じとは」

「母と暮らしていた館《やかた》には、様々な土地について書かれた本が多くあったの。それで、かしらね」

ラファージュ領で『湯井戸』と呼ばれているものが、他国では『温泉』という名称だとオーラスに教えたのは実はリリアンだ。

何も知らないと思われ——実際にほとんどのことについて無知だったリリアンが、

なぜそんなことを知っていたのかは、彼女の生い立ちに関係する。

十二歳になるまでリリアンが母と過ごしていたのは、マチス家の領地にある小さな館《やかた》だ。領主館の敷地内ではあったが、本館に住むことは第一夫人から禁止されており、リリアンの母は正式な妻であるにもかかわらず、日陰者のように暮らしていた。

衣食住は保証されていたものの、ろくな娯楽もなく、幼いリリアンのためのおもちゃや絵本もほとんど与えてはもらえなかったそうだ。

けれど、屋敷の棚には他国の風土記《ふどき》に、探訪記、旅行記といった類《たぐい》の本がいくつも収蔵されていた。

『昔ね。ずっと昔、お父様とお約束したことがあったの』

幼い頃から想い合っていた両親は、やがて自分たちが結婚すると信じていた。当然それは、お互いただ一人を守る形態のものである。

マチス侯爵家を継ぐ責務を負った父と、それを助けるために懸命に学んでいた母は、いろいろなことを語り合ったそうだ。

結婚式については勿論《もちろん》、どのような領地にしたいか、どうやって栄えさせるかといったことから、子供の数やその教育について、そして、やがて役目を終えた後のこと――

『結婚して、子供を産んで……その子供が大きくなって、すべてを譲り渡したら、二人でいろいろな国を回ってみよう、ってね』

何十年も先の話だ。その時に、お互いが元気でいるのかどうかもわからない。それでも、そんな夢を見て、それが叶うと信じた。

結局、その夢は実現させようという試みさえできないうちに消えてしまったが、その名残《なごり》のようにリリアンの母はたまに来る父にねだって、各国の風物についての本を集め続けていたのだ。

行きたかった国、行ってみたかった国――母が一人で静かに眺めていることが多かったが、時たま幼かったリリアンに、それを読み聞かせてくれることもあった。

『海を渡ったずっと先にある小さな国なの。そこでは、あちこちから熱い湯が湧き出る泉があるそうなのよ』

リリアンがそれを覚えていたのは、添えられていた絵に描かれたその国の様子が非常に珍しかったからだ。

紙と木で作られた家に住み、布をひもで体に括《くく》り付《つ》けたような服を着るその国の人々は、その湯を使って風呂に入り、料理をし、飲料にもするという。

だが、言葉も環境も、生活習慣すら違う国の話だ。更に言えば、リリアンが見た本に記されていたことが、すべて本当のこととは限らない。

それでも、せっかくここに、幼い頃本で見たものがあるのだ。何かに使えるかもしれないのならば、その可能性を追求するのも面白い。そんな動機から、とある計画を始めてみようと思ったのである。

「このお屋敷とあの施設の他にも、湯の湧く場所が見つかるといいのだけど……」

しかし、そうはいっても『温泉』ではなく『湯井戸』と呼ばれていたことでもわかるように、この国の他の地域には目指すようなものはない。

すべてが手探りの状態から始めなければならないので、まずはそのための情報を集めるところから手をつけざるを得なかった。

手始めに、オーラスにラファージュ家の書庫から、リリアンが読んだような記述のあるものを探してもらったわけだ。

「とりあえずは、井戸掘りの職人を手配するところからですね」

新たな井戸を掘るためには、まずは水脈を見つけなければならない。専門の職人たちは、その技術を持っているという話なので、『温泉』にも通用する可能性はある。

「気長にやりましょう。急いで失敗しても困るわ」

リリアンのための予算とはいえ、元をたどれば領民からの税金だ。無駄遣いは避けなければならないのは当たり前だった。

「でも、もしうまくいったら……」

リリアンはまだ経験したことはないが、ラファージュ領の冬はひどく厳しいと聞く。暖房のための薪《まき》や炭は大量に必要となるし、湯を沸かしたり料理をしたりするにしても、夏よりも大量の燃料がいる。

そんな環境で、もし手間をかけずにすぐにお湯が手に入れば少しは助かるはずだ。

たったそれだけ――しかも、その恩恵を受けられるのは領都に住むほんの一握りの人々。

それでも、やらないより、やったほうがずっといい。手の届くところから始めて、少しずつ広げていけばいいのだ。それが可能であるのなら。

「今からですと、雪が降り始めるまでに二か月弱ですからね。さすがにこの冬には間に合わないでしょうが……それと、しつこいとお思いになるかもしれませんが、本当によろしいのですね？　今期のリリアン様のご予算のすべてをこれに費《つい》やしたとしても？」

「ええ。食べるものも住むところもあるし、着るものまで手配してくださるのですもの。私が何かに使うとしたら、これが一番だと思うの」

「奥様が王都から戻られたら、さぞや驚かれることでしょう」

現領主夫人がどのような使い道を想定していたのかはオーラスにもわからないが、間違いなくこれは意表を突くだろう。

「叱《しか》られるかしら？」

いたずらっぽく笑うリリアンは、ここに来た当初より、かなり明るくなったと彼には感じられる。相手の目を見てはっきりと話すようになり、前みたいにすぐに口ごもることは少なくなった。

顔色も良く、顔も体も前よりもふっくらとしてきてもいる。ほっそりと華奢《きゃしゃ》なことに変わりないが、病的なまでの細さとはすでに無縁だ。

「それは私にはなんとも……しかし、これでリリアン様の課題はとりあえず終わりましたね。次を、と申し上げたいところですが、それについては奥様のお帰りを待たせていただきたいと思います」

「合格点がいただけるといいのだけれど……」

ほんの四日ほどしか顔を合わせることのなかったリリアンと義母だが、その関係は良好だ。頻繁に手紙のやり取りをしているし――この『課題』については触れていないものの、二日ほど前には、リリアンの秋物ドレスが詰《つ》められた荷物が大量に届けられた。

長くこのラファージュ家に仕えてきたオーラスは、領主夫人がユーグの次は娘を欲しがっていたのを知っている。残念なことに、ユーグを産んで以来懐妊することはなかったのだが、それもあって夫人はリリアンがかわいくて仕方がないらしい。

領主本人も、自分の友人の娘であり、妻のお気に入りとなればリリアンに悪感情を抱くことはないはずだ。

使用人たちも、最初の頃こそあの婚約者の妹ということで色眼鏡で見ていた者もいたが、長くリリアンと接するうちに、その優しい心根に気が付いた。今では『リリアン贔屓《びいき》』と呼びたくなるような者まで出てきている。実は、オーラスもその一人だ。

更には、最初の視察に赴《おもむ》いて以来、リリアンはあちこちを視察、あるいは慰問するようになっている。義母である領主夫人の真似と言われればそれまでだが、生い立ちのせいであまり人と接するのが得手ではない彼女が懸命に領民と関わり合おうとする姿勢に、いつの間にか『気さくでお優しい若奥様』として領都の人々にも受け入れられていた。

「きっと、良い点をいただけると思います」

オーラスの言葉に、リリアンは花がほころぶように笑う。

けれど――

遠くからバタバタとした足音が聞こえ、それがだんだんと近づいてくることに、まずオーラスが気が付いた。使用人への躾《しつけ》の行き届いたラファージュ家では、このようなことはめったにない。

嫌な予感が膨れ上がるのを感じつつ、先んじてオーラスがドアへ向かい押し開けると、真っ青な顔をした侍女の一人がちょうど到着するところだった。

「どうしたのですか？　そのように走るなど」

「も、申し訳ありません！　ですが、緊急事態でっ」

「……どうしたの？」

他の書類に目を通していたリリアンも、気配に気付いてそちらを見る。

「先ほど、知らせが参りました——ユーグ様が落馬してお怪我をなさったと」

それを聞いた瞬間、リリアンの顔がすっと青ざめた。凍り付いたように動きが止まり、見開かれた水色の瞳が不安定に揺れる。オーラスが彼女に代わって侍女を問いただす。

「どういうことだ？　場所は？　お怪我の程度は？」

「申し訳ありません。視察に出られた先で、ということしか、まだ……」

あまりの情報量の少なさに、彼は舌打ちしかけて危《あや》うく止めた。ラファージュ家の者たちは、ユーグが瀕死の重傷を負って以来、その体調にひどく敏感になっている。それを考えれば、侍女の態度も仕方のないことだ。

「それで、ユーグ様は今どこに？」

「い、医療所です。ユーグ様が運び込まれて、それでこちらに知らせが……」

そこに運ばれたということは、傷を負ったのは領都の近くだったのだろう。

「医療所……」

「とにかく、すぐに人をやって詳しい状況の確認を」

「は、はいっ」

オーラスから指示を受け、もう一度侍女が走り去っていった後で、今度はクロナが入ってくる。

「リリアン様っ！」

「……クロナ……ユーグ様が……」

真っ青な顔のまま、それだけを口にすると、リリアンの体がゆらりとかしぐ。

「っ！」

最も近くにいたオーラスがとっさに手を差し伸べなければ、そのまま椅子から崩れ落ちていただろう。そのままリリアンを抱き上げたオーラスが硬い声で告げる。

「寝室にお連れします。クロナ、貴女《あなた》も来てください」

リリアンは完全に意識を失っていた。手短に告げると、彼は返事を待たずに歩き出す。

気持ちは焦《あせ》るが、今は状況を把握するのが先だった。

★
★
★

杖《つえ》を突かずに歩けること。

馬に半日は乗り続けられること。

その二つは最低限。加えて、できることが増えるなら増えるほど望ましい。

そんな目標を掲《かか》げ、ユーグが医療所に通い始めたのは、三か月と少し前からだ。

一度は投げ出したはずの回復訓練に熱心に励《はげ》む様子に、かつてユーグが瀕死の重傷を負った時に治療し、今回もまた担当してくれている医療師は怪訝《けげん》な顔をしていた。

「領主である父が不在の今、代理としての責任を十二分に果たせるようにしておきたい」

ユーグはそれが自分自身の正真正銘の本音だと思っていた。

いや、本音には違いない。ただ、それがすべてではなかった、というだけだ。

「何を焦《あせ》っておられるのかわかりませんが、訓練というものはやりすぎてもいけません。かえって逆効果です」

指示されたものよりもきつい訓練を行おうとして、何度か止められる。

焦《あせ》っているつもりはなかったのに、彼にはそう見えたのだろう。いや、もしかしたらそうなのかもしれない。途中で投げ出した期間が、今になって惜しくなったとは口が裂けても言えなかった。

それが少しマシになったのは、幼馴染《おさななじみ》の女性医療師が赴任してきてからだ。

一応は貴族の令嬢であるはずの彼女だが、幼い頃から型破りで、今もその片鱗《へんりん》が残っている。

医療師としての腕がどれほどのものかはユーグには判じがたいが、彼女は無理をしがちな彼の気を逸《そ》らすのがうまい。

おかげで順調に訓練が進み、完全に杖《つえ》を手放すのはまだ無理でも、乗馬に関してはほぼ目標を達する。

そんな折に、まるでそれを見越したかのように上がってきたのが、領内に不穏な気配がある、という報告だ。

ラファージュ領の冬は長く厳しいので有名だが、それが更に顕著な場所がある。

かつて存在した北の国——そこはいくつもの険しい山が連《つら》なる場所だ。

国自体は滅んだが、そこで生きていた者たちはまだ存在している。主に狩猟を生業《なりわい》とし、数軒から数十軒が集まる集落を作って暮らしている彼らは、冬を前にした季節になると頻繁にラファージュ領に姿を現す。

山に潜《ひそ》む獲物を追って境を超えるのは許容範囲だ。毛皮や肉を、山では育てられない穀物や手に入りにくい生活必需品と交易するのも、すでにない国に関税はかけられないので大目に見ている。

問題となるのはその二つのどちらでもなく、略奪を目的として領地に入り込んでくる輩《やから》だ。

収穫したばかりの小麦を持っていかれるのはまだいいほうで、家屋に押し入り乱暴狼《ろう》藉《ぜき》の限りを尽くした後、金目のものを根こそぎ奪っていく。いわゆる山賊である。

特に、かつての国境付近ではなく領土の奥までやってくるのは、その手の者たちが大半だ。

そのため、特にこの時期は領土の見回りを強化している。

領主代理として領内の治安部隊をまとめるユーグのもとに、最初に不審人物の目撃情報がきたのは、二日前のことだ。

場所は領都から北に少し離れた森の中で、その後もたらされたいくつかの追加報告をまとめると、人数はおそらく五人から七人程度と比較的少数だと推測される。

「俺も行く」

ユーグがそう言った時、特段、反対の声は上がらなかった。

領都からは多少距離はあるものの、この地で生まれ育った彼はそこへ何度か足を運んだことがある。

ごつごつとした岩場の間に木々が生い茂り、その間を細い渓流《けいりゅう》が流れているようなところだ。馬車での移動は無理だが馬なら可能という、訓練の成果を確かめるにはうってつけの場所だったことも大きかった。

それに、相手は軍のように組織立った集団ではない。こちらの警備兵が姿を見せれば、それだけで怖気《おじけ》づいて逃げ帰ることも多く、討伐というよりは、示威《じい》のための行動としての意味合いが強い。

この時、ユーグは当日中に戻ってくるつもりでいた。

目的地までは馬で二刻弱。夜明けと共に出発すれば、現地での哨戒《しょうかい》の時間を多めにとっても、その日のうちには屋敷に戻ってこられるはず、だった。


速足で馬を進め、小休止を挟みつつ、十人ほどの兵士を含めたユーグたち一行が現地に着いたのはまだ昼前のことだった。

「相手が山賊だからといって、油断はするなよ」

森の木々は紅葉はしていても落葉の時期には少し早く、視界があまりよくない。

近隣の住民が、薪《まき》や木の実、茸《きのこ》などを採りに入るための細い山道ができており、それをたどっているのだが、曲がりくねったそこで馬を操るには少々コツがいる。

今いるあたりはまだそれほど木々が密集しているわけではないが、奥に踏み込むのなら下馬して徒歩で進んだほうがいいだろう。

ユーグたちが進む方向に対して左手に小川が流れているが、それも気になる。

もう少し行けば、その流れを生み出している泉があり、周囲も少し開けていたはずだ。賊が潜《ひそ》むのに水場に近いところを選ぶのはよくあることで、まずはそこまで。そこに侵入者の痕跡がなければ昼の休憩をし、他に何か所かある心当たりをつぶして帰投する予定である。

「うおっ⁉」

いきなり、ユーグの乗った馬の足元を小さな獣が走り抜け、驚いた馬が棹立《さおだ》ちになる。

「ユーグ様っ！」

「大丈夫だっ」

とっさに手綱《たづな》を引き、膝《ひざ》を強く馬の腹に押し付ける。中腰で鞍《くら》の上でバランスをとりながら数歩、歩かせることで、ユーグは見事に御《ぎょ》しきった。

「驚いたな。今のはウサギか？」

この時、ユーグはわずかだが周囲への警戒を怠《おこた》る。

足場の悪い場所で、恐慌に陥《おちい》った馬を御《ぎょ》す——それは、負傷する以前のユーグにとってはたやすいことだ。しかし、左足を痛めた後は、一刻ほどの乗馬にも耐えられない体になった。今と同じ状況になっていたら、あっという間に振り落とされていたに違いない。

けれど、今のユーグはそれをやってのけた。

できて当たり前だったことができなくなった口惜しさを糧《かて》に、もう一度、それを取り戻した喜びが、一瞬の油断となったとしても誰も責められないだろう。

「そのようです。何かに驚いて飛び出したのでしょう」

すぐ後ろを進んでいた兵士の言葉に頷《うなず》き——そして、顔色を変える。

「っ！　——しまったっ！」

ウサギはひどく臆病《おくびょう》な動物で、馬のような大きな生き物の前には姿を見せない。耳もいいので遠くからでもその存在に気付き、物陰に潜《ひそ》むのが常だ。それが姿を見せるのは、彼らを食料とする獣に追われたか、あるいは何かに驚いて飛び出したか、そのどちらかだ。

「ユーグ様？」

「いるぞっ！　備《そな》えろっ」

ユーグの言葉が終わるよりも早く、右手の木々の間から風を切って彼らに向かい飛んでくるものがある。

「な……うわっ！」

カッ、と乾いた音を立てて傍《かたわ》らの木に突き刺さったのは、粗末なつくりの矢だ。それが合図になったかのように、森の中から更に多くの矢が一斉に降り注ぎ始めた。

「賊だ。馬を下りて迎え撃てっ！」

自分に向かって飛んでくる矢を抜き放った剣で払い落としながら、ユーグが叫ぶ。

細い山道で一列になって進んでいた彼らは、敵側からしたらいい的だ。道以外の場所は木が生い茂り、馬のまま突っ込んで蹴散らすこともできず、下りて迎え撃つしかない。

「くそっ！　聞いていたより数が多いぞっ」

矢の数からして、潜《ひそ》んでいる者は五人なんて少数ではないようだ。

おそらくだが少数に分かれて行動し、このあたりで落ち合う手筈《てはず》になっていたのだろう。

「泣き言を言う前に、戦えっ」

対してユーグが率いてきたのは訓練された兵士たちだ。最初の奇襲にこそ驚いたものの、すぐに冷静さを取り戻し、馬から下りて木立《こだち》の中に走り込んでいく。

ユーグもそれに倣《なら》おうとし——わずかに躊躇《ちゅうちょ》した。

運悪く、彼が馬を止めた地点は、左にある小川がえぐった崖がすぐ近くまで迫った場所だ。馬の左側には彼が下りるだけの余地はなく、右に下りようとすれば無防備な背中を敵に向けることになる。

前に進むか、あるいは下がって足場が確保できるところまで移動するか。二択を迫られ、その判断に迷っていたのはわずかな間だったはずだ。しかし、これもまた運の悪いことに、その瞬間を狙ったかのように、敵の放った矢がユーグの乗る馬の後ろ脚に突き刺さった。

「うわっ！」

粗悪な材料で作られた弓では、対した威力は出せない。矢は浅く突き刺さっただけだが、痛みと恐怖でまたも暴れ始めた馬を、今回のユーグは御《ぎょ》しきれなかった。

「ユーグ様っ⁉」

矢を受けた後ろ脚を馬が高く蹴り上げたために前のめりになったユーグの体は、その勢いのままに、傍《かたわ》らの沢に向けて放り出されたのだった。

第八章

リリアンが意識を取り戻したのは、自室のベッドの上だった。

「リリアン様っ」

すぐ傍《かたわ》らには、青い顔をしたクロナが付き添ってくれている。

「お気が付かれてようございました……ご気分は？」

「あ……私……？」

目覚めてすぐのためか頭がうまく働かず、なぜクロナがいるのかがわからない。ぼんやりとその顔を見やり、この状況を理解しようと記憶を探る。

「……私、確か……っ！」

閃光《せんこう》のように、意識を失う前のことが思い出され、飛び起きた。

「ユーグ様はっ？」

「落ち着いてくださいませ。ユーグ様でしたら、ご無事……とは申せませんが、お命に別状はないそうです」

その言葉にほっとしかけ、すぐに思い直す。命に別条はないが無事でもないというのは、つまりは怪我をしたということだ。

「どういうこと？　お怪我は？　ユーグ様は今、どちらにいらっしゃるの？」

やみくもに起き上がろうとして、またも軽いめまいがし、寝台の上に倒れ込む。

「落ち着いてくださいませ。すぐにお話しいたします」

「……ごめんなさい。つい、取り乱してしまって……」

なだめるようなクロナの言葉で、わずかに冷静さが戻ってくるが、同時に一報を受けただけで動転して気を失ってしまった自分の不甲斐《ふがい》なさも思い出す。

「迷惑をかけてごめんなさい……それで、ユーグ様は？　いったい、どうなさったの？　それと今はいつなの？」

「夕の二刻でございます。リリアン様は一刻と少し、お休みになっておられました」

「そう……」

ということは、まだ日は落ち切っていないということだ。

今度は慎重に身を起こしたおかげで、めまいは襲ってこなかった。

それにクロナも安心したようで、ようやく話を始めてくれる。

「北の森に、国境を越えて賊が入り込んでいたのだそうです。それをお知りになったユーグ様は、兵を率いてご自身でそこに向かわれたのだと――」

ユーグとリリアンは朝と夜の食事を共にとる。しかし、彼の都合――主に領内の視察などにより、時折、それができないこともあった。それについてリリアンがユーグに詳細な説明を要求したことは一度もない。

領主代行としての責務の一部について、政《まつりごと》に無知な自分が口を出すことではないと思っていたせいであり、何よりユーグに手間をかけさせるのが申し訳なかったからだ。

そのような理由で、昨夜、彼から『明日は視察に行く。早くに出るので朝食は一人で済ませるように』と言われた時も、素直にそれに頷《うなず》いた。その内容が討伐であったなど、今、初めて聞いた。

「――森の中に入り、あたりを見回っていた時に山賊たちが襲ってきて、ユーグ様はその折に、ご乗馬に矢を受け、振り落とされておしまいになられたそうです。幸い、お命に別状はなかったのですが、岩場に落ちたことで右の足と、右腕の骨が折れてしまいました」

山賊たちは、連れていった兵士らが蹴散らし、追い払えたらしい。死者も出たというが相手方のみで、どのみち捕まっても死罪となるので、そこは問題にされていなかった。

負傷したユーグは馬で戻ることが難しく、近くの家で馬車を借り、それに乗せられて領都まで戻ってきたそうだ。

「骨……骨折ですか？　それで、今、ユーグ様は……？」

「それなのですが……」

それまではすらすらと教えてくれていたクロナが、そこで初めて言いよどむ。

不思議に思い、更に尋ねようとした時——隣の部屋が妙に騒がしいことにリリアンは気が付いた。

彼女の自室の隣といえば、夫婦の寝室だ。

ユーグとリリアン以外に、そこを使う者はいない。掃除は侍女が行うが、ラファージュ家に仕える彼女たちはよく躾《しつ》けられており、あのような物音を立てることはあり得なかった。

「……どなたかいらっしゃるの？　まさかユーグ様？」

「はい。いったんは医療所にお入りになられたのですが、その後、ご自身のご希望でこちらにお戻りになられました。それで、でございますが……その……」

「クロナ？」

クロナが、これほど言いにくそうにするのは初めてだ。この屋敷の中でも古株で、リリアンにとっては侍女というよりも、頼れる叔母のような存在である。そのクロナが言いよどみ、どう話せばいいのか迷う様子に、悪い予感が湧き上がった。

「本当のことを教えて。もしかして、ユーグ様のお怪我はひどいのではないの？」

「いいえ、そういうわけではございません。投げ出された時にお体をしたたか打たれたと聞いておりますが、意識ははっきりしていらっしゃいます」

「では、何なの？　……いいわ、自分で確かめます」

「リリアン様っ」

寝台から立ち上がると少しふらついたが、クロナの制止を振り切り、隣室に続く扉を開ける。

この時ノックもせずにいきなり引き開けたのは、それほどリリアンが取り乱していた証拠だろう。

「ユーグ様っ」

夫の名前を呼び——室内の様子に、その声はそのまま空に消えていった。

「……君か、どうした？」

ユーグは夫婦用の大きな寝台の上に寝かされ、半身を起こしていた。

シーツの上には何やら見慣れぬ道具が置かれ、それに包帯を巻かれた右足を乗せている。右手は添え木を当てて固定し、それを大きな布で首からつるすようにしていた。

ただ、クロナが言ったように意識ははっきりしているようで、リリアンに向けられた黒曜石の瞳には、いつもと変わらぬ強い光が宿っている。

「も、申し訳ありません。お怪我をなさったと伺い……」

「見舞いに来たのか――君こそ、倒れたと聞いたが大丈夫か?」

すでにリリアンが気を失ったことも知っているらしい。

「……ありがとうございます。皆には迷惑をかけましたが、もうなんともありません」

見舞いに来たはずが逆にいたわられてしまい慌てるが、それよりもユーグの怪我の程度を確かめるのが先だ――そして、できれば、なぜか彼が休む寝台のそばにぴったりと付き添っている人物についても。

「お出かけになられた先で、お怪我をなされたと伺いました。その……お具合はいかがでしょう?」

「見てのとおりだ。下手を打った」

リリアンに問われ、ユーグは不機嫌そうに自分の右手と右足に目をやる。

「大したことはない。手は骨にひびが入っただけだそうだ。足も、放っておけばそのうちつながるだろう」

告げられた傷の具合は、一般的にはどちらも重傷だ。それをこともなげに言うユーグに、リリアンは怒りを感じ、何か言ってやらねばと口を開く。

しかし、それが言葉になるよりも早く、ユーグの隣から怒ったような声が上がった。

「何言ってるんですか、ユーグ様！　どっちもちゃんと大怪我ですっ。特に足は、この先一月は絶対安静ですからねっ」

その声の持ち主を、リリアンは見たことがあった。

しばらく前――彼女が初めて視察に出た折に、医療所の前でユーグと話をしていた女性だ。

「……わかっている。それと、パティ。耳元で大声を出すのはやめてくれ。傷に響く」

パティ、というのは、彼女の名だろう。

リリアンと同じか、少し年上のように見える。栗色《くりいろ》の髪に青い目、背丈はリリアンより幾分低く、体つきはずっと女らしい。簡素なドレスの上に白いローブを羽織《はお》っているのは、医療師のしるしだ。

ユーグはまずは医療所に運ばれたと聞いていたので、そこから付き添ってきてくれたのだろう。

しかし、ただの患者と医療師にしては、彼の声に含まれた親しさの理由がわからなかった。

「あの……ユーグ様、その方は?」

「あ? ああ——俺の担当の医療師、らしい。名前はパトリシアだ」

なぜそこで曖昧《あいまい》な表現になるかはわからないが、紹介を受けたことで、リリアンは彼女のほうに向き直る。

「……ユーグ様の妻のリリアンです。主人がお世話になり、ありがとうございました」

軽い会釈《えしゃく》と共に名乗ると、あちらも同じように返してくる。

「ユーグ様の奥様ですか。私は、パトリシア・ロナ・シャイエです。先日、こちらに配属になった医療師で、ユーグ様とは子供の頃からの知り合いです。そのご縁で、ユーグ様を担当させていただいています。よろしくお願いします」

しかし、はきはきとした声と言葉はともかく、その態度にリリアンは内心、眉をひそめた。

名前に称号が含まれていることから貴族の出だとわかる。『ロナ』とは確か男爵を表していたはずだ。対してリリアンは辺境伯家の嫡男の妻——ユーグはまだ家を継いだわけではないが、それでも明らかにリリアンのほうが身分は上だ。

このような時、貴族のマナーとしてはリリアンよりも深く礼をとるのが普通である。

ただ、彼女は医療師と名乗った。もしかすると、その職にある者は相手の身分を問わず、そのような態度を許されるものなのかもしれないと思い直す。

何よりも、今はユーグの体のことが最優先だった。

「こちらこそよろしくお願いします。わざわざ、医療所から主人に付き添ってくださり、ありがとうございました」

「いえいえ。これが私の仕事ですんで。気にしないでください。それで、早速なんですが、ユーグ様のお怪我についての説明と、それに関して一つお願いをさせていただきたいんですが、構いませんか？」

「説明でしたら是非《ぜひ》……ですが、お願い、ですか？」

専門家である医療師からの説明は、リリアンとしても願ってもないことだ。けれど、その後についてきたお願いとはどういうことなのか。

不思議に思っていると、ユーグがその会話に割り込んできた。

「パティ、それは俺から言う。彼女はしばらくここに泊まり込むことになった。すまないが、君にはその手配を頼みたい」

「ここに、お泊まりになるのですか？　……その方は医療所の医療師なのですよね？　それが、どうして？」

そのリリアンの疑問は当然だ。

目と鼻の先とまでは言わないが、医療所はここと同じ領都にある。

ユーグの手当てをする必要があるとしても、通えない距離でもないだろうに、わざわざ泊まり込む理由がわからなかった。

「この後しばらく、俺は傷が熱を持って高熱を出したり、傷口が膿《う》んだりする可能性がある。その対処のために、付き添ってもらうことになった」

「すみません、奥様。ユーグ様はさっきはあんなふうにおっしゃいましたけど、手のほうはともかく、足はかなり重傷なんです。今はやせ我慢してらっしゃるみたいですけど、痛みも激しいはずなんで、痛み止めが欠かせません。そっちの処方もあるんで、しばらくは目が離せないんですよ。ユーグ様が医療所にいてくれたら、こんなことしなくて済んだんですけど、どうしても本人がお屋敷に戻るって聞かなくて……ホントにわがままで困っちゃいますよね、ごめんなさい」

へにょりと眉を下げ、申し訳なさそうに謝るパトリシアに、他意はない――のだろう。

だが、なぜユーグの妻であるリリアンが、医療師とはいえ赤の他人にユーグのことで謝られなければならないのかわからない。そして、どうしてユーグがそれを許しているのか、も。

ただ、それでも、それが今のユーグに必要な措置であるなら、リリアンとしては頷《うなず》くほかなかった。

「ユーグ様のためでしたら、どうぞ必要と思われることをなさってください。すぐに客間を用意させます」

幸い、この屋敷の部屋は余っている。クロナに頼めば、ここにあまり近すぎず、かといって遠すぎないものを選ぶのは簡単だろう。

そう思ったのだが——

「重ね重ね、本当に申し訳ないんですけど、私はできるだけユーグ様の近くにいたほうがいいと思うんです。なので、できればここに。寝るのはそこにあるソファーで十分ですので」

「そうはいかん。パティとはいえ、妙齢の女性だ。それを長椅子で寝かせるなど、俺の沽券《こけん》にかかわる」

「私とはいえ、ってどういうことですかっ？　……だったら、お隣の部屋使わせてもらえます？　ユーグ様に近いなら、私はどこでも構わないですし——あ、もしかしてお隣って奥様のお部屋、ですよね？　じゃあ、反対側の……」

「俺の部屋か？　あちこち弄《いじ》り回《まわ》さないと約束するなら、それでも構わんが……」

「お待ちくださいっ」

聞くに堪えない。

ユーグの言葉を遮(さえぎ)るのは初めてだが、それでもリリアンはこれ以上二人の会話を聞いていたくなかった。

「パトリシアさんには私の部屋をお使いいただきます。片付けておきたいので少しお時間をいただきますが、お休みになられる頃までにはご用意できると思います」

「しかし、それでは君が……」

自分を気遣ってくれるユーグの気持ちはありがたいが、彼の部屋を赤の他人、しかも女性に使わせるなどリリアンは絶対に許せなかった。

「ユーグ様のお体には代えられません。私はしばらく客間に移らせていただきます」

そう告げて、先ほど入ってきた扉から自室に戻る。

無言でリリアンの後ろに控えていたクロナだったが、背後で扉が閉まるのと同時に、憤懣《ふんまん》やるかたないといった声を上げた。

「何ですか、あの娘はっ！　それにユーグ様もユーグ様ですっ」

「しっ、クロナ。声が大きいわ。それよりも片付けるのを手伝ってもらえる？」

「リリアン様……」

「貴女《あなた》が言いたがらなかった理由がわかったわ。でもここはひとまず、どこかの部屋に移りましょう」

「はい……」

片付けといっても、リリアンの私物はそれほど多くない。この部屋にあるものすべてがそうだとも言えるのだが、彼女にとって本当に『自分のもの』と思えるのは、ここに来た時に持っていた小さな鞄《かばん》に入っていたものだけだ。

亡き母から譲られた手鏡と櫛《くし》に、一緒に刺繍《ししゅう》の練習をした時に作ったハンカチ。やはり母の好きだった香りのポプリなど。その他、いくつかの品を集めるのにはほんの少しの時間で事足りた。

「ああ。シーツは替えておいてね。私が寝たものはパトリシアさんも嫌でしょうから」

「……はい」

少ない荷物は、来た時と同じ鞄《かばん》に詰《つ》めてクロナが持ってくれている。リリアンが自分で持つと言ったのだが、断固として拒まれた。

最後の仕上げに振り返れば、ここで四か月ほどは暮らしていたはずなのだが、全く愛着が湧いていなかったことにリリアンは気が付いた。

リリアンが新たに自分の居室として選んだのは、義母の執務室に近い場所だった。

賓客用ではなく、家族と親しい家の者が泊まるための部屋で、素朴ながらも居心地良いように整えられたそこは、ごてごてと派手だった自分の部屋よりよほどくつろげる。

「申し訳ありません、リリアン様」

「クロナが謝ることではないわ」

リリアンが気絶から目覚めてからこちら、クロナの眉間《みけん》にはしわが寄りっぱなしだ。

そんな顔をさせ続けているのを申し訳なくも思うが、かといって今のリリアンに何ができるだろう?

気分を変えようと何か話題を探すが、適当なものが思い付けない。

結局、ユーグに関することになってしまう。

「……ユーグ様はちゃんとお夕食は召しあがられたかしら?」

「ご指示どおり、片手で食べられそうなものを選んでお運びしました。あのシャイエ家の娘の分も、リリアン様と同じメニューにして持っていっております」

「ありがとう」

部屋は譲ったが、リリアンが今のこの家の女主人であるのは変わらない。客人をもてなすのはその責務の一部であるので、たとえ相手が誰だろうと手を抜くつもりはなかった。

「あちらに行かせた者の話ですと、あの娘はリリアン様のお部屋をいたく気に入った様子だったようです。大声を出してはしゃぎ回ったりはしておりませんが、きょろきょろと見回してはため息をついていたそうです」

「気に入ってもらえたなら、何よりだわ」

あの部屋を気に入るということは、パトリシアはリリアンの姉のテレーズと同じような嗜好《しこう》の持ち主なのだろう。髪や目の色は違うが、体形もテレーズに似ていたように思う。だから、自分は初対面から彼女を苦手に感じたのだろうか……そんなことを考え、そこでふと思い付く。

「確か、クローゼットには前のものがいくつか残っていたわね。あの方に合うようだったら着替えにでも使っていただいて」

「そんなことまで……」

「どうせあのままでは私は着られないのだから、合う方に着ていただくほうがいいでしょう？　手直しをする前で良かったわ」

以前、リリアンのクローゼットを埋め尽くしていたテレーズのサイズのドレスは、そのほとんどを下取りに出していた。けれど、婚姻式とその後の宴《うたげ》に着用したものは残っていたし、その他にもほんの何着かだが後々、直しを入れてリリアンが着ようと思っていたものがある。

忙しさに取《と》り紛《まぎ》れていた上に、王都から義母が送ってくれたものがあったために後回しになっていたのだが、こんなところで活躍の機会を得るとはそのドレスたちも思わなかっただろう。

テレーズにしては地味、リリアンにとっては派手なそのデザインを、根拠はないがパトリシアは喜ぶ気がした。

「そういえば、パトリシアさんの実家のシャイエ家は、うちの寄子だったと思ったのだけれど、クロナは知っていて？」

「はい。先代様の頃に比較的、親しくしていた家でございますね。私もユーグ様のお付きとして、何度か訪問したことがございます」

さすがは古株のクロナである。

「ということは、あの方が言っていた幼馴染《おさななじみ》だというのは本当なのね」

「そう言えるほど親しかったと、私は思いませんが……確かに、ユーグ様がお小さい頃には二人で遊んではおられました」

ずきり、とまたリリアンの胸が痛んだ。

両親のこともあって『幼馴染《おさななじみ》』という言葉は、リリアンにとってひどく重い。

ただ、先ほど見た限りでは、ユーグとパトリシアの間にあるのは恋情ではないように思われた。

そのことには安堵《あんど》するが、それにしても少しばかり砕けすぎているようにも感じられる。

何より、あのユーグが『パティ』と愛称で呼び、普通ならば腹を立てるであろう言動を苦笑交じりに流しているのを見ると、心穏やかではいられなかった。

「……とりあえず、今日のところはもう休むことにします。クロナも休んで。いろいろと大変だったでしょう？　それと、急に倒れてオーラスを驚かせてしまったでしょうから、明日、謝らなければね」

一晩寝れば、この胸の中にあるもやもやしたものもきっと落ち着いているだろう。

そう思って、クロナを下がらせようとした時、扉をノックする音が響く。

「まぁ、今頃、誰でしょう？」

「クロナに指示をもらいに来た者ではないかしら？　どうぞ、お入りなさい」

入室の許可を出すと、ノブがガチャリと回り扉が開く。

「……すみません、ちょっとお邪魔していいですか？」

「まぁ……」

隙間から姿を現したのは、予想していた侍女ではなく、たった今話題に上っていた女性医療師だった。

「こんな時間に申し訳ないんですが、どうしても今日のうちに謝っておきたくて」

殊勝《しゅしょう》な物言いだが、本来のマナーとしては、先に侍女に言伝《ことづて》を頼み、リリアンの許可を得てから訪れるべきだ。

そろそろ寝ようと思っていたことからもわかるように、今はずいぶんと遅い。

それを理由に追い返すこともできはするが、謝罪を、と言ってきた相手を無下にするのも大人げない気がして、結局、リリアンはそれを許した。

「私が変なことを言い出したせいで、奥様をお部屋から追い出すみたいになっちゃって、本当にすみませんでした」

ぺこりと頭を下げる様子は、本当に反省しているように見える。

だが、みたいになった、ではなく、本当に追い出されたのである。

「気にしないで。貴女《あなた》がここに滞在するのはユーグ様が許可なさったことです。そのための手配をするのは私の役目ですから」

「……そうはいってもやっぱり、ご迷惑ですよね。ほんとにごめんなさい」

「本当に気にしないで。それより、パトリシアさんでしたね。部屋は気に入っていただけたかしら？　慣れない場所で難しいとは思うけれど、どうかゆっくりと休んでくださいね」

謝罪に来たのなら、それはもう受けた。その後の会話は蛇足《だそく》であり、リリアンとしては早く切り上げたい。

そのためリリアンは、彼女に椅子をすすめていなかった。これは、長話をする気はないという意思表示でもある。リリアンもクロナと立ち話をしていた途中だったため、マナー違反にはならないのも幸いした。

けれど、パトリシアはリリアンが思ったようには動いてはくれない。

「お気遣いありがとうございます。でも、私、今日のところは寝る気がないんですよ。骨折した人って、当日の夜に容体が急に変わることが多いんです。なので、今夜は毛布でもかぶってユーグ様のそばで不寝《ねず》の番をするつもりなんです」

わざわざリリアンを移動させておきながら、今夜は使う気がないと言い切る。その無神経さに、背後のクロナが爆発寸前の気配を漂《ただよ》わせているが、リリアンはかすかに振り向くだけでそれをなだめた。

「そう、なのね……でも、うら若い女性を夜中起こしておくなんて、ユーグ様はお許しにならないのでは？」

「ああ、ユーグ様なら大丈夫です。騎士でいらっしゃったんですから、骨折したらどうなるかは知ってらっしゃいますし。それに、付き添うのが私ですから——きっと、気にならないです」

ユーグが気にならないというのは、女性に不寝《ねず》の番をさせることか、それともパトリシアが付き添うことについてなのか——どちらともとれる内容だ。

「……そうなのかしら？」

「ええ、絶対に」

安心させるように微笑《ほほえ》む様子は、怪我や病《やまい》で不安を抱いた患者には効果がありそうだ。けれど、リリアンが感じたのは、うすら寒さだった。

この会話がどこにいくのかわからない。もともと、リリアンはこういった相手の腹を探るような会話が得意ではなかった。

早く切り上げて帰ってほしい。そのためお茶を出すようにクロナに命じていないのに、一向にパトリシアは退室する様子を見せなかった。

それどころか、この部屋の——ひいては屋敷の女主人であるリリアンがすすめてもいないのに、傍《かたわ》らにあった椅子にいきなり腰かける。

「すみません、立ち続けてるのがちょっとしんどくて。ユーグ様が医療所に運ばれてきたのが、昼の一刻あたりだったんです。馬車に乗せられて戻ってきたみたいなんですけど、最初の固定の処置がちょっと悪くて、接《つ》ぎ直《なお》すのが大変だったんです。なのに、ご本人はすぐにお屋敷に戻るって言い張るから、当座に必要な薬品だの包帯だのをかき集めてですね……」

立ったままならば退出を促《うなが》すのは簡単だったが、座られてしまえばそうはいかない。マナー違反を咎《とが》めるにしても、夫であるユーグのせいで疲れているのだと言われてはそれもままならない。

強引に立ち上がらせるわけにもいかず、仕方なくリリアンもパトリシアの向かいの椅子に腰を下ろした。

「パトリシアさんには、本当にご迷惑をおかけしたみたいね。それなのに、今夜は眠らないなんて……貴女《あなた》一人の負担が大きすぎるのではない？　医療所から、他の方をお呼びできないのかしら？　それが無理なら、私にも何かお手伝いをさせていただければ。包帯くらいなら私にも巻けると思いますわ」

それでもそんなふうな提案をしたのは、リリアンの思いやりだ。だが、パトリシアは言葉を包みながらも、あっさりとそのすべてを却下する。

「いえいえ。最初にちゃんと手当てしておけば、その後はそれほどでもないんですよ。今夜のことは、念には念を入れてということですし。人員をこっちに持ってくるのは、ちょっと無理ですかね。秋の収穫時期で忙しいから、結構怪我をする人が多いんで、あっちも手一杯なんです。私は最近来たばっかりで、受け持つ患者さんも少ないし、ユーグ様のことは左足の回復訓練を担当させていただいてましたので、ちょうどいいってことでこっちに来たわけです」

「回復訓練？」

「あれ、ご存じなかったですか？　彼此《かれこれ》、三か月くらいは通ってこられてますよ。最近は、長いこと馬にも乗れるようになってたんですけど、それでこの有様なんで、ユーグ様、落ち込んでるんじゃないですかね」

そんな話、リリアンは初耳だ。毎日のようにユーグが外出しているのは知っていたが、各部署への指示や視察のためとしか聞かされていない。

「もしかして、これ、しゃべっちゃいけないことでした？　ユーグ様には私が言ったって内緒にしてくださいね。あ、それと……さっきのお手伝いのお話ですけど。お心はありがたいんですが、包帯って巻くのには少しコツというか、ある程度の知識がいるんですよ。小さな切り傷や直りかけならともかく、ああいった重傷の場合、包帯の巻き方で回復が違ったりするんです。しっかりと添え木を固定しなきゃいけませんし、腫《は》れたりしてたら巻き方も変えないといけないし。一番大事なのは傷口の確認で——すみません、それって若奥様だとわからないでしょう？」

パトリシアの言葉を要約すれば、手を出すな、黙って見ていろ、ということだ。

それが医療師としての言葉であるなら、リリアンとしては従うしかない。

「知らなかったわ……ごめんなさい。ユーグ様のことは、パトリシアさんにお任せするのが一番いいのね」

「いいえ、私のほうこそ、ずけずけと言いすぎてすみません。ユーグ様にもよく注意されるんですけど、なかなか直らなくて……あ、私とユーグ様が幼馴染《おさななじみ》だって、言いましたっけ？」

「ええ、最初に」

「そうでしたか？　ちょっと疲れすぎてぼーっとしてて、忘れてました」

ならばさっさと戻ればいい。そう口に出せればどんなにいいだろう。

けれど、リリアンの生来の性格と、叩き込まれた礼儀作法がそれを邪魔する。

「でも、良かった。万が一、若奥様に誤解でもされたらユーグ様に怒られちゃいます。若奥様は知ってます？　ユーグ様って、本気で怒ると激昂《げっこう》するんじゃなくて、ものすごーく静かに冷たく相手を追《お》い詰《つ》めていくんですよ」

パトリシアがそれを知っているということは、そんなユーグを見たことがある、ということだ。

自分の知らない夫の姿を、自分以上に知っている者がいる。

それはリリアンにとっては当たり前の話だ。嫁《とつ》いできたばかりの自分よりも、義両親、オーラス、クロナ、他この屋敷に仕える者たちのほうが、ずっとユーグについて詳しいのは当然だ。

なのに、パトリシアの口からそれを教えられるたびに、キリキリと胸の奥が痛む。

それでもリリアンがその話を遮《さえぎ》らずにいたのは、少しでも『自分の知らないユーグ』について聞きたいと思ってしまったせいである。

「今のユーグ様からは考えられないですけど、昔のユーグ様って、すごく泣き虫だったんですよ。そのくせ意地っ張りで、頑固で——ああ、意地っ張りなとこは変わってない感じがしますね。それから、あんな見かけによらず、ぶきっちょです。ほら、子供の頃、周りにいませんでしたか？　気になる子にはつい意地悪しちゃうとか、優しくしたいのにぶっきらぼうにしか対応できないとかあんな感じで——」

パトリシアから語られるユーグは、リリアンからすればまるで別人の話みたいだ。

泣いたところを見たことなどない。意地悪もされたことがない。

ぶっきらぼうなのは、優しくしたい裏返しではなく、リリアンに興味がないためだ。

「……すみません、つい長話しちゃいましたね。これでお暇《いとま》しますけど、ユーグ様のことは安心して私に任せてください。ちゃんと元気にしてみせますんで」

そう言って笑ったパトリシアに、リリアンはただ頷《うなず》くことしかできなかった。

ユーグが負傷した当初、リリアンは朝と夕に彼がいる部屋に出向き、その日の予定を報告していた。

リリアンとしては以前の二人の習慣をそのまま続けていたつもりだったのだが、三日目あたりだっただろうか。

『聞いたところで今の俺には何もできない、特段の用がないなら毎日来る必要はない』

不機嫌そうな彼にそう言われたために、それきりやめてしまう。

ユーグのそばにはパトリシアがぴったりと寄り添い、看護しているために、そちらについてもリリアンの出番はない。

その結果、同じ屋根の下にいながらも、ユーグと顔を合わせない生活が何日も続くことになった。

仮にも夫婦でありながらそんな状況なのは異常だと言えるのだが、ほかならぬユーグがそう望んでいるのであれば、リリアンにはどうすることもできない。

そんな日が何日も続くうちに、次第に彼女が痩《や》せていったのは当たり前だ。

「リリアン様、もう少しだけでも召しあがってくださいませ」

クロナからもそう言われるのだが、一人きりの食卓では食欲が湧かない。

ユーグは部屋でパトリシアと食事をとっている。作ってくれた者に申し訳ないとは思いながらも、リリアンは残してしまう。無理に食べれば戻すことも多くなった。

そのせいで妊娠を疑われたのだが、ひそかに呼び寄せた医療師からその可能性は否定される。

そんな調子であるから、未来の領主夫人としての学習も、このところあまり進んでいない。

さぼっているつもりはないのに、どうしても身が入らないのだ。自分で言い出した事業についてだけは少しはましだが、それも今日明日どうこうという話ではなく、以前みたいに街への視察も減り、ぼんやりと過ごすことが多くなっている。

オーラスやクロナに心配をかけているのもわかっていたが、自分でもどうすることもできなかった。

そんなある日のこと――

それは、小春日和《こはるびより》で気持ちの良い風の吹く日のことだ。

日中、リリアンが過ごすことの多い義母の執務室は屋敷の庭が見渡せる位置にあり、その日も、彼女はそこの椅子に座り、ぼんやりと外の風景を眺めていた。

以前であれば、オーラスからそれとなく注意を受けるだろうが、最近のリリアンの様子に彼の毒舌も影を潜《ひそ》めている。

窓の外にはきれいに整えられた芝生《しばふ》と花壇、ところどころに植えられた木が作り出す美しい風景が広がっており――そこには、不思議な形の椅子に座った男性《ユーグ》と、それに付き添うあでやかな色のドレスを着た女性《パトリシア》の姿があった。

椅子の脚に小さな車輪をつけて移動を可能にしたそれは、以前、ユーグが左足を負傷した時に作られたものだそうだ。

寝てばかりいては気分もふさぐし回復のためには日の光を浴びるのが大切だということで、彼が杖《つえ》を突きながらでも歩けるようになった後はしまい込まれていたものが、今また活躍の場を得たようだ。

ユーグが負傷してから一月近くが経っており、それに乗れるくらいには回復してきているということらしい。

リリアンが見ているとは、きっと二人共思ってもいないのだろう。

距離があるため二人の会話は聞こえてこないが、パトリシアが押す椅子に乗ったユーグはしぐさからして笑っているように見えた。

あでやかなドレス――あれは、パトリシアのためにリリアンが自室に残してきたものだ。それを身につけたパトリシアは、ごく自然にユーグに寄り添っていることもあり、まるでこの屋敷の女主人のようにも見える。

リリアンが見つめている間にも二人は庭のあちこちへ移動し、やがて止まった場所でユーグの手が何かを指し示す。同じ光景を同じ位置から見ようと思ったのか、パトリシアが身をかがめ、頬がつくほどにユーグの体に寄り添い――

それ以上は見たくなくて、リリアンは窓から目を逸《そ》らす。

「リリアン様……よろしいのですか?」

リリアンがこの部屋にいる時は常に待機してくれているオーラスが、気遣わしげな声をかけてくる。同じ部屋にいるのだ。彼にもリリアンの見ていた風景が見えただろう。

だが、リリアンはどう答えていいかわからず、ただ、曖昧《あいまい》に微笑《ほほえ》むことしかできなかった。

『俺の愛を求めないでほしい』

それはリリアンがユーグに嫁《とつ》いで初めての夜に、彼から言われたことだ。貴族には政略結婚がつきもので、そこに愛は必ずしも必要ない。それはリリアンにもわかっていたことであり、寂しいとは思いながらもユーグの言葉に頷《うなず》いた。

愛を強要することは誰にもできない。

ユーグは、リリアンを尊重し、大切に扱うと約束してくれた。誠実であることも。

ならば、それで十分であり、自分もそれに見合うものを彼に返さなければならない。

慣れぬ女主人としての役割や、大身《たいしん》の貴族の夫人として最低限求められるであろう教養などを必死になって身につけようとしたのもそれが理由だ。

ユーグの隣に立つ者として、恥ずかしくない自分になろうと努力していた。

けれど——今のリリアンにはその努力がひどく無意味なことに思えてしまう。

そんなリリアンの脳裏に、浮かぶのは二人の人物の面影だ。

一人は生みの母、もう一人は継母であるマチス侯夫人だった。

リリアンの生母は父と愛情で結ばれてはいたが、家の都合により引き裂かれる。のちに、正式な夫人として迎えられはしたものの、それまでの間、秘密の愛人としてずっと過ごしてきた。

正式な侯爵家の第二夫人となった後でさえ、一度も華やかな場に出たことがない。子爵家の出で、もともとそのような場に赴《おもむ》くことがなかったからというのは理由にはならなかった。

こっそりと父が市井《しせい》に用意した家から敷地内の小さな別館に移り時折訪れる父を待つだけの生活――それでもリリアンは、母から父を非難する言葉を聞いたことがない。

『ご心労が多くて、お気の毒な方だから』

『お寂しい思いをしてらっしゃるから』

確かにそうかもしれない。

けれど、母も日陰者扱いされ、寂しい思いをしていたはずだ。

子供の頃はそんなことは全く知らず、母を亡くした後でそれを教えられたのだが、その時のリリアンは両親を襲った悲劇に心を痛める。無理に縁談を持ち込んだマチス侯夫人を恨みもした。

けれど――自分も嫁《とつ》いでユーグの妻となり、更にこのような状況になった今、その考えが少し変わってくる。

身分と家柄に物を言わせ父に結婚を強《し》いた継母の行いは、確かにほめられたことではないだろう。けれど、彼女がリリアンの父を愛していたのも、また事実だ。

愛する人の妻になりたい。そう願うことは罪ではないはずだ。

なのに、愛する人から愛されないどころか、愛情を違う相手に向けられているのはどれほど苦痛だっただろう。やがてその相手が亡くなり、残された娘にやり場のない怒りをぶつけたとしても、それは本当に彼女だけの罪なのだろうか。

だから。仮に、もし――

リリアンがそれを考え始めたのはつい最近のことなのだが、もし、父が自分の最初の結婚を機に母との関係を断っていたなら、どうなっていただろうか？

母はきっと嘆《なげ》いただろう。けれど、時が経てばその傷も癒《い》え、未来に目を向けられたかもしれない。父とは違う別の男性と結ばれ、温かな家庭を作れていたかもしれない。

そこにリリアンはいないだろうが、母はきっと『幸せ』になれただろう。

侯爵夫人もまた、愛されることはなくとも、父の妻は自分一人であると思えば、心の平穏を得られたかもしれなかった。

――リリアンが考えたことは、想像と仮定を積み重ねたものでしかない。

すべては過去のことであり、取り返しのつかないことばかりだ。

けれど、リリアンは『今』を生きている。

嘆《なげ》くことしかできなかった母とも、得られぬ愛を求め続ける侯爵夫人とも違う道を選べるはずだ。

「……ねぇ、オーラス」

「何でしょう、リリアン様」

「ラファージュ家に、別邸ってあるのかしら？」

急にそんなことを尋ねられ、オーラスは少し驚いた様子だったが、すぐにリリアンの望む答えを返してくれた。

「はい。夏の間の避暑に使うものや、狩猟会を催すためのものなど、いくつかございます」

「あまり大きくなくて、静かなところにあるものは？」

「先代様が隠居所として使われたところが、そのようなものだったと存じます」

「そう……」

それきりまた会話は途絶え、リリアンは手元の書類に目を落とした。

ただ眺めているだけで、内容は少しも頭には入ってこなかったのだが。

★　★　★

ユーグは浮かれていたのだ。

自分では認めたくはないが、それ以外に表現のしようがない。

左足の回復は順調で、秋を前に杖《つえ》に頼らずに歩ける時間が大幅に増えてきた。完全に手放せないのは、まだ疲労が蓄積《ちくせき》すると危《あや》ういからだが、それもいずれは解消されるだろう。領内の見回りも、以前は常に馬車での移動だったのが、往復半日ほどの距離であれば馬でも可能になっている。

そんな折に舞い込んできた山賊の情報は、ユーグにとって、自らの回復の度合いを確かめる絶好の機会に思われた。

報告のあった場所は、幼い頃から何度か訪れたことのある森で土地勘もある。馬で二刻弱の距離であれば、日帰りで往復できるだろう。だからといって、油断する気は毛頭なく、しっかりと情報を集め、連れていく兵士も熟練の者を選んだ。

リリアンにいつものように『視察に行くため、早朝に出かける』とだけ告げたのは、荒事になれていない彼女に心配させないためと、万が一にも引き留められるのを恐れたせいだ。

そして、向かった先で——まさか、あのような有様になるとは、ユーグも同行した兵たちも微塵《みじん》も予想していなかった。

またしても負ってしまった傷の原因は、状況の悪さより、己の対応のまずさだ。

下馬に固執せず、馬首を巡《めぐ》らせ相対することをなぜ選べなかったのかと、いくら悔やんでも後の祭りである。せめてもの救いなのは、ユーグの指揮なしでも、兵たちが侵入者を撃退できたことくらいだ。

放り出された先が岩場で、自分の足の骨が折れた音がはっきりと聞こえた。同じく、右腕もしたたかに打っており、こちらもひびくらいは入っているだろう。

馬に乗れないのはわかりきっており、近隣の家から荷馬車を借りて、それに乗せられて医療所にたどり着くまでのことは、思い出したくもない。

手当てを受けた後で屋敷に戻ると言い張ったのは、一刻も早く一人になりたかったからだ。

まさか、パトリシアが強引についてくるとは思わなかったが。

屋敷に戻った時、自室ではなく夫婦の寝室のほうに寝かされたのは、パトリシアの指示だった。

骨折した足を高く掲《かか》げておく必要があるため、その器具を設置するのに寝台は広めのほうが良いと言われ、それに従った結果だ。

「仕方がないですよ、運が悪かったと思わないと。っていうか、馬から放り出されて首の骨が折れなかっただけでも良かったです」

「……うるさい」

「落ちたのは沢でしょう？　岩がゴロゴロしてたのに背中を打たなかったのも幸運でした。とっさに受け身をとったんでしょうね」

「どこが幸運だ」

「命があることですかね？　背骨が折れたら死ぬか、一生寝たきりなんです。それに比べれば、このくらいの骨折なら一か月もすれば杖《つえ》を突きながらだったら歩けますし」

それでも、いくらユーグが強く言おうが全く意に介さないパトリシアとの会話は、わずかだが気を紛《まぎ》らわせてくれていた。

痛み止めの薬は処方されても、それで全く苦痛がなくなるわけではない。骨折した部位だけでなく、ほぼ全身を打ち付けているのでその分の痛みもあり、ユーグの機嫌は最低だった。

それに拍車をかけたのが、彼の負傷を知ったリリアンが衝撃で気を失ったという知らせだ。

彼が屋敷に運び込まれた時にはまだ意識が回復しておらず、しばらくしてからまだ青い顔で駆けつけてくる。

悲痛な面持《おもも》ちで負傷した個所を見つめられ、心配をかけまいとしたことが結局のところ、余計にその心痛を増しただけだと悟り、自己嫌悪が深くなった。

それもあり、パトリシアがユーグの介護で泊まり込むためにリリアンの部屋を使うことになった時も、強く反対できなかったのだ。

隣にいて、常に気を遣われているのが耐えられなかった。

追い出す形になってしまったことは申し訳ないものの、ユーグが回復するまでなら、リリアンも我慢をしてくれるだろうと無理やり考える。

その後もリリアンは朝と夕に顔を出してくれていたが、特段の用がなければ来る必要はないと言い渡す。そのたびに不安に揺れる瞳をユーグが見たくなかったせいだ。

「いいんですか？　部外者の私が言うことじゃないとは思いますが、奥様にあんまりにも冷たすぎるんじゃないです？」

そんなリリアンの扱いについて、見かねたらしいパトリシアが心配そうに言ってきたが、ユーグはそれについても一蹴した。

「確かに部外者だな、パティの気にすることじゃない。彼女と結婚したのは、爺様たちの約束があったからだ。それはあちらもわかっているし、義務で顔を出し続けるのは面倒だろう。回復すればどのみち毎日顔を合わせるんだ。しばらくは俺を気にせず、ゆっくり過ごせばいい」

「そういうもんなんですかね……」

「それ以外に何がある？　……ところで、この薬がくそまずいんだが、どうにかならないのか？」

　その話を続けたくなくて強引に話題を変えると、パトリシアは仕方がないといったふうにため息をつきはしたが、それでもそれに乗ってきてくれた。

「化膿止めと痛み止めの混合ですからね。効き目優先ですから、味まで気にしてられません。どうしても嫌なら飲まなくてもいいですけど、その結果には責任持てませんよ」

「それが医療師の言うことか？」

「医療師は、患者の回復の手助けをするだけです。患者本人にその気がないんじゃ、どうしようもできないですよ」

「あのパティが、本物の医療師のようなことを言うとは……」

「私は、本物の医療師です」

　パトリシアの話し方は、貴族令嬢というよりも庶民に近い。

　貴族とは言っても片田舎《かたいなか》の男爵で、しかも彼女は六人兄弟の末っ子だ。シャイエ男爵家は財政がひっ迫していたこともあり、末子で女であるパトリシアの教育にまでは手が回らなかったらしい。

それに対してユーグは辺境伯家の嫡男だ。常に傅《かしず》かれ、丁重な態度をとられることが当たり前だった彼にとって、それは新鮮であり、お互いに余計な気を遣わずに済むのが気楽で、ひどく心地良かった。

これがもし、パトリシアが医療師に弟子入りせず、家の交流も続いていたのなら、決してこうはならなかっただろう。

いくら幼馴染《おさななじみ》とはいえ、年を重ねれば周囲の目もあり、こんなふうにずけずけとした物言いが許されるはずがないので、普通の貴族同士の会話となっていたに違いない。

そう思えば、今この時に、彼女と再会できたのは幸運だ。

少なくとも、ユーグはそう思っていた。

また、療養生活のつれづれに彼の退屈を紛《まぎ》らわそうとしてか、パトリシアはいろいろと自分のことを話してくれる。

「私が家を出たのは十三歳でしたね。つてをたどって、結構有名な医療師のところへ弟子入りしまして――」

十三といえば、リリアンが母を亡くして王都の屋敷に移されたのと、ほぼ同じ年齢だ。

ただ彼女と異なるのは、パトリシアが親元を離れたのは本人の希望だったということだろう。

「十三……まだ子供じゃないか。それで、つらくなかったのか？」

「……ユーグ様、馬鹿でしょう？　馬鹿ですよね？　つらくないわけないじゃないですか」

「おい、パティ。少し口を慎《つつし》め」

「だったら、私がそういう口を利かずに済むように、ユーグ様も気を付けてくださいよ。勿論《もちろん》、ものすごくつらかったですよ。最初の頃は、下働きみたいな仕事しかさせてもらえませんでしたからね。ちょっと経ってからは治療についても、多少は教えてもらえるようになりましたけど、そっちも大変でしたし――」

医療師というのは、人の悪いところ、汚いところと向かい合う職なのだとパトリシアは言う。

それは身体的なものにとどまらず、人の内面にあるものも含まれるのだ。

「病気になったり怪我したりするとつらいですよね。痛いし、苦しいし、自由に動けなくて鬱屈《うっくつ》も溜まります。イライラして人に当たりたくなることもあるでしょうし。医療師は、それを全部当たり前だと思ってないとやってられないんです」

「……俺のことを言っているのか？」

「いえ、一般論です。ユーグ様は自覚があるようですから、まだましなほうですし」

「やはり俺のことじゃないか」

「どうしてもそう思いたいならどうぞ——で、ですね。本人がつらいのは当然ですけど、周りでそれを見てるほうもつらいんです。『俺じゃないのにこのつらさがどうしてわかる』とかよく言われましたけど、わかるわけないです。こっちにはこっちで別のつらさがあるって言ってるんですけど、そこまで理解する余裕のない人が多いですからね」

これまでそのようなことをユーグに言う者はいなかった。

彼の身分に遠慮があったのだろう。騎士時代の同僚たちとは気楽に話ができてはいたが、ユーグの性格もあり互いの内面まで踏み込むような会話をしたことがない。

唯一、親友と呼べそうな付き合いをしていた相手はいたが——

「ちなみに、そういう男性に限って、ちょっと良くなるとこっちに色目を使ってくるんですよ」

「……なんだと？」

「親身になって世話してくれたのは、俺に気があるからだろう、とかなんとか。医療師の白衣姿に惚《ほ》れた、とかも言われましたね。私はそれが仕事で、白衣は仕事着なだけなのに。なので、治ったらとっとと出ていってくださいって感じです」

「気の毒に……」

「それ、私に言ってるんですよね？」

パトリシアはユーグがふさぎ込みそうになるのを敏感に察知して、違う話題を持ち出してくる。

手のひらで転がされている気がしないでもなかったが、それがひどく心地がいいのも本当だった。

考えてみれば、かつての負傷以来、ユーグはずっと何かにいら立っていた気がする。

そのいら立ちの原因はあまりにも多すぎて、どれが一番と、順列をつけられない。

それが伝わったのか、周囲が腫物《はれもの》のように自分を扱うことにすら、またいら立ちが募《つの》る。悪循環とはこのようなものかと思いはしても、ユーグ自身にはどうすることもできなかった。

それが多少和《やわ》らいできたと感じられたのは、妻を娶《めと》ってからのような気がする。

直前で花嫁が交代するという前代未聞の出来事もあったが、それがかえって良かったのかもしれない。

以前の婚約者は自己主張が激しく、うまくやっていけるのか危惧《きぐ》していたのに、新しい婚約者――今の妻であるリリアンは、真逆というか、自分の意思があるのか疑問に思うほどに何も求めなかった。

本人からその生い立ちを聞き、納得すると同時に、ひそかに同情する。それほど、それはひどい話だった。

結婚は祖父の悲願で、そこに愛情など必要はなかったが、それでもこの先一生を共にする相手である。誠実であるのは当然だし、それ以外にもある程度の気遣いというか、配慮は必要だ。

気を遣われる側から、気を遣う側になったことで気分が紛《まぎ》れたのは間違いない。

ただ、それも今回のことにより帳消しになる。

嘘をついて出かけた挙句に負傷して担《かつ》ぎ込《こ》まれ、どんな顔をしてリリアンに会えばいいのかわからない。

そんな状況で、ユーグの気を紛《まぎ》らわせてくれるパトリシアの存在が、どれほどありがたかったか……左足の回復訓練の時も会話の機会はあったが、それは限られた時間であり、ユーグにもパトリシアにも他になすべきことがあった。だが、今は、ユーグの希望もあり、彼の看護はパトリシア一人に任されている。使用人たちに、用がある時以外は近づかないように命じていることもあって、少々情けない会話をしても誰に聞かれる心配もなかった。

——自分は、甘えているのかもしれない。

そう思いもするが、この時間を手放したくないのも本音だ。

ユーグが回復すれば、パトリシアはまた医療所での勤務に戻る。

同じ領都にいるのだから、その後も顔を合わせることはあるだろうが、こんな機会はもうないだろう――あっても困る。

自分付きの執事のポルタや侍女のニケイラにも、遠回しに今の状況について苦言を呈《てい》されてはいたものの、それらは耳に入らなかった。

幼馴染《おさななじみ》で、今は患者と医療師――自分とパトリシアの関係はそれだけであり、回復した後はお互い元の生活に戻る。

そう告げて、渋々ながらも彼らを引き下がらせ、安堵《あんど》した。

そんな生活を始めて、およそ一月ほどが経った頃。

屋敷の使用人に聞いたのか、パトリシアが車輪付きの椅子を持ち出してきた。

左足を負傷した際に作らせたもので、長距離の移動は無理でも屋敷内と敷地に出る程度ならば問題はない。

「たまにはお日様に当たったほうが回復が早いんですよ」

パトリシアにそう言われて、久しぶりに屋敷の外に出る。

秋はかなり深まっているらしく、朝晩はめっきりと冷え込むようになっていたが、この日は天気が良く吹く風も爽《さわ》やかだった。

庭師が丹精込めて手入れをしているだけあり、ラファージュ家の庭は見事なものだ。芝生《しばふ》や花壇は美しく整えられ、あちこちに植えられた木がこんもりとした木陰《こかげ》を作っている。出てきた方向を振り返ると、屋敷の全景も見えた。

——いくつもある窓のどこかにリリアンもいるはずだ。

「ほんとに広いですよね、このお屋敷。最初の頃、迷子になるんじゃないかって本気で思いましたもん。それと、夜の廊下が怖いです。ユーグ様がべそかきながら歩いたって言っていたの、納得しました」

「……よく覚えていたな」

「ユーグ様、泣き虫でしたもんね。だから、どうせ大したことないと思ってたんですけど、聞きしに勝りました。あれなら、泣いても許します——念のために聞きますけど、今はもう泣いてませんよね？」

「おいっ、俺がいくつになったと思っているっ」

昔話に笑い合う。

ユーグがシャイエ家を訪問したことはあっても、その逆はなかった。

幼い頃にユーグが話した風景を、実際に見ることになったパトリシアには感慨深いものがあるのだろう。

「うちの屋敷を十個くらい入れても、まだ余裕そうですよね。お庭も広いし。うちだったらとっくの昔に畑にしてます」

「どうやって入れるんだ。それから、畑ならあるぞ」

「え？　どこにっ？」

「裏にあるが、見たことはないのか？」

「いいえ、ないですね。表から出入りしたことしか。お屋敷内を勝手に私が動き回ってもまずいでしょうし」

「……それについては俺からも言っておく。それと、畑はあっちだ」

屋敷の裏手――ユーグたちがいる場所からだと、建物が邪魔をして一部分しか見えない。

それを指さして教えるが、ちょうど、植えられている木の枝が邪魔で、椅子に座ったユーグとは異なり、立っているパトリシアからは見づらかったようだ。

そのために体をかがめたパトリシアと、予想外に顔が近づいたが、それを特に気にすることもなかった。

「見えるか？　あれだ」

「うわぁ、ほんとにある……何が植わってるんですか？」

「ハーブとかだろうな。さすがに種類までは知らん」

「やっぱりうちとは違います、うちだったら芋《いも》一択ですよ」

「芋《いも》が敷地に植わっていれば、小腹が空《す》いた時に便利そうだ」

「いくら空腹でも生では食べないでくださいね。お腹《なか》壊しますよ」

「……そう言うところを見ると、パティはやったんだな？」

「違います。一般常識ですから」

日の光を浴びながら、話す内容は子供の頃と大差ない。それが心地良く、つい笑い合う声も大きくなっていた。


そんな自分に甘い生活を送っていたユーグに、しっぺ返しが訪れるのは当然のことだった。

彼が骨折をしてそろそろ二か月が経とうとする頃に、パトリシアから暇を請《こ》う言葉を告げられた。

「右手はとっくに動かせるようになってますし、足のほうは完全に骨と骨が癒合するにはもう少しかかりますけど、もう私がつきっきりでいる必要はないです。これ以上、医療所を留守にしてると、クビになりかねませんし」

「パティがこちらに来ている分の治療代は、医療所に支払っているぞ」

「そういう問題じゃないです。ユーグ様よりもっと医療師を必要としてる人がいるのに、いつまでもここにはいられませんよ」

あらかじめわかっていたことであり、ユーグとしても重々承知していたはずだ。

だが、実際にそれを告げられるのとは別だった。

「完治まで責任を持つのが医療師だろう」

「医療所に入所してるなら、完治まで面倒見ます。けど、ユーグ様は違うでしょう?」

「同じ患者だろう」

「患者は患者ですけど、ユーグ様のお世話をする人はたくさんいるじゃないですか。傷口もふさがってますし、この状態でしたら頻繁に包帯を巻き直す必要もありません。私じゃなくても十分間に合います。それに――」

「それに?　なんだ?」

「若奥様にも悪いです」

その言葉を聞いた途端、ユーグの顔が酢でも飲まされたかのような渋面になる。

「彼女のことは気にする必要はない」

「何言ってるんですか、ありますよ。ユーグ様の奥様なんですから」

「爺様の願いで夫婦になりはしたが、彼女と俺の間に、そういう感情はない」

「そのことは何度も聞きましたけど……本当に？　本音でそう思ってます？」

「くどい」

強い物言いになったのは、まさかパトリシアの口から、リリアンの名前が出るとは思わなかったからだ。

実のところ、ユーグもこの療養中にリリアンのことが気にならなかったわけではない。けれど、最初の頃にいら立ちに紛《まぎ》れて『用がなければ顔を出す必要はない』と言った自分の言葉に縛られていた。

リリアンの性格からして、そう言われたからには、本当によほどのことがない限り彼のもとに顔出すことはないだろう。実際に今もそうなっている。

だが、リリアンに用がなくとも、ユーグが何らかの口実をつけて呼び寄せることは可能だし、椅子に乗って移動できるようになってからは、彼女と共に食事をとることもできただろう。

そのどちらも実行に移さなかったのは、どんな顔でリリアンと向き合えばいいのかがわからないからだ。

改めて思い起こすまでもなく、ユーグがリリアンに対して行動したことは、そのほとんどが裏目裏目に出てしまっている。

視察と偽《いつわ》って山賊討伐に出かけたことは勿論《もちろん》それに含まれるし、『用がなければ……』の発言もそうだ。

そのほうが良かれと思ってやったことも多いのだが、なぜうまくいかないのかひたすら謎だった。

それもあり、リリアンのことを考えるだけで、何やら胸の奥がぞわぞわと騒いで仕方がない。そんな感情というか、感覚になったことはこれまで一度もなく、だからこそ、なるべく考えないようにしている。

パトリシアも、リリアンの名を出すと、ユーグの機嫌が悪くなることは知っているはずだ。

それをあえて今、持ち出したことに腹を立てた。

「――パティも知っているだろう？　俺の妻はマチス家の血を引いていれば誰でもいい。現に一度代わっているしな。そんな相手に、何をどう思えと？　俺にとっては君のほうがまだ思い入れがあるくらいだ」

「そこまで言います？　で、それを私が本気にとったらどうするんですか？」

売り言葉に買い言葉ではないが、話が妙な方向にずれてきているのはユーグにもわかっていた。

それでも止められなかったのは、彼がパトリシアに甘え切っていたせいだ。

「本気にとってもらって構わん。何なら、いっそ医療所を辞めて、ずっと俺の――」

けれど、決定的なその言葉は、言い終える前に、扉をノックする音で遮《さえぎ》られた。

「――入れ」

入ってきたのはユーグ付きの執事であるポルタだ。

「失礼いたします、ユーグ様。ご報告がございます――」

そこで言葉を切った彼はいつもどおりの整えた表情だが、ちらりとパトリシアに目をやる様子から、彼女がここにいることが気に入らないのはすぐにわかる。

先を続けないのは、できればユーグ一人の耳に入れたい内容だからだろう。

だが、元から気が立っていたこともあり、本当に重要な内容であればそう告げるはずだと判断したユーグは、それには構わず先を促《うなが》した。

「どうした？　報告とはなんだ？」

「……申し上げます。リリアン様が……」

「彼女がどうした？」

またしても、その名だ。

それはユーグが、今、一番聞きたくない名前で、いら立ちが更に募《つの》る。

けれど――

「リリアン様が、この屋敷を出て、別邸に移られるとおっしゃっておられます」

続いて発せられた言葉に、それはすべて吹き飛んだ。

第九章

「どういうことだ？　どうして彼女はそんなことを言い出した？」

足が無事なら、ユーグはポルタの襟《えり》をつかみ、つるし上げていたかもしれない。それくらい、その言葉は彼にとって衝撃だった。

「……オーラスからの報告によれば、リリアン様はご先代様のお使いになられていた別邸への移動をご希望だそうです」

「だから、それはなぜだと聞いている！」

先代の使っていた別邸ならば、ユーグもよく知っている。領都からは馬車で半日、小さな森のあるのどかな——言い換えれば、少々わびしい場所にあるものだ。

「申し訳ありませんが、私もオーラスより、そのことだけを知らされました」

「……わかった、本人に直接聞く。彼女はどこだ？」

「確認はしておりませんが、この時間であればおそらくは奥様の執務室かと」

「探して呼んできてくれ。話を聞きたい」

「かしこまりました」

ユーグの命令に、ポルタは一礼して去っていく。

執事ともなれば使用人たちの模範となるべく、常に落ち着いて行動するのが当たり前だ。だが、今はその落ち着きぶりに腹が立つ。

何を悠長にしているのか。なぜ、走って探しに行かないのか――

「……行かせたらいいんじゃないですか？　ご本人がそれを希望されてるんでしょう？」

「パティ？」

「だってそうでしょう？　若奥様がここにいたくないって言ってるんですから」

「何を言っている？」

いきなりそんなことを言い出したパトリシアに、ユーグは驚いて向き直った。

「若奥様の身になって考えたらわかりますよ。同じお屋敷にいても、一か月以上も自分の夫の顔を見られないんですよ？　しかも、その夫は他の女とずっと二人きりで過ごしてるとか、普通、耐えられませんよね」

パトリシアの言っていることはすべて事実だ。そして、ユーグがあえて目を背《そむ》けていたことでもある。

「それは……だが、俺と彼女は……」

「ご先代様が約束したから結婚しただけ、ですよね。だったらもう結婚はしてるんですから、それでいいんじゃないですか？　仲良くしろとか、必ず跡継ぎを作れとか、そこまで指示があったんですか？」

それもパトリシアの言うとおりだ。

ユーグの祖父が願ったのは、親友同士であった両家が婚姻によって更に強く結びつくことだった。

けれど、ユーグがリリアンから聞いた話によれば、リリアンはマチス家の家族からは見放された存在である。直前で婚約者の交代などという不義理を働いたことにより、親交のあった父親同士も、今後はどうなるかわからない。

ユーグとリリアンが結ばれはしたが、祖父が願ったであろうことはすでに実現不可能となっていた。

ならば、リリアンとの関係を解消したとしても問題はない――はずだ。

「……俺たちの場合はそう簡単にはいかん」

そう反論したのは、この結婚に関する話があまりにも有名だからだ。

ラファージュ家とマチス家が姻戚同士となる――なったことは、国中が知っていると言っても過言ではない。それを一年も経たない間に離縁などということになれば、お互いの家にとって非常に不名誉になる。

だが、それも、パトリシアは何でもないことのように切り捨てた。

「お屋敷から出ていくだけで、別にユーグ様と離婚したいって言ってるんじゃないんでしょう？　家同士の都合で結婚した相手は体面を保つためのお飾りにしておいて、第二夫人や愛人をつくる貴族なんて山ほどいるでしょうし――」

リリアンの実家であるマチス家がまさにそうだ。

そしてその話を聞いた時に、ユーグはリリアンに同情するのと同時に、現マチス侯に怒りを覚えたのではなかったか。

たとえ愛情がなくとも、そんな不誠実な真似、自分は決してしないと考えたはずだ。

なのに――先ほど、ポルタが入ってこなければ、ユーグは何を言おうとした？

勢いでも言っていいことと悪いことがあるのは、子供でもわかることだ。

「もう一度言いますけど、出ていきたいって言うのなら出ていかせたらいいんじゃないですか？　ユーグ様だって、そっちのほうが良いんじゃないです？　ご先代様の意向だけで一緒になった好きでもない相手が出ていってくれるなら――」

「俺は、違う！」

畳みかけるようなパトリシアの言葉に、反射的に出たのは、ユーグ自身も思ってもみなかったほどの強い否定だった。

しかし、それでもなお、パトリシアは追及をやめない。

「違うって、何が違うんです？　ユーグ様は若奥様を愛してないし、愛してほしいとも思ってないし、そばにいてほしいとも思わない――そうですよね。っていうか、ずっとそう言ってませんでした？」

「俺は……違う、そうじゃない。ただ、俺は……」

そのすべてを――そのままの言葉ではないにしろ、確かにユーグは口にしていた。

そして、それを他の者の口から聞かされて、それがいかにひどい言葉だったのかがやっとわかる。

けれど、今更、それがわかってもどうしようもない。

リリアンは、ここを出ていく決意を固めたのだから。

だが――

「……それでも、彼女は、俺の妻、だ」

「見捨てられかけてるのに？」

「ああ。だが、まだ出ていかれたわけじゃない」

オーラスの話によれば、今の段階では『そういう意思を持っている』と表明しただけなようだ。ならば、思いとどまるよう説得も可能だろう。

ただ問題なのは、ああ見えてリリアンは頑固なところがあり、表面だけの言葉では納得してくれそうもない、ということだ。

「体面を気にしてるんですか？　別に愛してるわけじゃないんでしょう？」

「少し黙っていてくれ、パティ」

確かに、そう言った。

『俺の愛を求めないでほしい』

『俺が君を愛することはない』

他人に心を預けた挙句、裏切られた過去にとらわれ、もう二度と同じ轍《てつ》は踏まないと、あの時は本気で思っていたのだ。

「俺は……」

できることなら、その場に戻って自分自身を殴りつけてやりたいが、今更後悔しても遅すぎる。

そんなことを言われた彼女がどんな気持ちになるのか、深く考えることもしなかった。

どうせ自分と同じで、嫌々ながらここに来たのだから、喜ぶに違いない。そんなことを思っていた。

けれど、名ばかりだと言われたにもかかわらず、彼女はこの屋敷に馴染《なじ》もうと努力し、領民たちにも心を砕いてくれている。今回の件に対しても、夫婦の寝室どころか、自分の部屋まで追い出されたのに、恨み言一つ言うこともなく素直に従ってくれた。

そんな彼女に対して、自分はどうだ？

何も言われない――訊《き》かれないのをいいことに、何も言わず、何をやっても許してもらえる、許容してくれていると勘違いしていたのではないか？

そのツケが、今ここで回ってきたというのなら、それはすべて自分に責がある。

「俺は……俺が、彼女を出ていかせたくないんだ」

妻として尊重する、と。彼女自身にも告げ、祭壇《さいだん》の前で確かに誓った。

だが、今の状況を見て、そう判断する者はいないだろう。

何より、自分自身がそうできていないことを、誰よりも知っている。

取り返しがつくのだろうか？

今更、何を言えばいい？

そして、どうして俺は、彼女がこの屋敷から出ていくと聞かされ、こうまで動揺しているのか？

その答えは、すぐそこにあるようで、それでいてつかみどころがなく……そばにいるパトリシアのことも忘れ、ひたすら自分自身の思考に埋没《まいぼつ》していた時——

扉をノックする音が、部屋に響いた。

「失礼いたします。ユーグ様と少し、お話をしたく参上いたしました」

声の主は、呼びには行かせたものの、どんな顔をすればいいのか、どう話を切り出せばいいのかと悩んでいた相手だった。

「……開けてくれ、パティ。それと、しばらく二人きりにしてほしい」

そう言うと、パトリシアは何かまだ言いたげな様子ではあっても、素直に扉を引き開ける。ひさしぶりに、ユーグとリリアンはお互いの顔を近くで見ることとなった。

★　★　★

リリアンが、自分の専属執事であるオーラスに『この本邸を出て、先代の使っていた別邸に移りたい』という希望を伝えたのは、ほんの少し前のことだった。

勿論《もちろん》、それは今すぐというわけではない。

リリアンはラファージュ家に嫁《とつ》いだ身であり、今は義母に代わって屋敷を取り回す役目を仰《おお》せつかっている。実質的にはあらかじめ義母が決定した事項をなぞるだけではあるが、それを途中で放り出すような無責任な真似はしたくないという気持ちもある。

少なくとも王都から義理の両親がこちらに戻ってくるまでは本邸にとどまるつもりだったし、そもそもの話、まずはその館《やかた》の使用許可をもらわなければならない——リリアンが義母から任されているのはあくまでも本邸だけで、その他の施設については義父、またはユーグの管轄《かんかつ》だ。

他にも、実際にこの屋敷を出ていくにしても、ここに嫁《とつ》いできた時のように、小さな鞄《かばん》だけを持って身一つで移動するわけにはいかないのはリリアンもよくわかっていた。

そのため、まずはオーラスに自分の希望を伝えることで、彼に心構えをしてもらい、ゆっくりと準備をするつもりだったのだ。

もっとも、そのオーラスとクロナは、この本邸に残していくつもりだった。

この館《やかた》を出るということは、ユーグの妻としての責任を放棄することを意味している。そんな自分に、有能な二人をつけたままにするのはラファージュ家にとって大きな損失となる。二人には自分付きの任を解いてもらい、新たに迎えられるだろう第二夫人に仕えてもらえばいい——リリアンには、そうなるであろう女性に心当たりがある。

ユーグとリリアンが結婚した同じ年に、というのは難しいかもしれないが、年が明けてまた春がくればその二人が結ばれても問題はないに違いない。その頃には自分も準備を終えて、ここを去っているはずだ。

そんな胸算用《むねざんよう》をしていたのだが、誤算だったのは、オーラスに話をして半刻も経たないうちにユーグから呼ばれたことだった。

オーラスに口止めをしておけば良かったと思ったが、後の祭りだ。

実のところ、完全に覚悟が決まっているのかと問われれば返事に窮《きゅう》するが――おそらくユーグのこと。事情をきちんと話せば、リリアンを引き留めはしないだろう。

そう思うと、少し心が軽くなり、リリアンはオーラスに促《うなが》されるままにユーグの待つ部屋に向かい歩き出した。


かつて夫婦の寝室として使っていた部屋を訪れるのは、リリアンにとって久しぶりのことだった。

用がなければ顔を見せなくていいとユーグに言われた日から、努めてこちらには足を向けないようにしている。

ラファージュ邸は広すぎるほどに広いため、一角だけを避けて生活するのはさして難しいことではない。

オーラスもついてきてくれると言ったのだが、できればユーグと二人で話がしたかった。

そのため、およそ二月ぶりに——実際にはもう少し短いのかもしれないが、リリアンは一人で両開きの扉の前に立ち——覚悟を決め、そこをノックする。

「先ぶれ出さず、失礼いたします。ユーグ様と少し、お話をしたく参上いたしました」

もしかしたら、扉を開けるのを拒否されるかもしれない。一瞬、そんな考えが頭をよぎり、そうなった時には諦《あきら》めて戻ろうと思う。

けれど、すぐにそこが開き、更には自分と入れ替わるようにしてパトリシアが出ていくとは、まるで予想もしていなかった。

ユーグは寝台の上、リリアンは扉を背にして、お互い無言で相手と向き合う。

久しぶりに見た彼は、髪が伸び、体つきが少し細くなったように思われた。

それでも、リリアンがこれまでに見た男性の中でも抜きんでて整った顔立ちをしているのは変わらない。黒髪をいささか雑に後ろに流し、刃がかすめた左目には、リリアンがよく知る強い光が宿っていた。

「……お久しぶりでございます、ユーグ様。療養中のところ、お騒がせをして申し訳ありません」

それを見て取った上で、先に口を開いたのはリリアンだ。この屋敷に最初に来た時のように、カーテシーと共にユーグに礼をとる。

本来であれば、夫への挨拶《あいさつ》にカーテシーは必要ない。あえてそれを行ったのは、リリアンがユーグと顔を合わせるのは、もしかしたらこれが最後かもしれないと思っていたからだった。

もし覚えておいてもらえるなら、自分でも美しいと思えるこの姿がいい。そんな動機だ。

「君は――」

そんなリリアンに対して、ユーグはまるで言いたい言葉が喉《のど》につかえているように見えた。

何度か小さく咳払いをし、ようやく声に出す。

「君がここを出ていくと聞いた……なぜだ？　どうしてそんなことを考えた？　今の君は、この屋敷の女主人だぞ」

責めるようなユーグの口調は、リリアンにとっては予想していたことだ。

「お義母《かあ》様が私に任せてくださったお役目を途中で投げ出すような真似をしてしまい、申し訳なく思っています」

実際には義両親が戻ってきてから移動するつもりでいるのだが、今の彼にそれを話したところであまり意味がないように思え、素直に謝罪だけを口にする。

「いや、その話はいい。どうして、そんなことを言い出した？」

「生みの母のようにはなれず、かといってマチスの義母のようにもなりたくない、と。そう思いました」

「君の……母親？」

「はい」

二人のことは、以前、ユーグに話したことがあったはずだ。かなり前であるし、ユーグがそれを覚えているかわからないが、とりあえずはそれだけを告げる。

覚えていてくれればうれしいが、忘れられていたのならそれはそれで構わない。もう一度説明をすればいいことだ。

そう思い、ユーグの次の言葉を待っていると、こちらがそれ以上話す気がないことに気が付いたのだろう。慎重に言葉を探すようにして、ユーグが話し始めた。

「……君が話してくれた母君のことは覚えている。それと、今のマチス侯夫人のことも。だが、その二人のようになれない、なりたくない、という意味がわからん。別邸に移るのは、君の母君のようになることにはならんのか？」

覚えていてくれた。それだけでリリアンはうれしい。

彼女の気持ちまでは理解できないようだが、それはリリアンが今から説明すればいいことだった。

「私の話を覚えていてくださり、ありがとうございます。今からお話しするのは、私のわがままです。どうかお許しいただきたく……」

「待て。すまん、待ってくれ」

「ユーグ様？」

「その前に、まずは座ってくれ。俺は動けんのでエスコートはできんが、それは許してほしい」

話し始めてすぐに、ユーグに遮《さえぎ》られる。けれど、それがリリアンが立ったままで話を進めようとするのを止める内容なのが、どこまでも生真面目な彼らしい。

「ありがとうございます。それでは失礼いたします」

その気持ちに従うのが不快であるわけがなく、リリアンは素直に近くにあった椅子に腰を下ろす。

寝台の上で半身を起こしているユーグと、ほぼ目線の高さが同じになった。

ユーグはリリアンに、というよりも女性全般に対してのエチケットとして椅子をすすめてくれたのだろうが、確かに、このほうが話しやすい。

そのことにも感謝しつつ、改めてリリアンは話し始めた。

「私の生母のことを覚えていてくださったのなら、現侯爵夫人である義母のことも同様だと思います。でしたら、今の私は、その義母と同じ立場にあるということもご理解いただけると思います」

「……どういうことだ？　マチス侯夫人と君が同じ、だと？」

「はい」

短い返答に、ユーグが理解できないといった表情になるが、リリアンはそれも当たり前だろうと思う。考えに考え、出した末の結論だが、ユーグにしてみれば訳のわからないことを言われていると感じられるはずだ。

「全く同じとは申しません。ですが、夫に愛されない妻という点においては、あの方と私は同じだと、ユーグ様も思われませんか？」

それを口に出すのは、リリアンにとってひどく勇気のいることだった。

彼を責めるつもりはないが、そう聞こえてしまうことも承知している。それでも、言わないままでリリアンの気持ちを伝えることはできない。

「……君は、俺を愛している、のか？」

ユーグの問いかけは、彼がリリアンが話したことをしっかりと覚えていてくれた証拠であり、だからこそ、彼がそう思ったとしても不思議ではなかった。

「いいえ」

先ほどのように短く答え、だが、リリアンはそこで思い直す。

ユーグとこうやって二人きりで話ができるのは、きっとこれが最後になる。ならば、自分の本当の気持ちを……うまく言葉にできるかは疑問だが、それでも可能な限り伝えるのが誠意というものだろう。

「……いえ、申し訳ありません。そのご質問への答えは『わからない』です」

リリアンがきっぱりと否定の言葉を告げた時、ほんの一瞬、ユーグの顔にまるで痛みを感じているかのような表情が浮かんだのは、きっとリリアンの見間違いだ。

「私は、愛というものがわかりません。人なら誰にでも備《そな》わるものだと聞いたことはありますが……それがわからない私は、どこかおかしいのかもしれませんね」

今は亡き母をリリアンは愛していた。父のこともきっと。けれど、今ユーグが口にした愛とそれは違うものだ。

亡き母のように、どんな仕打ちを受けても父を愛し続けることは、リリアンにはできない。そもそも、母は父に愛されていたが、リリアンはそうではない。

マチス侯夫人が両親の仲を引き裂いてまで叶えようとした思いが愛なのだとしたら、リリアンはそれを知りたいとは思わなかった。

愛には他の形もあるのだが、狭い世界でしか生きられなかったリリアンには、比較するものがそれらしかない。自分の知る範囲で判断した結論が、これ、ということだ。

「ユーグ様は、私を愛することはできそうにないとおっしゃいました。けれど、それは私以外の者なら愛せる、という意味でもあるのではないでしょうか。そして……もし、そんな方が現れたなら、私に対して誠実であるというお言葉が、ユーグ様の枷《かせ》になります」

望まぬ結婚を押し付けられたにもかかわらず、リリアンに対してそう誓ってくれた彼は、リリアンの父のように愛人を囲うなどは決してしてしないはずだ。

けれど、それでは一方的にユーグにのみ犠牲を払わせることになる。

自身が望んだわけではない婚姻の責任は、ユーグとリリアンが共に負うべきもので、それ以上のものを求めるのは違う、とリリアンは考えていた。

「そして私も、もしそうなった時に、どなたかを恋《こ》うておられるユーグ様を、無理に自分に縛り付けておくのは心苦しいと思うのです。ですので私が他に居を移し、ユーグ様の妻としての責務を果たせなくなれば、違う方をまた妻に迎え入れられるのではないか、と」

この結婚の背景を考えれば、離婚は認められないだろう。だが、自分が病弱で療養のために静かな場所に移る——そんな理由をつければ、ユーグが責められることはないはずだ。

そんな相手に跡継ぎを求めるのは無理であるので、第二夫人を娶《めと》っても当たり前だとも思われるだろう。

「君はそれでいいのか？　もし――仮定の話だぞ。もし、俺にそんな相手がいるのなら、確かに俺にはいい話に思える。だが、それでは君はどうなる？」

「心静かに暮らせると思います」

リリアンはユーグを愛してはいない――と思うが、もしかしたら何かの拍子にその感情が芽生えるかもしれない。その時に、決して自分に愛を与えてくれない相手と、平気な顔をして共にいられるほどリリアンは強くない。マチス侯爵夫人のようにはなりたくなかった。

そうなる前に消えたほうがいい。

「君は……君は、どうしてそうなんだっ！」

リリアンなりに考えに考えた末に、出した答え。

ユーグにとっても悪い話ではない、はずだ。

なのに、なぜユーグが腹を立てるのか、リリアンには理解できなかった。

「心静かに暮らせると思います」

リリアンがそう告げた時、ユーグの中で何かが弾けた。

★　★　★

多少の質問じみた言葉は挟んだが、それまで彼女に自由に語らせていたのは、ユーグが先に話せば、その内容によってはリリアンが言いたいことを呑み込んでしまうと思ったからだ。

それがわかる程度には、ユーグもリリアンのことを理解している。彼女が何を考えているのかを知るためもあり、まずは先に話をさせたのだが、まさかこんな結論を出すとは思わなかった。

いや――ここまで極端ではなくとも、何らかの行動を起こすかもしれないとは思っていた。なのに放置していたのは『まだ大丈夫だろう』という、何の根拠もない思い込みのせいだ。

今まで何も求めず、ユーグの言葉に素直に従ってくれていたリリアンだ。彼の準備が整うまで――つまり、今度の怪我が回復しきちんと両足で歩けるようになるまで、待っていてくれるはずだと、頭から信じ込んでいた。

パトリシアに何度か指摘された時も、自分のほうがリリアンことは知っていると、聞き流して放置していた。

だが、知っていたはずだ。

リリアンが決して、おとなしいだけの女性ではないことを。

自分の母を侮辱《ぶじょく》されたと感じた時の、あの強さを忘れていた。

「君は、どうしてそうなんだっ！」

そうさせているのが自分だと、ユーグにもわかっている。それでリリアンを責めるのはお門違いもいいところだ。

「人の心は無理強《じ》いできません」

突然激昂《げっこう》したユーグにも、リリアンは淡々と答えた。

もう、彼女の心は決まってしまっているのだろう。これ以上、ユーグが何かを言ったとしても、その決意を覆《くつがえ》すのは無理かもしれない。

だが、ユーグはまだ自分の腹の中にあるものを何も言っていなかった。

無駄かもしれないが、今ここで言わなければ、一生言えないに違いない。

そう思った時――自然と、ユーグの口は動いていた。

「……俺の左足の負傷について、君は何も聞かなかった。屋敷の者にも尋ねてはいないのだろう？　それは、全く興味がなかったということか？」

この期《ご》に及んで疑問形にしてしまう自分に愛想が尽きかけるが、最後の一押しが欲しかった。

そんなユーグの気持ちを知るはずもないのに、リリアンは唐突な彼の問いかけにも素直に答えてくれる。

「いいえ。何らかのご事情があるのだと、勝手に思っておりました。ですので、ユーグ様が私に話して良いと思われるまでは、待っていようと考えていました」

事情があるのは本当だ。王都では緘口令《かんこうれい》が敷かれている事件でもある。けれど、今ここで、自分の妻に話すのまで咎《とが》められることはないだろう。

「この傷は……俺が、友人だと思っていた相手に裏切られて負ったものだ」

今から一年と少し前。ユーグは王都で騎士団に所属していた。

いずれは辺境伯家を継ぐ身だが、父は健在でありまだまだ先の話だ。それまで他の場所で修業を積むのはユーグの父親もやっていたことである。

所属は第一騎士団——精鋭がそろう場所と言われ、家柄だけで入れるところではなく、相応の実力が求められる。騎士にも、それ以外にも人気が高い団であり、ユーグはそこで若くして小隊長を拝命していた。

国家規模の戦争がないとはいえ、いくつもの国と国境を接していれば、何らかのトラブルは当然発生する。そのような時に駆り出されるのが騎士団で、活躍の場所を与えられるともいえる。

その時、ユーグが所属する第一騎士団が派遣されたのは、ラファージュ辺境伯領に近い国境だった。北の亡国の末裔《まつえい》が挙兵し、クレストン王国の領土を切り取る計画を練《ね》っている――そんな情報が入ったのだ。

向かったのは一個大隊。およそ四百名で、ユーグもその中に入っていた。また、この時に限り、王族の一人も従軍していた。王太子ではないが、いずれは国軍を統《す》べると目《もく》されている人物で、今回のことも実戦を経験させるために参加となったらしい。

そのような状況であったので、常よりも情報収集が念入りに行われ、こちらの情報漏《ろう》洩《えい》にも気を遣っていた。

相手方は多くて二百、こちらは四百。倍の人数である上、装備も充実した王国軍が万が一にも劣勢になるとは誰も思ってはいない。

だが、攻撃開始を翌日に控えた夜。襲撃を受けた。

相手方の動きは完全に把握しており、夜襲などあり得ない状況だ。

けれど、現実に騎士団は攻撃を受けた——それも背後から。

王国軍も完全に油断していたわけではないが、それでも予想外の方角からの攻撃により、宿営地が混乱したのは言うまでもない。

ユーグも剣をとり応戦していたが、暗闇から放たれた矢が左肩に突き刺さり、わずかにひるんだ隙に攻撃を受けてしまった。

——自分が味方と信じて、疑いの目を向けたこともない相手から。

幸いなことに、王国軍はその攻撃をしのぎ切り、ユーグも重傷を負ったものの命はとりとめる。王族も無事だった。

のちにわかったのは、これがその王族を消すことを目的とした、国内の勢力争いに巻き込まれた結果だということだ。

内通者により敵の動きは隠匿《いんとく》され、反対にこちら側の情報は筒抜けだった。王国を挙げての捜査で、それを企《たくら》んだ勢力は特定されたが、その名は公表されず、この事件そのものが隠蔽《いんぺい》されている。

「あいつは俺の部下であり友だった——少なくとも俺はそう思っていた。見習いの時代から共に研鑽《けんさん》を積み、騎士となった。誰よりも信じていた相手だ。だが、暗闇での乱戦の中、俺が矢を受けてひるんだ時、隣にいたあいつはそのまま俺に向かって斬り付けてきた――」

辺境伯家の嫡男にして、唯一の子供ということで、幼い頃からユーグの周りは彼に取り入ろうとする者であふれていた。また、秀麗《しゅうれい》すぎる外見のために、彼の見た目だけに惹かれ近づいてくる者も多い。

ユーグという人間が、どういう人となりで、どのような考えを持つのか――それらはすべて置き去りで、勝手な想像をし、それが現実と違えばそれだけで非難するのだ。

そんな中で、彼はユーグの信頼を勝ち得た稀有《けう》な人物だった。

けれど――よりによってその彼に裏切られた。

「最初に顔に傷を負い、次に胸に剣を受けた――その後どうしたのかは、あまり記憶がない。気が付いた時には、立てなくなった俺の目の前の地面にあいつも倒れて、息をしていなかった……後になって、あいつが俺を襲ったのは、家の命令に逆らえなかったわけでも、家族に害を与えると脅されたわけでもないとわかった」

もしそんな事情だったなら、ここまでユーグの『傷』は深くなかっただろう。

調査が進むにつれて全貌《ぜんぼう》が明らかになった内通者の名簿の中に、彼の名はなかったそうだ。つまり、彼は自分の意思でユーグを殺害しようとしたということになる。

その動機について聞きたくても、すでに故人となった相手に問いただす術《すべ》はない。

「……それ以来、俺は他人に心を開くのをやめた。騎士もやめた——どのみちこの体では続けられなかったが。ここに戻り、自分を憐《あわ》れみながら生きていた」

最初はリリアンの眼を見て話していたはずが、語り終えた頃にはうつむいてしまっていた。

「情けないだろう？　……いや、この言い方は卑怯だな。俺は情けない男なんだ」

「……どうして、私にそれを話してくださったのですか？」

リリアンの質問は当然だ。いきなりそんな話をされて、どう応じればいいのかわからないのだろう。

「いつかは話そうと思っていた」

それは嘘ではない。だが、ユーグの予定ではもっと先になるはずだった。

それが今になったのは、リリアンがここを出るつもりだと知ったからだ。

「要するに……俺は君に甘えていた、ということだ。何の根拠もないが、俺がその気になるまで君は待ってくれると思っていた」

「甘えるなんて……ユーグ様はいつも泰然《たいぜん》としてらっしゃいましたのに」

「必死で取《と》り繕《つくろ》っていただけだ。まぁ、君には何度か情けない姿も見せたが」

誰にも心を開く気はないと思いはしても、家族にはそうはいかない。昔からこの家に仕えてくれていた者たちも同じだ。

そして、そこに妻であるリリアンが加わった。

妻といっても、祖父同士の約束でそうなっただけであり、表面だけを取《と》り繕《つくろ》った関係でいればいい——当初はそう思い、そう行動していたのに。

彼女と接するうちに——肌を合わせ、泣かれ、怒りをぶつけられ、彼女にもまたつらく悲しい過去があったとわかってから、それが少しずつ変わってきたように思う。

だが、ユーグには、それに正面から向き合う覚悟ができていなかった。

そこから目を逸《そ》らし、逃げ続け——その結果がこれだ。

「『俺が君を愛することはない』と言ったのは、もう誰にも心を預ける気がないという意味だ。君だから、ということではなかった」

自分の心のうちを説明する。包み隠さず、すべてを。

ユーグにとって幼い頃は別として、初めてのことだ。

そんなことをせずとも、彼をよく知る両親はすぐに彼の気持ちに気付いてくれたし、幼い頃から仕えてくれている者たちも同様だ。それに慣れ、察してくれるのが当然とした結果が——

「ああ、くそっ——回りくどい言い方しかできんっ！　俺は……つまり、俺は……君に出ていってほしくないということだ！」

たったそれだけのことを口に出すのに、ユーグがどれほど苦悩したのかリリアンは知らないだろう。いや、それすらも甘えだ。

リリアンが感じていた悲しみや苦しみに比べれば、ユーグのそれがどれほどのものだというのか。

「ユーグ様……ですが、その……私がいては……」

「俺は君以外を娶《めと》る気はない。この屋敷から出す気もない――君に心静かになど暮らしてほしくない！」

あの言葉を告げた時、彼女は自分がどんな顔をしていたか知らないだろう。

自分の気持ちに蓋《ふた》をし、その上に諦《あきら》めという重しを載せ、空っぽの笑みを貼り付けた……ユーグ自身、今の自分の気持ちが何であるか、まだ正確に把握してはいない。

けれど、そんなリリアンの表情を二度と見たくないと思ったのは本当だ。

たとえそれが彼女の希望であろうと、そのままにすれば、リリアンはこの先ずっとあの表情を浮かべ続けることになる。

それだけは、絶対に許せなかった。

「……俺の今の気持ちは、君と同じでわからん。だが、君にそばにいてほしいのも本当だ。愛想を尽かされているのは知っているが、もう一度だけ、俺に機会をもらえないだろうか？」

「ユーグ様……」

「こんな格好で頼むことではないだろうが……頼む」

同じ室内ではあるが、リリアンの座る椅子とユーグがいる寝台とは距離がある。

ユーグが動けるならすぐにリリアンのところへ行き、その傍《かたわ》らに跪《ひざまず》いていただろうが、それは不可能だ。

あまりにも無様《ぶざま》で滑稽《こっけい》で、それがそのまま自分の内面のようにも思われる。

それでも、最後の望みを込めて、彼女の名前を呼んだ。

「頼む……リリアンっ」

そして、それは正解だったようだ。

「私の名前を呼んでくださったのは、これが二回目ですね」

「何？　……いや、まさか……っ!?」

心当たりがありすぎた。

確かに最初に顔を合わせた時に『君のことはリリアンと呼ぶ』と口にした。が、その後、彼女の名を呼んだ覚えは一度もない。

「二回目です。間違いありません」

「すまないっ！　その……他意があったわけでは……」

思わぬところから更なる失態が顔を出し、ユーグはこれで終わりだ……そう思った。

けれど——

「……もう一度だけ、そこからやり直してみましょうか」

そう告げたリリアンが椅子から立ち上がり、ゆっくりとユーグに近づいてくる。途中、わずかに躊躇《ためら》うそぶりを見せはしたが、やがて彼のいる寝台に腰を下ろした。

「私も、もっと……何かをすべきだったのかもしれません。疎《うと》まれるのが怖くて、何も言わず、自分から動くこともせず、ただユーグ様が与えてくださるものを受け取るだけでした。それが間違いだったのかもしれません」

リリアンの座った位置から、寝台の中央にいるユーグまでは腕一本ほどの距離がある。手を伸ばせば触れられるが、抱きしめるには遠い——その微妙な距離が、今の二人の関係を象徴しているようにユーグには感じられた。

それでも、それを縮める努力を惜しむつもりはない。

「ああ。何でも言ってくれ……ありがとう、リリアン」

第十章

北に連《つら》なる山脈から白い風花が舞い落ちてくると、それがラファージュ領の冬の始まりの合図だ。

ちらほらと舞うだけのそれがあっという間に白いカーテンとなり、純白のじゅうたんが地表を覆《おお》うのにそう時間はかからない。

最も寒さが厳しくなるのは年明けの前後で、そのあたりになると外を出歩く者は少なくなり、暖炉で薪《まき》の燃え盛る暖かい家で過ごすのが常だ。

それはラファージュ家の屋敷でも同じで、石造りの巨大な屋敷の隅々までを暖めるのは無理でも、人が集《つど》う場所は快適な温度に保たれている——が、それはあくまでも『この地に馴染《なじ》んだ者』基準での話であった。

「——もうこれ以上、毛皮はいりませんわ」

「だめだ。まだ手が冷たい」

当主の家族がくつろぐための一室にも大きな暖炉があり、薪《まき》が勢い良く炎を上げている。床には冷気を少しでも和《やわ》らげるために分厚いじゅうたんが敷かれ、更に毛皮を重ねたその上で。

夕食後の夫婦の団欒《だんらん》のひと時。冬仕様の暖かなドレスの上にもこもことした毛皮のショールを羽織《はお》り、足には毛足の長いひざ掛けという完全装備のリリアンが、尚も重ねさせようとするユーグと小さな戦いを繰り広げていた。

「私の手が冷たいのはいつものことです。この上何かを着たら、動けなくなってしまいます」

椅子ではなく床に直《じか》に座るというのは、貴族のマナーには反するかもしれないが、こうしているのが一番暖かいのはリリアンも認めるところだ。ぱちぱちと薪《まき》が音を立てて勢い良く炎を噴き上げている様子は、見ているだけで心まで暖かくなってくる気がする。いや、体はともかく、心のほうは薪《まき》の炎のせいだけではなく、隣にいる男性の影響もあるだろう。

「そうなったら俺が抱き上げて運ぶ。何の問題もない」

「そういうことを申し上げているのではありません」

二人だけでくつろぎたいと、侍女を控えさせることすらしていない。ユーグがどんな発言をしようと、聞いているのはリリアンだけだ。

それもあってか、こうした場面では以前の態度が信じられないほどに、ユーグは彼女を甘やかしてくる。

「そういえばこの内装も古くなってきたし、いっそここも君の好みで模様替えでもするか」

「いえ、必要ありません。ここはこのままで十分、快適ですし、くつろげます」

「遠慮はなしだと言ったはずだ」

「遠慮ではございません。本当に、ここのたたずまいは好きです」

ユーグの前の婚約者であるテレーズの好みで整えられていたリリアンの私室は、今は淡いクリーム色に緑とオレンジを差し色とした暖かな雰囲気のものに変えられていた。家具も純白に金をあしらったものは取り払われ、古くからこの屋敷で使われていた素朴でどっしりとしたものと交換されている。

それを言い出したのはユーグであり、いつものように遠慮するリリアンから、かなり強引に彼女の好みを聞き出しての行動だ。

互いに胸の内をさらけ出し合った翌日のことであり、そのためにリリアンが客間から戻るのが遅くなったが、それは些細《ささい》なことにすぎない。

リリアンは、彼女の私室とはいっても、他者の好みでしつらえられた部屋では落ち着かず、自分が代役であり本来ここにいるべきでない人間だと思い知らされるようでそこが苦手だった。それが、自分好みの内装になった途端、まるで自分自身が受け入れられたように感じられたのはユーグには話してはいない。

代わりに、心からの礼を告げたが、言われた彼のほうがよほどうれしそうだったのが印象に残っている。

あの秋の日。

リリアンがこの屋敷を出る決心をしたあの頃は、こんなふうに過ごせる日がくるとは思いもしなかった。

もっとも、すぐに実行するのではなく、まずはその準備を、と。自分付きの執事であるオーラスに話をしたところ、瞬くうちにそれがユーグにまで届く。即座に呼び出された時、これが最後だと思ったこともあり、胸の内を吐き出した。

それが良かったのだ。

ユーグはリリアンの話に真摯《しんし》に耳を傾け、自分の過去も話してくれた。

相手の心の内を知ることができたのはリリアンにとっても、またユーグにとっても重要なことであり、再構築――と呼んでいいものかはわからないが、それを決めた時に残っていた不安も、瞬くうちに消えていく。

自分が思ったことを、きちんと言葉にすること。

相手の気持ちを勝手に決めつけず、本人に確かめること。

夫婦間でというよりも、他人と向き合うための基本的なことができていなかったリリアンとユーグだ。その二点に気を付けるだけでも、劇的に状況が改善した。

生い立ちのせいで遠慮が先に立つリリアンが言葉を濁すと、ユーグがそれについて問いただす。

あえて言葉にしなくとも察するのが当たり前だと、意識せずに傲慢《ごうまん》な態度をとりがちなユーグには、リリアンがやんわりと注意を促《うなが》した。

最初の頃はぎこちなく、互いに黙り込むことも多かったが、それでも長い時間、顔を突き合わせていればそれもなくなっていく。

そうして過ごすうちに、リリアンがユーグを、そしてユーグがリリアンを次第に深く理解できたのだと思う。

リリアンは、実は好き嫌いがはっきりしている。見た目が派手なドレスより、スタンダードな中に少しだけ遊び心を取り入れたものが好きだ。赤や金よりも青や緑、銀を好む。

また見た目から想像されるよりも気が強い——これは自己主張が激しいという意味ではなく、間違っていると思えば、それをしっかりと指摘できる性格である。

ユーグに関しては、その尊大とも思える態度は、実は本人が苦心して作り上げたものだと判明した。もともとの性格は優しくおとなしめで、子供の頃は泣き虫だったらしい。辺境伯家の嫡子ということもあり、求められる姿——強く勇猛で決断力に富み、ひとたび戦《いくさ》となればその先陣に立たなければならなかった。そのために騎士となり、鍛練《たんれん》に励《はげ》んできた。つまりは、努力の結晶であるということだ。

そのどれもが、最初にユーグが言ったように『表面だけを取《と》り繕《つくろ》った夫婦』として過ごしていれば、決して知ることができなかった互いの姿だ。

そして、そんなふうに理解が深まれば、心が寄り添うようになっていったのも、また自然なことだっただろう。


暖炉の前に二人して寄り添って座る。傍《かたわ》らに置かれたトレイには、オレンジと丁子《ちょうじ》を入れたホットワインが載っていた。

あまりアルコールには強くないリリアンだが、加熱して酒精を飛ばしたこれは体を温めるのに最適で、最近のお気に入りでもある。

陶器のカップを両手で持ち、一口飲むと、小さなため息が出た。

「リリアン？」

それをどうとったのか、心配そうにユーグに名前を呼ばれる。

「やはり寒いのではないか？」

「違います」

外の寒さも、ここまでは届かない。

薪《まき》の燃えるぱちぱちという音と、明るい炎の色。隣には自分の夫が座り、優しく肩を抱き寄せてくれている。

「……幸せだな、と。そう思ったんです」

「リリアン……君は……」

「ユーグ様？」

もう一度、名前を呼ばれて振《ふ》り仰《あお》ぐと、ユーグの顔が迫ってきている。

求められているものを悟り、目を閉じれば、優しい口づけが降ってきた。

「君を、愛している——今更と言われそうだが、やっと、この気持ちを口にできる」

リリアンを見つめる黒曜石の双眸《そうぼう》に、強い光が宿っている。以前はそれを見るたびに怯《おび》えたリリアンだが、今は少しも怖くない。それどころか、その視線を独り占めしているのがうれしく思えるほどだ。

「私も……愛しています」

「……それは、俺がそう言ったからではなく？　君の本当の気持ちか？」

「はい」

亡き母のように、虐《しいた》げられてもその相手を愛し続けるのはリリアンには無理だ。マチス侯夫人のように、決して与えられないとわかっているものを一方的に注ぎ続けることもできない。

けれどそれが当たり前なのだ。

人にはそれぞれに別の愛の形がある。

リリアンのそれはこうして与えられ、与え返すことで成立するものだというだけだ。

「私も、ユーグ様が好き、です」

微笑《ほほえ》んで繰り返すと、ユーグに強く抱きしめられた。

華奢《きゃしゃ》なリリアンが息苦しくならないぎりぎりの力加減は、ユーグだからこそできることだろう。

それがうれしく思え、リリアンもおずおずとその背に腕を回す。鍛《きた》えられた背中はとても大きく、彼女の手は半分も回りきらなかったが、それを感じたユーグの腕にほんのわずかに力が加わった。

「……すまん、我慢がきかん」

「え？　……きゃっ!?」

抱きしめられていた腕が離れたかと思うと、それが膝裏《ひざ》と背中に移動し、一気に抱きかかえられる。

「ユーグ様っ！　足が……っ」

「もう完治した。知っているだろう？」

その言葉どおり、リリアンを抱え立ち上がった彼の体がふらつく様子はない。そのまま、扉に向かい――彼の両手がふさがっているために、ノブはリリアンが操作する。向かった先は、夫婦の寝室だった。

こちらにもあらかじめ火が入れられており、室内は心地良く暖まっている。

ユーグはまっすぐに寝台に向かい、壊れ物を扱うようにそっとリリアンを横たえた。

「ユーグ様、あの……」

まだ湯浴みもしていないし、着ているのは普段着にしているドレスだ。そのことを遠回しに告げるが、ユーグへの抑止力にはならなかった。

「即物的ですまないが、今すぐ、君を抱きたい」

ダメか？　と。熱を帯びた瞳で見つめられ、それ以上の否定の言葉はリリアンの口からは出せない。

「……んっ」

何よりも先に、熱い口づけが与えられる。

初めての時は驚《おどろ》きと恐怖で固まっていたリリアンも、今ではこれが当たり前だと思えるようになっていた。

けれど、今夜のそれはいつもとは少しだけ違うようにも思える。

それは、お互いが胸に秘めた想いを、とうとう口にしたからかもしれない。

唇を割って入ってくるユーグの舌に、ぎこちないながらも応えると、至近距離で見つめてくる黒曜石の瞳がうれしげにすがめられた。

「リリアン……愛している」

深い口づけの合間にささやかれる愛の言葉は、それだけでリリアンの体温を上げてくれる。

「ん、ふ……んっ」

歯列をなぞり、上あごも頬の内側もまんべんなくユーグの舌が動き回る。そのたびに、背筋を甘い戦慄《せんりつ》が走り抜け、たまらずリリアンは逞《たくま》しい体に縋《すが》りついた。

口づけの合間に悩ましげな吐息《といき》が漏れ、それが思うよりもずっと熱い。

ユーグの大きな手のひらが、リリアンの華奢《きゃしゃ》な肩の丸みを確かめるように動き、それが背中に回ると手探りで器用に身頃を留めているボタンを外していった。

「ふ、ぁ……」

するりと肩からドレスが滑り落ちると、その下から現われたのは絹の下着だ。屋敷でくつろいでいたリリアンは、この日、コルセットはつけていない。そのため、彼女のいささか控えめな胸のふくらみが、白く滑《なめ》らかな布を持ち上げている。

「あっ……んっ」

やんわりとそこを手のひらで包み込まれ、リリアンは小さな声を上げた。

部屋が暖められているとはいっても、冬のさなかのことだ。素肌をさらすには、少しばかり温度が低い。冷たい空気に肌が粟立《あわだ》つが、すぐにユーグの手のひらの熱が伝わってきた。

最上級の細工物を扱うように、丁寧に優しくユーグの手が動いていく。

自分の体温を移すように、ゆっくりと胸のふくらみをなぞり、時折、軽く刺激する。

そのたびにリリアンの体が小さく震えた。

「リリアン……リリィ？」

「……え？」

初めて愛称で呼ばれ、驚いて目を見開く。そこに愛しげに自分を見つめるユーグの顔があった。

「今……私の、こと……？」

「リリィ、と呼ばれるのは嫌か？」

その問いかけに、首を横に振る。

「母も、そう呼んでくれていました」

けれど、その母が亡くなってからは、リリアンをそう呼ぶ者は誰もいなくなった。

そして今、こうしてもう一度、自分を『リリィ』と呼んでくれる相手ができた。

「ユーグ様……っ」

それがどれほどうれしいことか——言葉では言い表せない思いを込めて、リリアンはぎゅっとユーグの体にしがみつく。

「もう一度……呼んでください」

「ああ。何度でも。君が望むなら——愛している、リリィ」

きつく抱き合い、口づけし合う。

何度重ねても足りないとでもいうように、幾度も角度を変え、深さを変え与えられる口づけに、次第にリリアンの頭の中が白く染まっていく。

「あ……ユーグ、さまっ」

気が付けば、下着もろともドレスを寝台の下に落とされていた。

いつの間にかユーグも上着を脱ぎ棄て、逞《たくま》しい裸身をリリアンの前にさらけ出している。

シーツと背中の間に腕が回され、ぎゅっと抱きしめられると素肌が密着し、互いの熱と鼓動が感じられた。

「好き、です、ユーグ様っ」

「っ――あまり煽《あお》らないでくれ。優しくできなくなる」

うめくような声は、彼がぎりぎりで自分の理性の手綱《たづな》を引いているせいだ。

ユーグがリリアンを抱く時は、常に優しく丁寧で、自分の欲を満たすのは最後の最後――それはお互いの心を通わせる前から変わらない。

優しく思いやり深い生来の性格がそうさせるのだろうし、リリアンもそのように扱われることに慣れていた。

けれど、今夜は……ユーグのすべてを受け入れたい。

「いいんです。それより、もっと……」

「リリィ?」

「もっと……愛して、ください」

女性から誘うセリフを口にしたことが、恥ずかしかった。リリアンの顔はおろか、体中がばら色に染まる。

自分では気が付いてはいないが、その様子はひどく艶《なま》めかしく、扇情的《せんじょうてき》で――ユーグの理性を粉々にする威力を持っていた。

「君は、まったく……っ」

彼の口からうめくような声が再び漏れ、ギリリと歯を食いしばる音がする。

「……明日、まともに動けると思うな」

聞きようによっては恐ろしいセリフのその後で。

ユーグは初めて、自分の衝動を解き放った。

「あっ……あんっ! や……ん、ぁっ」

艶《なま》めかしい喘《あえ》ぎが、ひっきりなしにリリアンの口から零れ落ちていく。

本気を出したユーグが、これほどとは思わなかった。

背中と言わず、胸と言わず、体のあちこちに残る赤い吸い痕は、数えるのも嫌になるほどだ。

全身くまなく唇を這《は》わされ、舐《な》められ、きつく吸い上げられる。

リリアンのささやかな双丘には特に念入りに――指と唇でさんざんにもてあそばれた先端が硬く立ち上がり、解放された後もじんじんとした余韻を与え続けてきた。

細い腰の括《くび》れから太ももまでを何度も撫《な》でさすられる。まるで手のひら自体に彼女の体の形を覚え込ませようとしているようだ。

合間に与えられる口づけも吐息《といき》を奪うような濃厚なものであり、その熱情の嵐にリリアンはただ翻弄《ほんろう》されることしかできない。

「んっ……ユーグ、さ……ひ、ぅっ！」

指と唇が最も秘められた場所にたどり着いた時には、リリアンは半泣きの状態だった。

あえてユーグが触れるのを避けていたソコは、すでにドロドロに溶けている。今すぐにでも彼の強直を受け入れられるくらいに。これほどリリアンが顕著な反応を示したことはいまだかつてない。

「……こんなにして」

「あっ！　あ、やっ……ああんっ」

指を一本、裂け目に沿って動かされただけで、ねばついた水音が上がる。親指でピンと立ち上がっている肉の芽を撫《な》でられ、リリアンは高い嬌声《きょうせい》を上げる。

いつもは恥ずかしさが先に立ち、懸命に抑えているのだが、今はその余裕がない。

「ああっ、ユー……んんっ！」

二本の指をそろえて狭い蜜洞に差し入れられても、彼女の顔に苦痛の色は浮かばなかった。

指を埋め込んだまま、入り口で尖《とが》らせた舌先を上下左右に動かされ、嬌声《きょうせい》がまた一段と高くなる。

惑乱の極みに達し、絶え間なくリリアンの足が動き、指でユーグの頭髪をかき乱す。

愛らしく乱れる様《さま》は、ユーグにとってそれだけをずっと眺めていたくなるほどだが、この先に進むにはいささか邪魔になる。わずかに思案したのち、ユーグはいったんソコから指を抜くとリリアンの両足を肩に担《かつ》ぎ上《あ》げた。

体格差がありすぎるため、それによりリリアンの腰がシーツから浮き上がり、まるで彼に差し出しているような形となってしまう。

その中央にもう一度唇を寄せ、彼は尖《とが》った肉の芽を含み強く吸い上げた。

「っ……んっ、……あ、んんっ！」

突然の強い刺激に、リリアンの体が強く反り返る。きつく閉じた目蓋《まぶた》の裏で白い閃光《せんこう》が弾け、担《かつ》がれた足がぴんっと伸びた。

やがて、すべての力を失ったように、ぐったりとシーツに沈み込む。

「……ユーグ、様……え？」

息も絶え絶えになりながらもリリアンはユーグの名を呼ぶ。しかし、それはすぐに驚《きょう》愕《がく》の声にとって代わられた。

一度達したことで柔らかくなった芽に、またも刺激が与えられ始める。

敏感になり切っているリリアンの体は、ほんの少しの刺激にも顕著に反応した。狭い入り口からとろりと零れ落ちる蜜をユーグが指の腹で掬《すく》い上《あ》げ、それを塗りたくってくる。リリアンの全身が細かく震えた。

「やっ、まだっ、待っ……っ!?」

ちゅちゅ、とわざと音を立てるようにソコに口づけたかと思うと、彼は舌を伸ばしてあふれる蜜をすすり上げる。

「ひっ……いんっ、あ……あ、ああっ！」

肩に担《かつ》ぎ上《あ》げられたままのリリアンの足が、がくがくと痙攣《けいれん》した。それにも構わずユーグがもう一度、蜜洞の中に指を突き立てる。三本をそろえて一気に根元まで突き入れられ、その衝撃にリリアンの背中がきれいな弓型にのけぞった。

「っ……！」

あっけないほどに二度目の絶頂が、リリアンを襲う。

声すら上げられず、切れ切れの息だけがその唇から吐き出され――一瞬、意識すら飛ぶ。

そして、再び、リリアンの意識が鮮明になった時、なぜかユーグと向かい合わせに座り込む形をとらされていた。

「……え？」

寝台の上に胡坐《あぐら》をかいた彼の胸に上半身をもたれかけ、その胴を挟むようにして両足を広げさせられている。

こんな体勢にされるのは、リリアンには初めてのことだ。訳がわからず、救いを求めるようにユーグの顔を仰《あお》ぎ見《み》て――肉食獣のような獰猛《どうもう》な表情に出くわしてしまう。

「ユ……」

黒曜石の瞳に宿る光のあまりの強さに、呼びかけた名前が途中で消える。

ふるりと、本能からくる怯《おび》えに体を震わせると、それが合図であったかのようにユーグの手がリリアンの腰をつかみ、わずかに体を浮かせた。

そして――

「あっ！　――あ、んっ！　あ、あ……ひっ……ぃんっ！」

抱え上げられた腰が元の位置に戻るのに合わせて、ぬぷり、と、指とは比べものにならない太さを持つモノが、狙《ねら》い過《あやま》たずリリアンのナカに入り込む。間髪《かんはつ》を容《い》れずに強く下から突き上げられ、その刺激でリリアンのソコがきつく収縮した。

上半身を起こした状態でつながり合う。これが座位というものだと、リリアンはのちになって知った。

それはともかく今は、いつもとは違う感覚に、必死にユーグの体にしがみつくことしかできない。

リリアンの内部もまた、ユーグのモノに絡みつき、吸い上げるようにして粘膜が蠢《うごめ》く。その刺激に、ユーグの腰の奥にも重い熱が溜まり始めていた。

腰にあてがわれていた彼の手が離れたかと思うと、すぐにそれは背中に回される。激しく突き上げる腰の動きに軽い体が振り落とされないよう、きつく抱きしめられたことで、リリアンの胸の双丘が硬いユーグの胸に押し付けられ、柔らかく形を変える。

「あ……ひ……ぃっ、っ……っ」

激しすぎる突き上げに、開かれたままのリリアンの唇からこぼれるのは切なげな吐息《といき》だけだ。

その内部はこれ以上はないほどに収縮し、ぎりぎりとユーグを締め付けている。

それに負けじと律動が速くなり、彼の口からも苦悶《くもん》に似た声が漏れた。

「く、ぅ……っ！」

どくん、と。リリアンのナカで、ユーグのモノがその体積を増したように感じられる。

その直後、最奥部を熱い何かで満たされる感覚があり――ユーグの背筋が細かく震え、
やがてリリアンの耳に荒い呼吸の音が聞こえてきた。

「っ……すまん」

「ユーグ、さま？」

息を整えなんとか絞《しぼ》り出された言葉が、何に対しての謝罪なのか。

問いかけるように彼の名を呼んだリリアンだが、その答えが戻るよりも早く、抱き合っ
た姿勢のままで後ろ向きにシーツへ押し倒される。

「……え……え、嘘っ？」

ユーグが果てれば、行為はそれで終わりだ。

少なくとも、これまではそうだった。

けれど、抱き合ったまま、まだ彼のモノがリリアンの胎内に残っている。それどころ
か、再びむくりと勃《た》ち上《あ》がる気配に、息を呑んだ。

「今度は……少し、ゆっくりにしようか」

すでにユーグの呼吸は平常に戻っている。対して、基礎体力が違いすぎるため、リリアンはすでに疲労困憊《ひろうこんぱい》で、腕を上げるのさえ億劫《おっくう》になっていた。

そんな状態でまだ続きがあると匂わされ驚愕《きょうがく》しているのに、彼はそれには構わず動き始めてしまう。

「ユーグさまっ？　……あ、やっ！」

彼の言葉どおり、それはゆっくりとした動きから始まった。

じれったいほどに緩《ゆる》やかに腰を突き上げ、また引く。その動きに合わせて、リリアンの胎内から彼女自身の蜜に混じって吐精されたユーグのものが零れ落ちてシーツにしみ込んでいった。

「あ、あっ……ん、ぅっ」

優しく緩《ゆる》やかな動きは、疲れ切ったリリアンにはちょうどいい。

けれど、次第にゆっくりと、じわりじわりと熱がこもり始め、かえってその緩《ゆる》やかさがじれったく思えてきた。

知らぬ間にユーグの動きに合わせて、リリアンの腰が揺れ始める。

まだ絶頂を極めるには程遠い、ぬるま湯の中で揺蕩《たゆた》うような穏やかな快感が、次第にリリアンの全身に広がり、あまりの心地良さにすすり泣きのような声が漏れた。

「ユー、グ……様っ」

「気持ちが、いいか？」

激しく突き上げるよりも、こちらのほうがユーグの負担は大きい。それを毛ほども見せず、彼がリリアンの耳元で問いかける。

これまでリリアンはユーグからこんな質問をされたことはない。もし、されたとしても羞恥《しゅうち》が先に立って答えられなかっただろう。けれど今は、疲れ切っているところにこんな快感を与えられ続けたせいで、素直に頷《うなず》く。

「気持ち、いい……です。すごく……っ」

その答えに満足げに笑ったユーグが、軽く動きを速める。それにつれてリリアンの体の熱も少しずつ上がっていく。

またしても目蓋《まぶた》の裏に白い光がちらつき始め――それが閃光《せんこう》となって弾けるのと、リリアンが意識を失ったのはほとんど同時だった。

★　★　★

本音を言えば、夜通しでも抱いていたい。

一度目は自分だけ、二度目は先に達して気を失われてしまった。

その前に二度ほど絶頂を極めさせてはいたが、どうせなら二人同時に果てたい。

けれど、彼我《ひが》の体力差を考えれば、このあたりが限度だろう。

そう思い、名残惜《なごりお》しく思いながらも、ユーグはリリアンのナカから己を引き抜いた。

ごぷりと二人分の体液が混じり合ったものが零れ落ちる。シーツがそれを吸い込み大きな滲みとなる様子に、言いしれない満足感と、そして――

「……初めて君の口から聞いたが……どうやら、俺も今『幸せ』らしい」

子供の頃はそうあるのが当たり前で、なのに大人になるに従い、いつの間にか遠くなっていたその感情が久しぶりに戻ってきてくれたようだ。

そして、それとは反対にあの日――リリアンがここを出ていくと言い出した日に、自分が間違った行動をとっていれば、今のこの時間は存在しなかった。そう思うと、背筋に氷を入れられたかのような悪寒《おかん》が走る。

そのついで、というわけでもないが、行為を始めた頃は赤々と燃えていた暖炉の火が、熾《おき》になりかけているのに気が付き、ユーグは慌てて自分とリリアンの体を上掛けで包み込む。

冬になると北から渡ってくる鳥の羽毛を詰《つ》め込《こ》んだこれは大変に暖かく、そこで二人で寄り添っていれば寒さの厳しいこの季節でもぬくぬくと眠れるだろう。

リリアンの肩が少し冷えてしまっていた。自分の胸に抱き込むようにして体温を分け与える。

少し窮屈《きゅうくつ》かもしれないが、風邪をひくよりはいいはずだ。

間近にあるリリアンの顔を見つめながら、ユーグが思い出したのは、あの日から今日までの自分の行動について、だった。


まずユーグが気が付いたのは、自分が『リリアン』という女性について何も知らないということだった。彼は彼女が何を好み、何を苦手とし、何に喜ぶのかが、全くわからない。

朝と晩だけとはいえ共に食事をとっていながら、彼女の好物一つ知らなかった。

仮にも夫婦として数か月を過ごしていたにもかかわらず、己のこの状態に比喩ではなく背中を冷や汗が伝う。

これでは愛想を尽かされて当然だ。

なんとかして挽回すべく、それはそれは涙ぐましい努力をする。

リリアン付きの執事であるオーラスと、侍女のクロナをひそかに呼び寄せ、そこから情報を得るのを皮切りに、屋敷中の者たちに聞き込みもした。

その中でまず判明したのは、リリアンの私室の内装についてだ。即日、職人を呼び寄せたおかげで自分付きの執事に苦笑されたが、それに構っている余裕はなかった。

『思っていることは言葉にする』と二人で約束はしたが、それでも口の重いリリアンからどうにか好みを聞き出し、それに沿ってやり直す。その甲斐《かい》あって命じた彼自身が驚くほどに居心地良いものに仕上がり、ひそかにお互いの趣味が似通っていることを喜んだものだ。

「情けない……」

思い出すだけでついそんな言葉が出てしまうくらいには、己の不甲斐《ふがい》なさを自覚しているユーグだ。

何より驚いたのは、そうやって彼女のために何かをすることが、少しも嫌ではないということである。

どうすればリリアンが喜ぶのか。その笑顔を見るには何をすればいいのか。

夫としての義務ではなく、ただ純粋にそれを考えている自分に気が付いた時、ユーグは己が『リリアンを愛している』と悟らざるを得なかった。

「……パティの言うとおりだったな」

さらりと手触りの良いリリアンの髪を、優しく手櫛《てぐし》で梳《す》きながら、あの幼馴染《おさななじみ》の名前を口にするのは、リリアンが眠っているからこそである。

『私の名前は禁句と思ってくださいね。もし若奥様の前で口に出すなら、絶対に誤解のない状況でお願いします』

あの後で顔を合わせた折に、パトリシアから最初に言われたのがそれだ。

女心を全く理解していないユーグに、彼女はお小言を連発した。

ユーグはパトリシアに恋も愛も感じてはいないし、彼女もまた同様だ。

パトリシアがあれほど親身になってくれたのは、幼馴染《おさななじみ》としての情と、医療師としての責任と、あとは……本人曰《いわ》く、見ていられなかったからだ、とのことだ。

『自覚がなかったんでしょうけどね。自分が若奥様のことを話す時、どんな顔をしてたかわかってます？　表情と口から出てくるセリフが全く合ってなくて、拗《こじ》らせてるんだってまるわかりでしたよ。それに、ウチは先代様にご恩がありますしね』

だから、リリアンに対しても少々たきつけるようなことをしていたらしい。ユーグは知らなかったが、時折リリアンを訪ねては、彼の回復状況を報告するついでに、いろいろと話をしたようだ。リリアンにも確認したので、間違いない。

わざとリリアンの知らないユーグの子供の頃の話をし、彼女が少しでもユーグに対する想いを自覚してくれればと思っていたそうだ。

それが別の方向に暴走した時にはどうしようかと内心、大いに焦《あせ》ったという。

余計なお世話、と言い切れればいいのだが、ユーグ自身がパトリシアに甘えていた自覚があるため、文句が言いづらい。

いや、すべて自分が悪いのだから、文句などとんでもないと言うべきだろう。

今の状況は彼女が行動してくれたおかげでもあり、いくら感謝してもしきれないほどだ。

「リリアン……リリィ」

今、自分の腕の中で眠る愛しい『妻』。

彼女が何が好きで何が苦手で……それを少しずつ知っていく。遠慮して自分の好みを言いたがらないリリアンからそれを聞き出すのには苦労もするが、それも楽しい作業だ。

香りのきつい大輪の花よりも、柔らかな色彩の小さなものを好むとわかった時には、中庭にそれらを集めて花壇を作らせたし、白身の魚が好物だと知ると、港まで人をやって良いものを定期的に送るように手配もした。

それらを見てうれしげに微笑《ほほえ》む彼女の様子は、何物にも代えがたく思う。

それでもリリアンから自分が得たものには到底届かない——おそらくそれは、この先一生をかけて返していくべきなのだろう。

杖《つえ》を必要とせず、彼女を抱き上げても揺るがない健康な体を取り戻せたのは、自分と医療師の努力は勿論《もちろん》だが、リリアンがひそかに計画を進めてくれていたものの恩恵が大きかった。

彼女は、湯井戸――温泉について水脈を探すのと並行し、屋敷の書庫で文献をあさり、そこに『湯治』という単語を見つけ出してくれたのだ。

皮膚の病《やまい》や、血の巡《めぐ》り、疲労回復、そして怪我の後遺症への回復促進。温泉にはいくつもの種類があり、ラファージュ領で湧くものがどれに相当するかは不明だが、総当たりでやってみようと、まずはこの屋敷に入浴施設を作ったのだ。

それを知ったユーグが、自分が実験台になることを申し出たのは自然な成り行きだった。

入浴自体が贅沢《ぜいたく》とされる風潮がある上に、湯に香油を入れたり花びらを浮かべてゆっくりと楽しむのは女性だけであり、男性は体の汚れが落とせればそれでいいと短時間で済ませるのが普通だ。ユーグも長く湯に浸《つ》かるということに最初は違和感を覚えたものだが、半身だけを湯につけゆったりと温まると、確かに全身の血の巡《めぐ》りが良くなったと感じられた。それどころか、負傷した足がきしむことや、古傷が痛むことも減り、回復訓練がはかどり始めたのは言うまでもない。

当初予定していた半分強の時間で、杖《つえ》を手放せた時は夢ではないかと思ったほどだ。

「リリィ……愛している」

聞こえないと知りつつも、耳元でそっとささやく。

彼女が与えてくれた恩恵に、ユーグが何を返せるのか――あまりにも多すぎて、それ一つで返しきれるとは思えないが、実はひそかに計画していることがある。

年が明けて、両親が戻ってきた後。次の夏のシーズンは、自分とリリアンが王都に赴《おもむ》こうと思っていた。

そこで彼女と夜会に行き、ダンスをするのだ。

デビュタントすら無視されていたリリアンにとって、それが記念すべきファーストダンスとなるはずだ。相手がユーグ以外であるはずもなく、そのためにはただ歩くだけではなくステップを踏めるようにならなければいけない。

ただ、『男性の考えるサプライズは、女性にとって迷惑な場合が多い』とあらかじめくぎを刺されている。そのうちリリアンにも話すつもりだ。

その時、彼女がどのような表情をするのか――願わくば、それが喜ぶ顔であってほしい。

行為の後の気だるい疲労と、胸の中のぬくもりに、ユーグの目蓋《まぶた》もだんだんと下がってくる。

明日も、良い一日であるように。

そう願いながら。

ユーグもまたゆっくりと眠りの中へと落ちていった。

エピローグ

クレストン王国の北に位置するラファージュ辺境伯領に、不思議な施設ができたと話題になるのは、その嫡男が妻を娶《めと》ってからしばらく経った頃のことだ。

この地方には水ではなく熱い湯の湧く井戸があり、その湯を使った保養のための施設ができたのである。

領都にあるものが最も大きいが、その他にもいくつかあり、そこに浸《つ》かればたちまちのうちに体の不調が治る——そんな噂《うわさ》が流れ始め、物珍しさに訪れる者が増えてきた。

ただ湯に浸《つ》かるだけでそんな効能があるものかと、疑う者は勿論《もちろん》多い。しかし、とある戦闘で負傷し二度と杖《つえ》なしには歩けないだろうと言われていた嫡男が杖《つえ》なしで歩くどころか、その妻と見事なダンスを踊る様《さま》は、王都の夜会での名物になりつつある。

漆黒《しっこく》の髪と黒曜石の瞳。かつては王都一の美丈夫と呼ばれた彼は、左の額《ひたい》から頬にかけて傷を受けた今も、その整った容貌《ようぼう》に陰りがない。

その隣に立つのは銀髪に水色の瞳の楚々《そそ》とした美女で、マチス侯の二女であった。

二人が並び立つ様子は、晴れ渡った夜空とそこに浮かぶ月にも喩《たと》えられる。

そんな彼らが、その場にいる全員の視線をとらえて離さないほどに息の合った見事な舞踏を披露するのだ。

それに一役買ったのがその温浴であるとなれば、一縷《いちる》の望みをかけてそこに赴《おもむ》く者が増えても何ら不思議はなかった。


「……まさか税収がここまで上がるとは思わなかった。今年の収支報告書に両親が目を回しているよ」

「私もです」

「本当なら今年も俺たちが王都に行くべきだろうが……あちらで楽しみにしているだろう面々には申し訳ないが、しばらくは両親に広告塔になってもらおう」

「はい」

ユーグが特注した座り心地の良い椅子に座るリリアンの腹部は、以前よりずっと丸みを帯《お》びている。やがて更に大きく――クロナの話によれば、産み月ともなればこの倍にはなるそうだ。

初孫の誕生を今か今かと待ちわびる辺境伯夫妻は、もしかすると次のシーズンは生まれてくる子を見るためにここにとどまると言い出すかもしれない。

そうなった場合はどうするか、今から頭を悩ませるが、それもうれしい苦労だ。

「息子か、娘か……どちらでも構わないが、できれば君に似た子がいいな」

「私はユーグ様に似てくれるほうがうれしいです」

嫁《とつ》いでから三年目の懐妊の発覚に、ユーグとリリアンだけでなく、二人を取り巻くすべての者たちが歓喜し、歓迎した。

とはいえ、あまりにも過保護にされるのが、今のリリアンの悩みだ。下手をすると部屋から部屋へ移る時も、ユーグに抱きかかえられての移動となる。これはやりすぎだろう。

「ユーグ様。何度も申し上げましたが、リリアン様にも少しは運動というものが必要です。重いものを持たれたり激しい運動をするのは論外ですが、あまりに動かずにいると体力が落ちてしまい、お産の時に苦しい思いをされるのはリリアン様なのですよ？」

「しかしだな、クロナ……」

「しかしもへったくれもございません。あまりに聞き分けのないことをおっしゃられるのなら、医療所から選任医療師に来てもらうことになりますが？」

「……いや、それは……わかった、気を付ける」

リリアン付きのクロナに苦言を呈《てい》され、ユーグは渋々引き下がる。『選任医療師』とは勿論《もちろん》、パトリシアのことだ。

あれから三年が経ち、彼女は医療所の中核をなす存在となっており、今回のリリアンの懐妊にあたり同性ということもあって、その任についてもらっている。歯に衣を着せずユーグに物が言える数少ない人物で――いろいろとありはしたが、今ではリリアンとも仲の良い彼女にはうってつけの役目だった。

「まぁ、何でもいい。元気で生まれてきてさえくれれば……」

「はい」

そして、更に数年の後――

「風が強くなってきたな。そろそろ戻るか」

「えー？　もっと遊んでいちゃダメ？」

「遊び足りないなら、また来ればいい。それよりもお母様が寒いと、お腹《なか》の中のお前の弟か妹も寒い思いをしているかもしれんぞ？」

「それはダメ！」

「ふふ……また、来ましょうね。その時は、三人じゃなく四人で」

『君を愛することはない』

そう告げられて始まった夫婦としての生活は、今やあふれんばかりの愛に包まれていた。

書き下ろし番外編

大事なもの

生まれも育ちも違う男女が夫婦として過ごしていくにあたり、何が一番重要だろうか？

そう問われた時、人はどのような答えを返すだろう。

あるものは、それは『愛』だと言うかもしれない。

あるいは、生活を安定させるための『金銭』だと言う者もあるかもしれない。

その他にも、精神的なもの、物理的なもの、おおきなもの、ちいさなもの――そもそも夫婦にしても、様々な在り方があるのだから、どの答えが正解で、どれが不正解、というものはないのかもしれない。

けれども。

「私は、やはりきちんと会話することだと思うわ」

次期ラファージュ辺境伯ユーグの妻であるリリアンは、そう答えた。

ラファージュ辺境伯領はクレストン王国の北に位置する。峻厳《しゅんげん》な山脈が連《つら》なる厳しい環境で隣国と境を接しており、過去には何度も戦いの場となったところだ。

最後の戦《いくさ》はおよそ三十年ほど昔のことで、当時のラファージュ伯はユーグの祖父にあたる人物である。勇猛果敢で知られ、当時、勢いを増していた隣国からの侵略を、激しい戦いの末に退けた英雄でもあった。ちなみに、この時の出来事が、ユーグとリリアンとの婚姻の発端となったのだが、今は詳細は語らずにおこう。

それはさておき。

「会話、でございますか？」

「ええ、そうよ。自分が何を思っているか口に出して告げて、相手がそれをどう思うかをちゃんと聞くのはとても大切なことよ」

ラファージュ領に住む者には、ユーグとリリアンはおしどり夫婦として知られており、恋の成就や夫婦円満の秘訣を求めて、メイドや侍女がこっそりと相談に来るのは、実はリリアンにとっては珍しいことではなかった。

今、リリアンの目の前の侍女もまた、数か月後に控えている自身の結婚についての助言を求めに来たのであるが——

「それは、その……奥様や旦那様でも、でしょうか？」

「ええ、勿論《もちろん》。だって、私にも旦那様にも、黙っていても相手の心の裡《うち》が読めたりするような、そんな神様のような能力は持っていないのだもの」

当たり前のことを、当たり前のこととして告げると、侍女の目が丸くなる。

その様子を見てリリアンがころころと笑う。

「それとも、持っていると思っていた？」

「……奥様たちを拝見しておりますと、何も言わずともお互いの心がおわかりになっているようで」

「もしそう見えたのなら、それはきっと、私とユーグ様が苦労して積み上げてきたものがそう見せているんだと思うわ」

リリアンがこの地に嫁《とつ》いで、すでに十年以上の月日が経っていた。

ユーグとの間に最初に生まれた娘は十歳となり、第二子で跡取りとなる男児は七歳で、二人共すくすくと育っている。

このところ戦《いくさ》の気配もなく、領地の運営は順調であり、幸せそのものに見える次期辺境伯一家に『苦労』という言葉は何やらそぐわない——館《やかた》に仕えて間もない侍女にとっては、そのように感じられるのかもしれない。

そして、リリアンにもそれは伝わっており、微笑《ほほえ》みに少しだけ苦笑の気配が混じる。

「今はまだしっくりこないかもしれないけれど……でもね。これだけは覚えておいてね。どんなことでも努力と感謝なしには長くは続かないものなのだ、と」


「――昼、そんな話をしていたそうだな」

「まぁ、誰からお聞きになられましたの？　オーラスあたりかしら？」

すでに夜はとっぷりと更けている。

高い山々のふもとに位置するラファージュは、真夏以外は夜になれば冷え込んでくる。加えて領主館は石造りのため、暖炉の火は欠かせない。

一日の執務を終えた後、暖炉の前に敷いた毛足の長いラグの上に並んで座って、炎の踊る様子を眺めるのは、ユーグとリリアンにとって、お気に入りの時間の過ごし方だ。

居心地が良いようにいくつものクッションを並べ、ゆったりと座ったユーグは、膝《ひざ》の上に抱きかかえるようにしたリリアンのこめかみに優しい口づけを落とす。

「そんなところだ。それよりも、君も忙しいだろうに、いちいち相手をしていては体がもたないぞ」

「そんな大したことではありませんわ。それに、館《やかた》の者たちに気を配るのは私の仕事でもありますし」

「それはわかっているんだが……」

ふぅ、と小さなため息がリリアンの髪を揺らす。

「――ユーグ様？」

どうしたのか、と目顔で問いかけると、苦笑交じりの答えが戻る。

「どうせなら、その時間を俺に使ってほしかった――が一番だが、昔の俺はどうしようもない男だった、と思い出してな」

「まぁ……」

ユーグの言葉に小さく笑う。

今だからこそ、こうして嫉妬心《しっとしん》すら素直に口にするユーグであるが、結婚当時はいろいろと拗《こじ》らせていたことが多く、リリアンに対しても、思い出すたびに冷や汗ものの対応をしていた。何しろ、新婚初夜に『君を愛することはない』と言い放ったくらいである。

「あの時は、本当にすまなかった」

何十回――いや、下手をすると何百回目かになりそうな謝罪の言葉に、リリアンが小さく笑う。

「どういたしまして。もう、大昔のことですもの、気にしてはおりませんわ」

「……気にはしなくても、忘れてはくれないのだろう?」

「それはそうですわ。だって、あれは本当に得難い経験でしたもの」

「あの瞬間に愛想を尽かされても仕方なかったのに、君が諦《あきら》めずに俺と向き合ってくれた結果だな」

生家で虐《しいた》げられてはいても、優しく思いやりの心を失っていなかったリリアンだからこそできたことだろう。

無論、その陰には優しい義理の両親や、心を込めて仕えてくれる者たちの存在も大きかったのだが。

「そのおかげで、俺は君を失うことなく、子供たちとも会うことができた。そのことについては、いくら感謝してもしきれない」

どちらの子供もリリアンとユーグの良いところばかりを受け継いで生まれてきたような容姿をしている。特に長女は、母譲りの銀の髪に父親そっくりの黒曜石の瞳をして、まだ十歳だというのに将来はどれほどの美姫《びき》になるか、と評判の美貌《びぼう》の持ち主だ。

「すべてがリリィ、君のおかげだ」

「ユーグ様は私のことを買いかぶっておいでですよ」

「いや、本当のことだよ」

大切な宝物を扱うように、膝《ひざ》の上の華奢《きゃしゃ》な体をそっと後ろから抱きしめる。

「愛してる」

その言葉と共に、ユーグの顔が近づいてくるのに合わせ、リリアンが目を閉じる。

大きな手がリリアンの頭を支えるように添えられ、柔らかな唇に、少しだけかさついたユーグの唇が重ねられる。

「……んっ」

吐息《といき》とも喘《あえ》ぎともとれるかすかな声がリリアンの口から漏れると、重ねられた唇の間からユーグの舌が彼女の口中に忍び込んだ。

就寝前の挨拶《あいさつ》としての軽いものではなく、口中の隅々までさぐり、更にはリリアンの舌もいざない、翻弄《ほんろう》するようなその動きに、リリアンの体に熱が溜まり始めてしまう。

「もう……ユーグ様ったら……」

しばらくして、解放された時には、リリアンの息はわずかに上がってしまっており、ほんのりと目元を赤く染め、うつむき加減に上目遣いにユーグを見る
結婚してから十年以上が経っており、二人の子供ももうけたというのに、リリアンはいまだに『こういうこと』となると恥じらいを捨てきれないでいるらしい。

それがまた彼を喜ばせ、刺激するのだということも、どうやらわかってはいないようだが。

「だめ、かな？　もうとっくに、子供たちも寝てしまっているし……？」

耳朶を甘噛みしつつユーグが問いかけると、華奢《きゃしゃ》な体に小さな震えが走った。

「リリィ？」

「……意地悪です、ユーグ様」

あえて言葉で答えさせようとする夫を、抗議の意味を込めてにらみつけるが、それはユーグを更に煽《あお》るだけだ。

生家ではろくな扱いを受けられず、下手をすれば日々の食事すら満足にとれなかったため、嫁《とつ》いできた頃のリリアンは、それこそ、少し力を入れれば折れてしまいそうなほどに細かった。それが、ラファージュ家の手厚い待遇とユーグの丹精により徐々に女性らしいまろやかさを回復し、更には二人の子供を産んだことにより、繊細《せんさい》さはそのままに成熟した女性のそれになっていた。

二人の子供を産んだとは思えない細い腰に手を回し、うなじに顔をうずめる。

銀糸の髪を鼻先でかき分けつつ、ちゅっ、と小さな音を立ててそこに吸い付けば、白い肌に桜色の痕が浮かび上がった。

「……あ、んっ」

甘い喘《あえ》ぎ声を心地良く聞きながら、ユーグの片手がリリアンの夜着の胸元へと伸びる。繊細《せんさい》なレースで縁取られたそこにするりと手のひらを忍び込ませ、軽くつろげただけで、ユーグの目の前に白い双丘がまろびでた。

「あっ……」

「相変わらずきれいだ」

嫁《とつ》いできた頃は青い果実のような柔らかな中にも硬さが残っていたそこは、今ではすっかりと熟《う》れてユーグの手のひらに吸い付いてくる。

先端の蕾《つぼみ》はすでに半ばまで立ち上がっており、それを指で軽くつまんでやれば、あっという間に硬く凝《しこ》ってくる。

「あ……そこっ」

強すぎず、かといって弱すぎもせず——そんな微妙な力加減で胸の先端をいじる一方、ユーグのもう片方の手はリリアンのまろやかな腹部のあたりを柔しく撫《な》でさすっている。

「あ……ユーグ、さま……っ」

一気に上《のぼ》り詰《つ》めるような強い刺激ではない。ただ、ユーグの体の前面を這いまわる手のひらや、抱きかかえられている背中から伝わる熱が、じわじわとリリアンの体温を上げていく。

呼吸と鼓動が速まり、体の奥からは何か熱いものが湧き上がってくる感覚に、その熱を逃がそうと身じろぎするのだが、更に強く抱きかかえられてしまう。

「もっと、気持ち良くなってくれ――俺の目の前で」

そう耳元で甘くささやかれれば、耳朶にかかる吐息《といき》の刺激でリリアンの全身にさざ波のような震えが走った。それにわずかに遅れて、言葉の意味が頭に染みとおったようで、反射的に身をよじるが、そのささやかな抵抗もすぐに力強い腕によって封じられる。

「リリィ――ほら？」

「あ、んっ」

きゅっ、と胸の先端を強めに摘まみ上げれば、リリアンの腰が艶《なま》めかしく揺れる。最初は行儀よく夜着の中に収まっていた両足も、気が付けばもどかし気に動き始め、白いふくらはぎが裾《すそ》から飛び出していた。

新婚時代のような扇情的《せんじょうてき》ともいえるものとは異なり、今のリリアンが身につけているのは愛らしさを残しながらもかなり慎《つつ》ましやかなデザインのものなのだが、ユーグの目にはそれがかえって艶《なま》めかしさを強調して映る。

「そろそろ、こっちも……かな？」

ゆっくりと伸ばされたユーグの手が、めくれ上がった裾《すそ》のラインに沿ってリリアンのふくらはぎを撫《な》で上《あ》げる。その指先が膝《ひざ》から太ももの内側へ移動し、円を描くようにしてそこを刺激する。

唇はリリアンの耳たぶからうなじのあたりを何度も往復し、片手は胸に、もう片方は足の付け根部分に——ただし、肝心なところにはまだ触れず、それでいて確実に『欲』を煽《あお》るようなその動きに、リリアンもしばらくは震えながら耐えていたのだが——

「っ！　もっ……うっ」

ぐったりとユーグの体にもたれかかり、されるがままになっていたはずのリリアンの体が、いきなりがばりと起き上がった。

唐突なその動きに、危《あや》うくあごを打ち付けそうになり、とっさに身を引いたユーグの両頬をたおやかな手のひらが包み込む。

「ユーグ様の意地悪っ」

そんな声と共に、ぐいっとそのまま引き寄せられ、のけぞり気味になっていた状態からの急激な体勢の変化にバランスを崩しそうになる。それを慌てて立て直そうとしたユーグの唇に、柔らかなものが押し付けられた。

「リリ……っ!?」

驚きに目を見開いたまま固まったユーグの眼前にあったのは、顔を真っ赤にしたリリアンの顔であり――その夜、ユーグはリリアンの新しい一面を知ることになったのだった。


「……まさか、反撃を食らうとは思わなかった」

「知りません」

「リリィがあれほど積極的になれるとは……」

「ですから、知りませんったら……もぅ、やめてくださいませっ」

久しぶりに情熱的な一夜を過ごした翌朝――これは回数の話ではなく内容についてのことである――いつもよりも少しだけ遅く起床した次期領主夫妻が、朝食の席で何やら小声でやり取りをしているのを、館《やかた》に仕える者たちが微笑《ほほえ》まし気に見守っていた。

「会話が大切なのだろう？　だったら、驚きはしたが、俺はうれしかったのだから、それを伝えるのも大事なことのはずだ」

「だからと言って、こんな朝から――やっぱりユーグ様は意地悪です」

頬を赤く染めて抗議する様子も可愛らしい――などと、ここで口にすればもっと怒るのは確実だ。そんな怒った顔すら愛らしいが、あまりにしつこくして本格的に機嫌を損ねては元も子もない。

それきり朝食に専念し始めたユーグに、リリアンが懐疑的な視線を向けてくるが、素知らぬ顔をしているうちに、諦《あきら》めてくれたようだ。

そのことに内心、ほっとしたのは勿論《もちろん》、リリアンには内緒である。

――生まれも育ちも違う男女が、夫婦として過ごしていくにあたり、何が一番、重要だろうか？

リリアンは、それは愛情と信頼を築くための意思の疎通――会話だと答えた。

だが、ユーグの答えは少し違う。

「会話も確かに大事だが、あえて沈黙を守ることも時には必要だろう」

ただし、どちらの答えも互いを思いやり、慈《いつく》しむため、というのが勿論《もちろん》大前提である。

本書は、2022 年 2 月当社より単行本として刊行されたものに書き下ろしを加えて文庫化したものです。


この作品に対する皆様のご意見・ご感想をお待ちしております。

おハガキ・お手紙は以下の宛先にお送りください。

【宛先】

〒 150-6019 東京都渋谷区恵比寿 4-20-3 恵比寿ｶﾞｰﾃﾞﾝﾌﾟﾚｲｽﾀﾜｰ 19F
（株）アルファポリス　書籍感想係

メールフォームでのご意見・ご感想は右のＱＲコードから、
あるいは以下のワードで検索をかけてください。

アルファポリス　書籍の感想　検索

ご感想はこちらから

Noche
BUNKO

身代《みが》わりの花嫁《はなよめ》は傷《きず》あり冷酷騎士《れいこくきし》に執愛《しゅうあい》される

砂城《すなぎ》

2024 年 8 月 31 日初版発行

文庫編集－斧木悠子・森 順子
編集長－倉持真理
発行者－梶本雄介
発行所－株式会社アルファポリス
〒150-6019 東京都渋谷区恵比寿4-20-3 恵比寿ｶﾞｰﾃﾞﾝﾌﾟﾚｲｽﾀﾜｰ19F
TEL 03-6277-1601（営業）　03-6277-1602（編集）
URL https://www.alphapolis.co.jp/
発売元－株式会社星雲社（共同出版社・流通責任出版社）
〒112-0005 東京都文京区水道1-3-30
TEL 03-3868-3275
装丁イラスト－めろ見沢
装丁デザイン－AFTERGLOW
（レーベルフォーマットデザイン－團 夢見（imagejack））
印刷－中央精版印刷株式会社

価格はカバーに表示されてあります。

落丁乱丁の場合はアルファポリスまでご連絡ください。

送料は小社負担でお取り替えします。


ISBN978-4-434-34372-8 C0193